国家社科基金项目结题成果

浙大宁波理工学院人才引进启动基金项目

日本女性文学解读

日本女性主义文学中的女性形象研究

李先瑞 著

中国宇航出版社
·北京·

图书在版编目（CIP）数据

日本女性文学解读 ： 日本女性主义文学中的女性形象研究 / 李先瑞著. -- 北京 ： 中国宇航出版社，2021.11
ISBN 978-7-5159-1974-4

Ⅰ. ①日… Ⅱ. ①李… Ⅲ. ①日本文学—妇女文学—文学研究 Ⅳ. ①I313.06

中国版本图书馆CIP数据核字(2021)第191331号

策划编辑　李琬琪　李明霞　　**封面设计**　宋　航
责任编辑　李琬琪　　　　　　**责任校对**　李光燕

出　版
发　行　中国宇航出版社

社　址　北京市阜成路8号　　邮　编　100830
(010)60286808　　(010)68768548

网　址　www.caphbook.com

经　销　新华书店

发行部　(010)60286888　　(010)68371900
(010)60286887　　(010)60286804(传真)

零售店　读者服务部
(010)68371105

承　印　三河市君旺印务有限公司

版　次　2021年11月第1版　　2021年11月第1次印刷

规　格　880×1230　　开　本　1/32

印　张　10　　字　数　268千字

书　号　ISBN 978-7-5159-1974-4

定　价　48.80元

序

以先瑞教授为课题主持人的国家社科基金研究项目“日本女性主义文学中的女性形象研究”已经顺利完成，结项等级良好，可喜可贺，中国日本文学研究界又增添了关于日本女性主义文学研究方面的重要成果。

先瑞教授请我作序，我欣然应允。一方面是因为先瑞教授是我的博士开门弟子，他能够在学问上积极进步、扬名立万，作为导师我亦感到光荣和欣喜。另一方面，近些年国内日本文学研究界关于女性文学及女性主义文学的研究蒸蒸日上，成果喜人，先瑞教授作为男性，能够勇敢地承担此类项目，开展此类研究并取得比较丰硕的成果，值得肯定。

相比较中国的女性主义文学，日本的女性主义文学起步较早，它起源于明治中期清水紫琴的《破碎的婚戒》，在沉寂了一段时间之后，于20世纪10年代蓬勃开展。众所周知，以平塚雷鸟等人为主的“青鞜”文学运动开辟了该时期女性主义文学发表作品的重要园地。《青鞜》周围聚集了与谢野晶子、田村俊子、荒木郁子、保持研子等女性作家和诗人，她们是追求男女平等的新女性。昭和初期宫本百合子、野上弥生子两位作家发表了女性主义作品之后，日本进入15年战争时期，该时期不要说女性主义作品，连普通作品都难以发表。战后初期，尽管日本实施了民主主义改革，女性地位得到大幅度提高，但女性主义创作全面复苏是在20世纪60年代。受世界范围的第二次女性解放浪潮的影响，尤其是受到美国激进女性主义运动的影响，日本掀起第二次女性解放运动，许多女性作家的作品中呈现出“杀母弑子”图式，表现出对女性妊娠及生育的极度厌恶。

近代时期，日本女性主义文学深受欧美女性主义文学的影响。比如挪威剧作家易卜生的剧作《玩偶之家》在日本公演后掀起女性解放热潮。同时期，中国的女性主义文学则是向日本学习得来的。周作人在《新青年》上发表的《贞操贵于道德》便很好地阐释了与谢野晶子的思想。这篇作品在中国文坛掀起有关“贞操”问题的大讨论，也间接见证了日本文学对中国文学的影响。不仅是女性主义思想，许多欧美文艺思潮皆是经由日本传入中国的。这些思想或思潮深深扎根于本土的土壤中，生根发芽，结出灿烂的果实。

言归正传，再回到先瑞教授的书稿上面来。这部书稿是在其常年研究的基础上形成的，看了作者写的后序方知，先瑞教授已经发表了相关方面的论文近30篇。由此可见，先瑞教授在该方面有较深的造诣。通读书稿发现该书有以下几个特点：

一、该著作按照时间顺序排列，从明治中期到大正时期，再由昭和初期到战后时期，不同时代的女性对于自我解放的理解程度不同。女性解放由最初的争取婚姻自主到后来争取男女在多个方面的平等，再到“杀母弑子”的激进女性主义文学，日本女性主义文学经历了比较曲折的发展过程。

二、该著作以日本女性主义文学文本中的女性形象为研究对象，通过女性形象的分析，折射出所处时代的特点。不同时期的文学文本，其女主人公形象各不相同，自由民权运动时期的女性是争取婚姻自主的形象，而战后具有激进女性主义思想的女主人公则极端厌恶自己的女性属性。随着时代的发展进步，女性主义文学最终会走向两性和谐的方向。

三、该著作涉及作家与作品众多，涉及16位作家和25部作品。每一位作家及作品的选定都是经过严格筛选的。既然课题名称是“日本女性主义文学中的女性形象研究”，那么必定要选取经得住推敲的女性主义文本进行研究，对于那些似是而非的文本坚决予以剔除。

四、坚持女性主义理论与女性主义文本研究的有机结合，比较恰当地运用了西方女性主义理论，并结合日本女性主义文学发展的特点，有效地甄别出女性主义文本具有的女性主义特色，并在此基础上展开女性形象研究。

五、著作中专设一节对日本的女性主义文学批评进行阐述，这对提高中国学者对日本女性主义文学及女性主义文学批评的认识具有良好的启发作用。国内此类研究甚少，是一个研究的空白领域点，需要大力加强。

先瑞自2005年于上海外国语大学博士毕业后，第二年便晋升教授。按理说，都已经是教授了，没必要再去进博士后流动站了。但是先瑞为了督促自己在学术上更加精进，仍然选择进站学习。他在解放军外国语学院的博士后流动站进站3年，在站期间他将研究重点从日本白桦派文学转向日本女性主义文学，并在出站后一直坚持日本女性主义文学研究至今。2016年他离开部队院校到地方院校工作，5年间出版专著1部、译著1部、教材2部，发表CSSCI期刊论文3篇，发表核心期刊（含海外期刊）论文14篇，一般期刊论文21篇。他工作上勤勤恳恳，研究上孜孜不倦，充分发挥部队期间练就的能打硬仗的本领，终于结出丰硕的果实。

时光荏苒，读我博士期间风华正茂的先瑞如今已经有了15年教授经历，成为“老教授”了。我欣喜地见证了他的一步步成长，希望先瑞教授不忘学者初心，勇攀学术高峰，在学术园地里继续大放异彩。愿他能在做好本职教学工作之余，多出优秀的高水平科研成果，尤其是多出一级期刊论文，期待本著作早日与读者见面。是为序。

上海外国语大学原常务副校长
中国日本文学研究会会长
谭晶华

前言

日本女性主义文学由来已久，自由民权运动时期，清水紫琴发表《破碎的婚戒》，表达了要求婚姻自由的决心。受欧美女性解放思想的影响，日本女性要求获得婚姻自由、个性解放和妇女参政的运动断断续续。之所以没有形成持续开展的运动，主要是由于日本的封建残余对妇女的解放始终持敌对态度造成的。自由民权运动之后，日本政府认为应该彻底地实施传统的贤妻良母主义，于是从初中生开始，所有女生都要学习如何做一个相夫教子的贤妻良母，进而把为国家效力和培养为天皇效力的子孙作为贤妻良母的最高典范。但是，欧美的女性解放浪潮如席卷之势袭来，自明治维新后便开始"欧美一边倒"的日本在积极学习西方先进技术的同时，自然也会吸收和借鉴西方的先进思想。女性主义思想作为当时人类最先进、最激进的思想之一，受到了日本大多数女性和部分男性的欢迎。长期受男权压迫的女性，在得到女性主义思想这个锐利的武器之后，她们追求个性解放、追求男女平等的步伐更快。一些最先觉醒的女性知识分子欲通过书写来唤醒仍在沉睡的广大女性。于是，在经历过短暂的低潮期之后，1911年"青鞜"女性主义文学运动兴起，日本的女性主义文学的发展迎来了高潮。

"青鞜"文学运动只坚持了不到5年时间就遇到挫折，之后虽然有《女人艺术》作为女性主义文学的阵地继续宣扬着女性的独立和解放，但是在1932年之后的近30年里，日本文艺界没有为女性呐喊的文学作品问世。 直至20世纪60年代，随着女权运动的高涨，日本出现了如三枝和子、高桥贵子、大庭美奈子等一批女性主义作家，日本文坛重新掀起女性解放运动。

日本的第二次女性解放浪潮发生于20世纪70年代，受欧美第二次女性解放浪潮的影响，日本社会形成了争取男女性别平等的妇女解放运动（women liberation）。这次女性主义浪潮与之前的女性运动有较大区别。日本的第一次女性解放浪潮主要争取女性的参政权和受教育权，而第二次女性解放浪潮旨在追求与男性相同的权利，甚至强调女性的解放是性的解放。1972年，围绕阻止优生的斗争，日本的第二次女性解放浪潮迎来高峰，其中常见标语是“生不生孩子是女人的自由”。

第二次女性解放浪潮结束后的20世纪80年代，日本掀起了对女性主义文本进行研究的热潮，水田宗子、渡边澄子、关礼子、江原由美子、上野千鹤子、中山和子等女性学者纷纷撰写评论，发表论文，表达了她们对女性主义思想和女性主义文学的见解。她们运用性别理论，不仅对女性主义文本进行研究，对其他女性文学作品也进行深入挖掘，站在女性主义的立场上，对男性作家的作品进行再评价。

中国围绕日本女性主义文学的研究起步于20世纪末。最初的研究以介绍为主。随着研究的深入，关于日本女性主义文学的文本研究及思想解读逐渐变多。本文的女性主义文学形象研究按照时间发展脉络有序展开，揭示了女性主义文学所具有的特性与共性。

当下，国内开设日语专业的学校有500多所，伴之而来的是大学日语教师数量的激增，从改革开放初期的不足2 000人到2015年的将近1.7万余人。大学日语教师中，专业方向为日本文学者为数众多，许多女性教师在选择研究方向和研究课题时选择了研究日本女性文学，后来随着日本本土女性主义文学研究的兴起，加之国内研究欧美女性主义文学在

20世纪末和21世纪初形成了热潮，于是中国也掀起了研究日本女性主义文学的热潮。可以说日语学习者和日语教师大量增加以及研究方面对欧美及日本的追随是我国日本女性主义文学研究者不断出现的原因和契机。中国的日本文学研究基本是在日本的国文学研究的基础上展开的，中国的日本女性主义文学研究也不例外。

当前，尽管欧美的女性主义文学研究稍有退潮之势，但日本女性主义文学研究方兴未艾。我国的研究开始于20世纪90年代，于21世纪初日益成熟，现在仍处于蓬勃发展阶段。本书仅仅研究了日本女性主义文学的一个侧面，日本女性主义文学还有许多内容可以挖掘，比如日本女性主义文学批评，从文化角度对日本女性主义文学的阐释等等，我们期待这方面越来越多的成果。

著　者

目录

第一章　女性主义理论综述

第一节　女性主义及其理论的发展

女性主义也叫女权主义，来自英文的feminism一词。feminism一词先在法国出现，之后又传到英美，它意味着妇女的解放和独立。1848年，第一届女权大会在美国纽约召开，自此西方掀起了妇女解放的浪潮。女性主义最初是指追求男女平等，主要是争取女性选举权。女权运动主要分析男女为何不平等，男女的权力架构，强调性别分析。西方女性主义运动的发展，可分为第一次浪潮和第二次浪潮两个时期。第一次浪潮开始于19世纪中叶，持续时间较长，以自由主义女性主义（liberal feminism）运动为主。第二次浪潮则指20世纪60年代以来的女性主义运动，主要指激进女性主义（radical feminism）运动。下面按照时间脉络，着眼于近代女性解放思想的形成、自由主义女性主义的具体表现形式、马克思主义女性主义的核心内容、波伏娃与《第二性》、激进女性主义的表现形式、社会性别（gender）理论等几方面内容展开论述。

一、近代思想与女性解放思想的形成

女性主义是从近代思想中产生的，迄今已有近200年的历史。它依存于近代思想，以批判近代思想的形态发展而来。追溯语源，“女性主义”发源于1830年法国政治动摇期。到了19世纪后半期，“女性主义”“女性主义者”这两个词都在法语中广泛使用，19世纪末英语

圈也开始广泛使用。

中世纪的欧洲，封建制度和神法决定社会秩序和人在社会中的地位。到了16、17世纪，这一现象发生重大变化，新的人类观、社会观和国家观取代神法。笛卡尔、霍布斯、洛克、卢梭等人的启蒙思想和初期自由主义思想的核心内容就是人人平等。这种近代思想后来成为支撑资本主义抬头和发展的意识形态。与中世纪不同，当时个人的自由经济活动得到保障，而且特别强调个人的自律和自由。尤其是生存权、财产权、选举权、代表权、结社权以及身体的自由、表达的自由、信条和宗教的自由等。此外，资本主义生产的扩大和自由主义国家观两者相辅相成，促进了公私分离意识形态的形成。家庭曾经是进行生产和消费这两项活动的经济单位。但是，资本主义的发展使得生产活动转移到家庭之外，渐渐家庭成为同外界劳动相隔离的休憩场所，成为私人空间。男人在外面劳动，女性负责家务，这种性别分工被明确化，并作为基于男女生物性差异的自然分工确立下来。19世纪中叶，英国和美国开展工人运动，工人向资方提出工资水平要足以养活家庭（“家庭工资”）的要求。此时，“工人”的概念当然是指男性，男性负责提高家庭生活水平，女性负责家务和育儿，这样的位置关系在当时得以确立。当时的社会把男性作为经济和政治的公共领域的担当者，而把女性封存在私人领域，从而产生了性别的不均衡力量关系。出现男女不平等形象，这严重违背了近代国家“人人平等”的理念。一些有识之士开始要求废除性别角色，主张男女平等，女性主义思想开始萌芽。

二、第一次女性解放浪潮（自由主义女性主义）

初期的自由主义女性主义在经济上是从资本制中诞生的，在思想方面是在启蒙思想的发展中诞生的。在18世纪西方资产阶级启蒙思想中的“自由”“平等”观念的启发下，自由主义女性主义最先提出男女平等的口号。

在近代史上曾辉煌一时的法国革命发布了《人和公民权利宣言》，自由主义女性主义认为该宣言中的“人与公民”中没有包含女性在内，对此提出抗议并发表了《女性和公民的权利宣言》，提倡女性拥有和男性一样的权利，认为女性作为一般市民，拥有财产权、继承权、言论权、结社权等各种权利。

英国人玛丽·沃斯通克拉夫特[①]被认为是西方女权主义思想的鼻祖。她从英国前往巴黎，目睹了法国革命的开展情况，1792年发表了《女权辩护》。虽然她的思想受启蒙主义和自由主义思想的影响，但她却对自由主义思想家认为女性在思想方面处于劣势的见解提出抗议。她严厉批评了给法国革命思想以重大影响的哲学家卢梭的女子教育论，认为这种理论压制了女性的知性发展，助长了女性对男性的依赖。沃斯通克拉夫特对男性作家描写的女性形象提出抗议，对将女性排除政治之外，排除女性自然权利的做法提出抗议。她的《女权辩护》被视为第一部有体系的女性解放的宣言，对后来女性运动的指导者们产生了巨大影响。

1840年，伦敦召开了反奴隶制世界大会，大会拒绝让参加会议的女性进入会场，将她们赶到旁听席。由此，人们才真正认识到女性地位的低下，从而开展了追求女性权利的运动。1848年，她们集结

① 玛丽·沃斯通克拉夫特（Mary Wollstonecraft，1759—1797），英国启蒙时期著名的女性政论家、哲学家、作家与思想家，更是西方女权主义思想史上的先驱。在短暂的写作生涯中，她写就了《女教论》《玛丽：一篇小说》《真实生活的原创故事》《人权辩护》《女权辩护》《瑞典、挪威和丹麦短居书简》《玛丽亚：女人的受罪》等作品。

到纽约州福尔兹，发誓要为了男女平等和废除歧视而战。集会上发表了伊丽莎白·肯尼迪·斯坦顿起草的《感伤宣言》（*Declaration of Sentiments*），谴责男性为了维持女性对男性的依赖状态而用尽各种手段，斥责男性损伤了女性的自信和自我尊重，严厉批判了在高等教育、商业领域、孩子养育权等方面对女性的排斥现象，要求修正这些不公正现象。伊丽莎白·肯尼迪·斯坦顿特别提及了女性要拥有参政权的问题。以此次集会为契机，第一次女性解放浪潮真正开始。

自由主义女性主义以自由主义思潮为思想基础，它支持资本主义社会制度，欲通过对歧视女性这种行为进行改良来构筑更好的社会。可以说自由主义女性主义处于古典自由主义的延长线上，美国称之为“主流女性主义”。

第一次女性解放浪潮持续了七八十年，是持续时间最久的女性解放浪潮。争取男女平等特别是政治上的平等是这次浪潮的核心问题。女性的受教育权也是此次浪潮着重探讨的问题。第一次女性解放运动以美国女性1920年获得选举权而结束。

三、社会主义思想与女性解放思想

社会主义女性主义和马克思主义女性主义一样，都是从社会主义思想中派生出来的女性解放思想。马克思自身并没有直接进行女性问题分析，对于女性问题进行过充分思考的是恩格斯。恩格斯的《家庭、私有制和国家的起源》（1884）被视为立足于马克思主义的关于女性问题、家庭、再生产的经典作品。恩格斯在论及两性平等时说道：“民主共和国并不消除两个阶级的对立。……现代家庭中丈夫对妻子的统治的独特性质，以及确立双方的真正社会平等的必要性和方法，只有当双方在法律上完全平等的时候，才会充分表现出来。”① 马克思主义的阶级对立论、辩证法、意识形态论等等，对于依据女性主义理论进行女性受压迫分析产生很大的理论影响。《家庭、私有制和国家的起源》分析了女性地位的历史变迁过程，即生产关系的变化导致财产所有权的变化，婚姻和家庭形态的变化，进而致使男女间力量关系的变化。按照恩格斯的说法，原始共同体社会是母系社会，但随着生产力的提高，剩余物质逐渐增加，从而产生了“财产私有制”，男人们为了使自己的孩子继承财产而把集体婚姻改为一夫一妻制。财产私有制度的登场是女性世界史的败北。在一夫一妻制中，每个家庭成为经济单位，女性从生产活动中分离出来，女性的家务劳动便具有了私人性质。这样一来，妻子只有依靠丈夫生活，同时妻子成为男性生儿育女的工具。在女性解放过程中，需要废除私有制，恢复女性参加生产劳动的权利，需要从利益婚姻过渡到以爱为基础的婚姻，同时也需要家务和育儿的社会化。

马克思和恩格斯关于生产关系、再生产关系、家庭、主妇、生殖、性、国家、意识形态等方面的洞察跟自由主义女性主义的分析有较大区别，为现代女性主义理论的展开提供了有益的分析视点。

马克思主义女性主义主要活跃于19世纪中叶，其影响力无法跟自由主义女性主义相比。马克思主义女性主义出现百年之后，世界范围才出现社会主义女性主义。社会主义女性主义和马克思主义女性主义一样，把妇女遭受压迫的根源归结于私有制。所以社会主义女性主义认为，只有用社会主义制度代替了资本主义制度，妇女才可能得到真正的解放。也就是说只有全民掌握了所有生产资料，妇女在经济上可

① （德）恩格斯．家庭、私有制和国家的起源[M]．中共中央马克思恩格斯列宁斯大林著作编译局，北京：人民出版社，1999:76.

以自给自足时，女性的解放才可以谈起。

四、波伏娃与《第二性》

在第二次妇女解放浪潮开始之前的20世纪四五十年代，女性主义代表人物是法国女权主义者西蒙娜·德·波伏娃（也有人译为“波伏瓦”）。波伏娃是法国著名存在主义文学家萨特的恋人，她的主要论著是《第二性》。该书的主要观点是：“女人不是天生的，而是后天形成的。”[①]也就是说，女人并非天生就是弱势存在，是男性有意把女人塑造成弱势群体的。比如幼儿园女性教师居多，那么男性就约定俗成地认为女性更适合当幼儿园教师。由此可见女性角色并不是自然而然形成的，是男权社会把女性作为“他者”而强加给她们这样的角色。《第二性》从女性的历史、女性的成长、女性的处境、女性的恋爱和女性的解放等多角度对女性问题进行了解读，在法国出版后立刻轰动一时，被誉为“有史以来讨论女性的最健全、最理智、最有智慧的一本书”[②]，甚至被尊为西方妇女的“圣经”，从而成为西方女性主义的理论经典。

波伏娃认为在男女关系中男性经常是主体，女性常常处于他者地位。在女性通过男性确定自己的社会位置时，不管从男性那里得到多大的解放，能否成为主体，都值得怀疑。波伏娃提起这个问题以后，对于女性主义而言，从“男性=主体，女性=客体”这种关系中解放出来，追求女性的主体化，一直是战斗的目标。

① 西蒙娜·德·波伏娃，陶铁柱译．第二性[M]．北京：中国书籍出版社，1998:359．
② 郑实．《第二性》：漫长征战中的小战役[J]．中华读书报，2005-03-02．

五、激进女性主义

激进女性主义思想形成于美国。20世纪60年代，美国黑人等少数族裔开展了争取权利平等的运动和公民权运动。这些运动与谋求大学改革的学生运动，工人运动合流而展开，后来逐渐成为从传统中寻求解放和追求性自由的运动。但是，就像曾经参加过奴隶解放运动的女性们经历的那样，经历过20世纪60年代运动的年轻女性们不久就认识到女性被置于边缘位置的窘境，在追求男女平等中仍有性歧视，从而组织了要求废除性歧视的独立女性运动。第二次女性运动浪潮就此开始。

激进女性主义把“父权制”作为压迫女性的中心概念。相比于自由主义女性主义所谋求的废除性歧视和消除社会偏见，激进女性主义主张男女关系的根本性变革。对于激进女性主义来说，在所有压抑之中，性压抑是最根源、最重要、最普遍的，甚至认为它比人种、阶级等方面的压抑都要严重。激进女性主义在性压迫分析中，受到马克思主义的“阶级理论”和“压迫理论”影响很大。

激进女性主义认为妇女受压迫的根本原因是父权制的存在。她们认为，政治改革和经济制度的变革不能推翻对妇女的压迫，必须改变性别制度，如取消性别区分、拒绝异性恋，提倡同性恋等。激进女性主义的经典作品凯特·米利特的《性政治学》（1970）认为，父权制是造成女性受压抑的罪魁祸首，米利特认为父权制是所有领域里男性对女性的普遍支配。

帕格利娅写的《性面具》很激进，有人称她是女性主义的法西斯。她认为，自然力或者说人的自然本性，从本质上说是盲目的，残酷的、阴暗的。进攻、侵略、征服是自然的本性。自然的重要组成部分是性，是色情。她认为对自然造成阻碍的是男人的生理结构，相比而言女人更接近自然，自然的能量可以在女人身上顺利地流通往返。她认为，女人除了生理结构优于男性外，还更有悟性，更有直觉，对现实的感觉更敏锐，处于一种“自足状态”。

六、第二次女性解放浪潮

20世纪60年代社会运动的风起云涌为女权运动的复兴提供了良好的社会环境。美国女权运动的第二次浪潮不仅影响了美国的政治生活，也极大地影响了整个美国文化。第二次女性解放浪潮与同时代的民权运动、反主流文化运动、反战运动等遥相呼应，汇合成一幅波澜壮阔的政治运动画卷，其基调是要消除两性差别。女性要求摆脱作为“第二性”“他者”的屈从地位，要求改变主流文化价值观中的两性二元对立状态，实现充分的、全面的公民权和真正的两性平等。

与第一次女性解放浪潮相比较，第二次浪潮的目标和范围更加广泛，涉及婚姻、家庭、就业、参政、生育、堕胎、社会福利等各方面妇女的权利和权益。第二次女性解放浪潮规模宏大，其范围之广、影响之大是空前的。至20世纪70年代末，仅英国就拥有了9 000多个妇女协会。1966年，美国成立了西方最大的妇女组织——全国妇女组织。世界各地雨后春笋般地出现的其他群众性妇女组织都为争取妇女平等权利、推动妇女解放运动做出了很大贡献。

七、社会性别（gender）概念

社会性别（gender）一词和性别（sex）是不同的概念。社会性别是现代女性主义的核心概念。但它实际作为女性主义的主要概念使用是在第二次女性主义浪潮之时。社会性别（gender）是女性主义的理论性概念，具有较多含义。首先，性别意味着作为社会文化构筑的性，它和生物学的性构成了鲜明对比。性别（gender）这个概念为否定长期将女性置于劣势地位的生物学决定论提供了有力的武器。长久以来，人们一直认为男女特性的东西都是由生物性来决定的，比如女性在知识上处于劣势、易情绪化、适合做家务和育儿等就是其中的典型例子。如果真是这样，则不可能改变男性处于优势、女性处于劣势的性别分工。玛丽·沃斯通克拉夫特（1792）、约翰·司徒亚特·米尔（1869）等自由主义女性主义的先驱者们虽然没能否定性别分工，但她们强调，女性在知识方面处于劣势以及男女的不同特性，是由接受教育的差异而造成的。人类学者玛格丽特·米得也证实了这一点。由于文化不同，导致男人特性与女人特性以及性别分工也显著不同。

第二节　女性主义与女权主义

“女性主义”一词，是第二次女性解放浪潮兴起后才逐渐被世人所认识和熟悉的。在西方，“女性主义文学”的出现与女权主义运动分不开。在这里我们有必要将女性主义和女权主义这两个概念进行一下梳理。女性主义在某种意义上讲，可看作女权主义在文学中的表现。简言之，女权主义的政治性比较强，女性主义的文化性比较强，文化分析和社会因素多。女权主义指妇女在政治、经济和社会地位上应与男子享受平等权利的主张和原则，即女性为了自身的权利和利益，为自己在社会上拥有和男性平等的地位而采取的一种姿态，主要表现在政治和经济方面的平等要求，可以看作是一种女性对于平等权利的渴求和呼吁。

英文的“feminism”既可以翻译为“女性主义”，也可以翻译成“女权主义”。20世纪初，中国知识分子引进“feminism”时，翻译为“女权主义”，那是根据当时西方妇女运动主要以争取妇女参政权为特点而翻译的。第四次世界妇女大会后，研究者认识到原来的概念不能涵盖当代西方妇女运动及理论的发展需要了，当代西方妇女解放运动已演变成力图改变社会性别关系、使男女都能全面发展的运动。因“女权主义”看上去比较激进，所以现在的文学批评用“女性主义”较“女权主义”居多。女权主义和女性主义两者既有相同点也有不同点，相同点是都强调男女平等，认为男女不平等的根源在于社会文化的男性中心主义。不同点是女权主义比女性主义要激进得多。另外从发展阶段来讲，先是有强调男女平等的女权主义思想，后来才发展到在社会文化中追求女性话语权的女性主义。

女权，顾名思义是女性要争取自身的权利。从世界范围来看，第一次女性解放浪潮发生于19世纪末20世纪初，当时主要的斗争目标是争取参政权，这应该是最典型的女权主义。相比于女权主义，女性主义则有如下特点：第一点是女性主义特别注重性别平等。在这里，他们所强调的“性别”不是生理上的性，而是社会性别。在封建社会，妇女没有话语权。在女权主义者的眼光里，说女人只有好的相貌而没有才能，这是对女性的一种蔑视。同样，从女性主义角度上看，任何对“贤妻良母”的称赞都是值得怀疑的。他们一直是带着怀疑的眼光来看目前的世界。第二点是女性主义往往又带有强烈的理想主义色彩。她们怀着理想，在现实的土地上行进，而现实又不是她们所想的。

反映在文学方面，只有女性主义文学而无女权主义文学，最起码目前尚未听到“女权主义文学”的表达。女性主义文学是指具有女性意识，反映女性生活和心理，表现女性在男权社会的苦闷、彷徨、哀愁、抗争的作品。而女权主义只是一种文化批评，是对男权主义的激烈批评。女权主义倾向于解消权利的压抑，从而获得解放。二者本质上是没区别的。主要基于几点原因：

（1）两者都是来自英文单词“feminism”，只是翻译的不同。

（2）两者都是研究性别和权力的学说，只是倾向形式不同。

（3）两者表现的只是反映妇女争取解放运动的两个时期，但其内核是一致的。

（4）给人在字面的感觉不同，一般认为女权主义更激进一些，是向男性社会争夺权力，主要表现在政治方面。女性主义更温和、理智、知性。但其实内涵却是一样的，都是在为女性的自我复苏而努力。

第三节　日本女性主义思潮发展简述

日本是一个经历了漫长封建时代的国家，在这样一个国度，女性要实现自我解放并非易事。可以说，日本的女性解放跟世界大环境有着密不可分的联系。而明治维新后日本积极学习西方则为女性解放提供了良好的社会环境。日本积极实行文明开化政策，在学习西方的过程中，作为西方重要思想之一的女权思想自然是日本积极吸收的内容。明治政府1871年10月派女留学生赴美，1872年4月设立东京女学馆，1884年6月创刊《女学新态》，1890年3月开设东京女子高师，1901年4月建成日本女子大学等，这些举措标志着日本开始对女性重视。

日本的女性主义者把欧美的相关理论及实践作为自己学习的榜样，关于这一点，单词feminism的音译“フェミニズム”亦可证明。

也有些日本人不同意这种观点，1994年日本岩波书店出版了一套《日本女性主义》丛书，这套丛书的编者就认为“日本的女性主义是从欧洲输入的”观点是对事实的“误读”，她们的基本观点正如在丛书的前言中所讲的：“日本的女性主义是日本女性们用自己的语言来表现其固有的经验，是对整个女性主义思想的形成的特殊贡献”。①事实上，日本的女性主义思想是伴随着日本脱亚入欧的过程而发展起来的，在20世纪五六十年代，随着日本社会结构的变化，女性话题成为社会的一个热门话题。《朝日新闻》1952年做的一项调查中显示，以女性为主体的《主妇之友》《妇女俱乐部》等杂志的阅读量均排在所有杂志的前十名。

一、日本女性主义的背景

1. 从“文明开化”到“自由民权运动”

明治维新之后，明治政府宣布了一系列近代化政策。特别把文明开化当成头等大事，这一政策为女性地位较封建时代的跃升提供了保障。文明开化政策使得日本接受了法国市民运动带来的“平等”“人权”思想，接受过这种思想洗礼的启蒙思想家们强调天赋人权，批判封建专制和不平等的社会，强调男女同权的重要性。

福泽谕吉是男女同权论的先锋。他批判封建时代的君臣、父子等儒教观念，认为男女同样是人，不应有孰轻孰重之理，批判一夫多妻制的恶习，主张在父母协助下对孩子们进行教育。在其《劝学篇》中更是强调男人和女人在效能上的同等性。另一位启蒙思想家森有礼写

① 天野正子．新編　日本のフェミニズム11　フェミニズム文学批評[M]．東京：岩波書店，2009：vii．

了《妻妾论》，指出当时的日本男性对待妻子就像奴隶主对待奴隶一样，而他的妻子则处于卖身奴的地位。森有礼批判了封建时代和近代初期家庭中妻子地位低下的现状，指出纳妾的弊害，提案实施新的婚姻法。由于这些启蒙思想家们的努力，日本女性的地位较前大幅提高。

但是，一般百姓虽然通过文明开化具备了部分解放的条件，但对他们的要求却比以前更加苛刻。其中最主要的原因是封建家长制的存在。1871年颁布的户籍法规定：户主是一家之主人，拥有一家之财产权。实行男性继承制，女性不能继承。特别是女性没有公民权，妻子要绝对服从丈夫，财产权也要在丈夫监视之下，像未成年人一样被当成低能者对待。尤其是1871年内务省发布指令《一般臣民不应为妾的称号而痛苦》①，公开承认妾的地位，并允许将其名字登记到户籍上，即小妾可以享受配偶的待遇。这些内容遭到启蒙思想家们的强烈批判，终于在1883年废除，形成了法律上规定的一夫一妻制②。虽然实行了一夫一妻制，但男女仍不同等，比如妻子与人通奸则要治罪，而丈夫与人通奸则无罪。丈夫伤害妻子，治罪时比一般伤害罪要轻，而若妻子伤害了丈夫，治罪时比一般伤害罪要重。丈夫提出离婚，可不征求妻子同意，只需向亲属汇报即可，而妻子若要离婚则必须征求丈夫的同意。

1874年，日本兴起自由民权运动，这次全民性民主运动的目的是争取让人民获得自由权、参政权，1881年达到高潮。在这次运动中不仅有男性人权运动家，也涌现了许多女性人权运动家。运动之初只是要求制定宪法、减轻地租、修改对外条约等，随着自由民权运动的深

① 女性史総合研究会．日本女性史 4 近代[M]．東京：東京大学出版会，1994:5.
② 该法律制定于1883年，实施于1898年。

入，终于传来女性自身的呼唤。1884年，日本最早的男女同权论者之一的岸田俊子发表了《告同胞姐妹》，痛斥“男尊女卑”思想，启发大家要有男女平权的意识。虽说女性在自由民权运动中揭开了“男女平权”“主张女权”的序幕，但真正发自女性自身灵魂的呼唤，是随着杂志《青鞜》1911年的创刊开始的。

2. 贤妻良母主义的抬头

自由民权运动在遭到政府镇压之后而逐渐消退，之后明治政府大力培植“贤妻良母主义”，并使之成为明治中后期“好”女子之范本，也是近代日本最具普遍性的女性观。

1872年颁布的学制规定[①]：要洗去过去女子不学习之弊端，让男女无差别地接受教育。比起江户时期的男尊女卑，男女别学来，这的确是一大进步。日本文部省虽重视女子之教育，但却是以贤妻良母主义为核心的。“其女子才不才，要看其母贤不贤”。后来，明治政府于明治31年制定了女子高中校令，规定所有女生都有义务成为贤妻良母。理由是：“单靠男子的教育是形成不了健全的中等社会的，要伴之与贤妻良母，将家庭治理好，这样才能增进社会之福。”[②]

国家以法令形式规定女子要做“贤妻良母”，可见其规模之大，影响之深。这种以儒家道德为根基的“贤妻良母主义”有以下特点：天皇制国家主义，鼓励国粹主义，维持旧的家族制度；鼓励女子不仅要回到家中，听从丈夫，还要求女性对国家尽忠。在向人们展示日本的贤妻良母观时，经常引用的内容是：“所谓贤妻，指对丈夫柔顺，保持家庭内和平，和亲戚朋友的交往圆满，又善理家政，使丈夫无后

① 女性史総合研究会．日本女性史 4（近代）[M]．東京：東京大学出版会，1994:9.
② 女性学研究会．女のイメージ（講座女性学）[M]．東京：勁草書房，1984:192.

顾之忧；所谓良母即尽心于子女的教养，特别要关注其德育、体育，使子女将来成为有用之才。”①像这样，依靠文明开化和自由民权运动刚刚唤起的女性解放的声音就这样被无情地扑灭，致使日本女性解放的步伐迟滞了十余年。

3．“新女性”的出现

自由民权运动提倡的女性解放、女性自立以及思想改造等倡议使得明治政府十分恐慌，明治政府在大审判后处死多位领导女权运动的政治犯，并导致日本以皇室为首，集体提倡“贤妻良母主义”。贤妻良母主义对女性的要求极其苛刻，广大女性仿佛又回到了人间地狱。

1911年，以平塚雷鸟为首的一群女性，包括发起人平塚雷鸟、保持研子、中野初子、木内锭子、物集和子，赞助人长谷川时雨、冈田八千代、与谢野晶子、小寺菊子、小金井喜美子、濑沼夏叶、国木田治子、小栗筹子、田村俊子及其他社员18名，共同创办了主张女性主义的青鞜社，发行了《青鞜》②杂志，杂志社社则第一条规定：“本社以促进女性的觉醒、发挥各自的天赋特质、培养未来女性天才为创设宗旨。”③开宗明义地揭示其创立目的在于追求“女性文学的发达”，期待“女性天才的诞生”。平塚雷鸟于1911年9月发表《元始，女性是太阳》，宣告了《青鞜》的诞生，也使得中断一时的女性解放运动得以继续。

对于该杂志的诞生，阿部次郎在《青鞜》创刊号上发表评论，称

① 女性学研究会．女のイメージ（講座女性学）[M]．東京：勁草書房，1984:197．

② “青鞜””是“blue-stocking”的译词，意为“蓝袜子”。18世纪伦敦妇女文人集会时穿蓝袜子，故“青鞜”指妇女知识分子。日本的“青鞜派”是以近代女性作家平塚雷鸟为中心的文学组织。

③ 女性学研究会．女のイメージ（講座女性学）[M]．東京：勁草書房，1984:213．

“新生命的觉醒必将给周围那些看热闹之人以好的话柄。……对这等卑贱之人的责难、攻击和嘲笑能够插科打诨似的不予正面理睬，来开辟自己的前途，这是所有新生命觉醒预定好的命运”[①]。阿部次郎用“新生命的觉醒”来激励“新女性”（新しい女）。在明治中后期全民强调“贤妻良母主义”之时，“新女性”的出现被视为异端，加以排斥。

“新女性”的出现有其特定背景。日俄战争后，社会主义运动、工人运动激化，福田英子的《世界妇女》在短时间内，从社会主义立场出发，主张妇女解放，致力于妇女的思想启蒙。同时，“贤妻良母主义”使得广大妇女备受家族制度的压榨，她们在家里不被当作人看待，接触不到涉及女性受压抑的杂志和书籍，她们在家族制度的压榨下痛苦地呻吟着，虽暂时看不到解放的出路，但她们已经做好新时代到来的准备。

“新女性”一词最初出现在坪内逍遥的演讲题目中，他在演讲“近代剧中所见之新女性”[②]中，将西方一些剧作家，诸如易卜生、萧伯纳、司汤达戏剧中的女主角称之为“新女性”，并预言日本早晚会出现“新女性”。之后，1911年秋，易卜生的《玩偶之家》在日本公演后引起轰动。《玩偶之家》的娜拉强调男女在道德上的平等，打破了贤妻良母的神话，主张女性要忠实自我，尊重自己的决定权。这些内容引起广大日本妇女的共鸣，也直接导致了《青鞜》的产生。

二、岸田俊子的女性解放论

自由民权运动主张天赋人权，这里的人权不仅包括男子的权利，

① 女性学研究会．女のイメージ（講座女性学）[M]．東京：勁草書房，1984:210.

② 1910年秋在早稻田大学的演讲。

还包括女性的权利。1885年《东京横滨每日新闻》从8月22日到9月4日连载了十期社论，以“女权扩张使用什么方法”为题，主要阐述女性如何实现自己的权利扩张。

社论主张，欲使一国的文明进步，不仅需要男权，也需要女权。把女性当牛做马的国家是野蛮国家。赋予女性跟男性同样的权利才是文明国家。女权的消长是文明的衡量标准。

当时曾有一种言论，认为先有了人权，才会有女权，人权先于女权。对此，社论给予反驳。因为在当时的社会标准下，所谓“人权”一般指的是男性的权利，而不是指男女兼有的权利。社论认为应该帮助女性解放，使女性广泛接受教育。

社论进一步言及婚姻中女性的地位。认为当时日本人的婚姻中女性（即妻子）的地位低下。“人类的神经组织男女都相同。男子喜欢的，女子也喜欢，男子感到愉快的，女子也肯定感觉愉快。但是，在日本，欢乐的十之八九是为了男性的欢乐，甚至全由丈夫占据。妻子承担了所有的悲哀。”①因为夫妻双方大部分不是情投意合的婚姻，而是受父母之命、媒妁之言结成的婚姻，加之当时社会男尊女卑之风盛行，所以才导致这样的恶果。婚后妻子要看丈夫的脸色行事，丈夫心情好妻子才放心，丈夫发怒妻子会不停地道歉。如果妻子对着丈夫讲述道理或者指责丈夫的过失，丈夫会归罪于妻子，甚至会把妻子休掉。所以社论的观点是，必须要让女性接受教育，让她们能够进入社会，能够依靠自己的能力赚钱养活自己，这样才不至于仰丈夫之鼻息。

在这样的社会条件下，不是由男性为女性解放而呐喊，而是女性

① 大日方純夫. 自由民権期の社会[M]. 東京：敬文舎，2012:137.

自己站出来为自己代言，这是最有说服力的。自由民权运动时期，岸田俊子的出现使人眼前一亮，她是一位饱学诗书，才华横溢的女性，她的出现为推进日本的女性解放进程起到了关键作用。

岸田俊子生于京都一布料商人家庭，别号湘烟，所以人们也称之为湘烟女史。她考入女子师范学校，后因病退学，1879年被遴选为宫中女官，在宫中侍奉皇后一年有余。因为对宫廷生活不满意而离开皇宫。1881年前往土佐旅行，以此为契机，参加了自由民权运动。作为民权运动家活动期间，她在大阪、冈山、四国和熊本等地积极演讲，对明治政府进行批判。1883年，她发表了题为《千金小姐》的演讲，因为演讲抨击了政府，所以她因言论不当罪而被逮捕。出狱后，她发挥自己善于辩论的特点，在全日本游说，宣传扩张女权的思想，因而受到广大民众，特别是广大日本女性的热烈欢迎。1884年，她与自由党副总理中岛信行结婚，而后改名中岛俊子。婚后，她在自由党所办报纸《自由之灯》上分十期连载了她的评论《告同胞姐妹》，宣扬男女同权思想。

岸田俊子开始活动之时，自由民权运动的最盛期已经过去。但是，岸田俊子为了女性的权利，勇敢地跟旧势力进行斗争。她的斗争最先体现在演讲方面。由于岸田俊子具有极佳的辩才，所以男性民权运动家充分利用她的演讲天才，这对于推动自由民权运动起到良好作用。在某种意义上讲，岸田俊子对于男性民权运动家来说具有极高的利用价值。俊子转战日本各地进行演讲，在她的引导下，日本女性民权运动家辈出，清水紫琴就是其中一位。岸田俊子的演讲从1882年4月到1884年3月，持续了约两年时间。之后她便开始文笔活动，通过在杂志上发表文章来宣扬她的男女同权思想。岸田俊子最有名的演讲是《千金小姐》。在这个演讲中她认为，社会上有三个条框阻碍了女子的发展。一是父母严守古训，束缚子女自由；二是女子长期处于闺阁，隔绝与外界的联系；三是父母滥用权利，使女子言听计从。如果不取消这三个条框，在这类教育方式下不会出现有利于社会发展的完美女子。

明治维新后，在学习西方的过程中，日本一些思想家形成了自己独特的女学思想，比如严本善治的“女学”思想便是如此。严本善治的思想仍没有脱离封建性，仍以贤妻良母主义为主。他倡导的“贤妻良母主义”思想主张女子应为人妻为人母，男女在根本上就有所不同，男女有各自的分工。尽管严本善治的思想比起封建时代的三从四德已经有所进步，但严本善治的思想仍将女性置于从属地位，对严本善治的思想，岸田俊子不敢苟同。岸田俊子主张男女平等和女性的独立自主，最能够集中体现她这种思想的便是她的《告同胞姐妹》。

《告同胞姐妹》被称为“近代日本第一部评论文学”[①]。该评论发表于自由党创刊的报纸《自由之灯》上。在《自由之灯》的创刊号上，岸田俊子发表了《恋自由之灯，述内心情怀》的短文，这既是《自由之灯》这个报纸的祝贺文，也兼有《告同胞姐妹》绪论的性质。评论以天赋人权为理论依据，其中饱含着对女性解放的热切希望。

《告同胞姐妹》共十部分，分别刊登在《自由之灯》的第二期到第三十二期。文中阐述的女权理论可看到英国的《论妇女参政权》和《政治谈》的影子。此外，赫伯特·斯宾塞的《女权真论》对她的影响也显而易见。福泽谕吉的《日本妇女论》中虽然没有提及岸田俊子的名字，但《日本妇女论》与《告同胞姐妹》的内容有很多重叠的部

---

① 新・フェミニズム批評の会. 明治女性文学論[M]. 翰林書房，2007:14.

分。从发表时间的前后顺序来看，《日本妇女论》显然是受到了《告同胞姐妹》的影响。

岸田俊子不是将西方文献翻译不加以消化囫囵吞枣，而是将其充分消化之后化为自身的思想，之后再用自己的语言进行表述，使之成为日本女性能消化吸收的理论和知识。在共十个部分的评论中，第一部分讲述了容忍男尊女卑社会的女性的愚钝，“自古昔便存种种恶劣之教育、习惯、风俗。对文明自由之国人甚感惭愧。其中最恶之风俗当属男尊女卑。……陋俗尊男子为老爷、主人，女子却被贱视为婢女仆人，不能受到同等待遇。”[①]并对这些女性表示哀叹，指出其思想的麻痹性。俊子认为社会由男女两性构成，男性没有理由占据主导地位。在第二部分中，岸田俊子举出古今东西的优秀女性的例子，认为女性在思维方面劣于男性的论断是极其荒唐的谬论，是由于知识不足导致的思维能力不足。日本女性认为男尊女卑很正常，她为这种可悲想法而扼腕。

第三部分主要涉及了日本女性不觉醒的原因。岸田俊子指出，虽然女性不比男性弱，但现实社会优秀男性占据多数却是事实。造成这种现象的原因主要是男性接受教育者多，他们接触社会的机会多，见闻广博。相反，日本女性多深居闺阁不与人接触，所以造成日本的优秀女性远少于男性。总之，优秀男性比女性多是因为男性受教育而女性不受教育导致的，他们在思维能力上并没有大的差异。岸田俊子倡导说：“我亲爱的姐妹啊，请你们内心变得坚强而坚定，在具有社会偏见的男性压迫面前说出自己男女同权之理。”[②]她的这一倡议像是对确立女权而吹响的进军号。第四部分主要论述了女性的财产权问

① 鈴木裕子．岸田俊子評論集[M]．東京：不二出版，1985:55

② 新・フェミニズム批評の会．明治女性文学論[M]．東京：翰林書房，2007:14.

题，这是英国的理论家们没有提及的问题。她主张不能因为女性在思维能力上劣于男性就认为女性的权利必须小于男性。但是，男尊女卑社会犹如铜墙铁壁，并非一日能攻破，若想使女性变强大，拥有经济能力是必要手段。在封建家长制的家庭里，只有男性有财产权，所以没有财产的女性不得已屈服于男性，这是毫无道理的，是女性的不幸。

在评论的第五部分，岸田俊子以“男女之间以爱恋二字作为尊重”[①]开始，指出“男女之间只有相爱相恋，同忧伤同欢乐，才叫真正的恋爱和感情”[②]。但是拥有权利的男性一方将爱恋之情打得粉碎。这里的“爱恋”一词实际上是英文“love”的译词。岸田俊子将男性的权利定义为“恐怖的恶魔怨敌”，这种权利和“相爱相恋，同忧伤同欢乐”的温柔感情相矛盾，“如果男子失去一直以来握在手中的权柄，对女子施以同等之礼，并还给女子全部权利的话，女子便会敬重男子、爱其丈夫，男女应互相保护其权利，男子尊重女子的权利，女子也尊重男子的权利，互不侵犯、互不侮辱、互不亵渎，温柔相语，将命令改为商谈，商谈才会使一家和睦……如此的话，一家之内常常怡然相乐，是为人间无上之幸福。”[③]岸田俊子认为只有家庭中实现了男女平等，才可能在社会范围内实现男女平等。因为家庭是社会的缩影，在家庭中都难言权利，哪里还谈得上在社会上的地位。岸田俊子认为如果男子要挥舞手中的权利则不可能享受真正的爱情。这实际上对于男性来讲也是一种不幸。岸田俊子在实际生活中跟中岛信行相亲相爱，也是对她理论的一种实践。

① 新・フェミニズム批評の会．明治女性文学論[M]．東京：翰林書房，2007:17.
② 同上。
③ 鈴木裕子．岸田俊子評論集[M]．東京：不二出版，1985:75.

评论的第六部分实际上是第五部分的延伸，阐述了夫妇之间实现了同权之后夫妻双方会相敬如宾，不会吵架。

第七部分则是对男性民权运动家言行不一致的焦虑和愤慨。男性民权家口头上声称天赋人权，但在实际行动中却阻碍了女性热切希望的男女平等和男女同权。其中，对男性民权运动家的批判大胆直接，令人瞠目。她指出，“立宪政体与古代政治相比可以说是极好的，但从文明开化的极限来看，不能不说它还是极为低端的”，[①]之后岸田俊子大声质问那些男性民权运动家：“君等欲改良社会、欲谋人类进步，为何仅在男女同权一说上结成了顽固守旧之党？”[②]男性民权运动家目标所指的“国会”和“立宪政体”并不一定能带来真正的男女同权。女性的确需要意识的变革，但在女性改变意识之前更需要男性的意识变革，即需要男性从男女平等的角度来思考问题。后来另一位自由民权运动家福田英子在《妾的半生》里也提到了同样的问题。

所以在第八部分的开头岸田俊子这样写道：“己所不欲勿施于人，这是中国圣人的教导。将己之所欲施于他人，这是西洋基督教的教旨。其教义是以仁恕之心与人交往，这在东西方是一致的。仁恕即怜悯同情之心。不管男女，一日无这种仁恕之心，就与禽兽无异。……男性将自己忌讳的东西强加给女性，这是极其无同情心之举，他们的举措难道不是不懂做人的道理吗？”[③]“我国女性按照自古以来的习惯，不知道女性拥有的权利，男性怎么说怎么做，女性就跟随，忍受其虐待使唤”[④]，所以男性占用了女性应有的权利，并且

① 鈴木裕子. 岸田俊子評論集[M]. 東京：不二出版，1985:70-71.
② 同上。
③ 新・フェミニズム批評の会. 明治女性文学論[M]. 東京：翰林書房，2007:20.
④ 新・フェミニズム批評の会. 明治女性文学論[M]. 東京：翰林書房，2007:21.

说占用女性权利是因为女性没有学问没有才智。岸田俊子对不想放权的男性已经绝望，认为男性以女性没有学问而理解不了同权之理而占用女性权利是一种卑劣的借口，这种男性简直无可救药。

《告同胞姐妹》的第九部分仍然表达了男性的不信任，男性嘴上说改革变革，却在男女同权这一点上对旧的习俗格外怀恋。所以岸田俊子得出的结论是：这个时代的日本男性并不可信，所以女同胞要奋然觉醒，打破毫无同情心的男子的迷梦，勇敢地追求自己的自由和幸福。她在接下来的第十部分列举了西方的具体事例，对西方的一夫一妻制进行了赞扬，对西方的女性参政表达了充分的肯定和向往。

男女同权论实际上也是妇女解放论，《告同胞姐妹》作为日本最早的男女同权的战斗檄文，在当时的环境下吹响了妇女要求自由、平等和权利的号角。自由民权运动时期的男性民权家以开设国会为政治目标，意在全民平等地经营国家的政治。但是，在战后倡导主权在民、人权平等的环境下，日本有些男性，特别是一些政治家仍然发表歧视女性的言论，男性原理仍在起支配作用。岸田俊子在130多年前提出的男女同权思想在一个多世纪过后仍未全部实现，这也可以看出男权思想的根深蒂固。

岸田俊子为何会那么早觉醒，并成为妇女历史和文化的变革者？这要归结于她的家庭。她十分清楚母亲的苦恼。父亲整日吃喝嫖赌放荡不羁，掌握家中大权，母亲没有任何自由。看到母亲的悲惨境况，岸田俊子决定把女性的解放作为终生的课题来实现。在当时情况下，丈夫纳妾或者到外面召妓，妻子无权反对。比如三宅花圃家就属于妻妾同室，其父亲曾是外交官，后来当了元老院议员，收入颇丰。但由于吃喝嫖赌而散尽家财，家庭经济拮据，其母亲极其苦恼。面对这种封建家长制的家庭，有知识有才干的岸田俊子和三宅花圃开始觉醒了。她们觉得女性不可以再持续这样蒙昧的耻辱状态。

江户末年和明治初期，日本社会仍处于“女子无才便是德”的时期。但那时候岸田俊子已经具备给皇后讲解《孟子》的深厚学识，这在当时是许多男性也难以企及的。岸田俊子的父亲虽然对其母亲极其苛刻，但对女儿的教育十分热心，这使得俊子博古通今，也使得岸田俊子认识到男女不平等社会的弊端，激发了她勇敢改造现有社会、为女性解放而呼吁的勇气。

岸田俊子呼吁女性不要甘愿受男性的统治，要从男性统治中愤然而起，为构筑平等社会而觉醒而奋起。她从人权平等思想进展到女权思想，一是由于其女性的身份，容易使她联想到周围女性的处境，所以她开始阐述男女同权思想。二是她对受《女大学》宣扬的贤妻良母主义思想控制的女性不幸深有感触，所以她成为自觉的变革者。而要做到对女性的变革，女子的教育和女子的社会性是必不可少的。这里所说的“社会性”也就是女子参政问题。俊子认为，日本社会的男性因为身为男性而接受了好的教育，这跟个人的意志和努力几乎无关，而生为女性就要接受处于无知蒙昧状态和处于从属地位的命运，这是多么不讲理啊。所以岸田俊子要打破这种不合理的局面，督促女性的觉醒。

如果说岸田俊子是日本女性解放的先驱者，那么她的《告同胞姐妹》便是妇女解放的宣言书。是自由民权运动成全了女演说家岸田俊子，岸田俊子也很好地利用了自由民权运动这块土壤。她将自己渊博的知识运用于男女同权的宣扬和传播之中，她通过自己的“舌”（讲演）和“笔”（评论文）将自己的智慧思想化，有力地推动了日本女性的觉醒和解放。

第二章　日本女性主义文学综述

日本女性主义文学是在明治维新后女性解放运动逐渐高涨的大背景下产生的。受西方女权运动的影响，日本有识之士认识到儒教文化严重束缚了女性的发展，最先觉醒的一部分女性知识分子也感到贤妻良母主义制约了女性的政治和经济权利。自由民权运动之后，虽然封建专制思想抬头，但是日本女性受到了女性解放运动的洗礼，逐渐找到自我解放的方向。女性主义文学作为反映女性解放的载体，在宣扬女性独立自主之精神的同时促进了日本文学的发展。

第一节　日本女性主义文学发展脉络

日本女性主义文学从发生到兴盛，中间经历了曲折的发展过程。从自由民权运动时期的《破碎的婚戒》到战后女性作家的反“母性”文学，日本女性主义文学走过了一段不平坦同时又不平凡的道路。之所以不平坦，是因为日本社会的封建残余所致。之所以不平凡，是因为在封建残余浓厚的日本，女性主张自身权利并非易事。即便如此，日本的女性主义文学仍取得了丰硕的成果。

一、从女性文学到女性主义文学

女性主义是一种意识形态，它反映了女性追求男女平等的切实愿望。男女平等的思想反映在社会的各个方面，它涉及政治、经济、教育、法律、文学、文化等诸多领域。反映到文学方面，反映性别平等、男女平权思想的文学就是女性主义文学，它注重刻画力争自身解放的妇女形象。女性主义文学不一定出自女性作家之手，男作家亦可创作出女性主义文学。就日本文学而言，女性文学历史悠久，而女性主义文学则始于明治末期和大正初期。在日本平安时代，紫式部、清少纳言、和泉式部等女性作家就已声名大噪，但她们描写的内容丝毫没有女性解放之痕迹，所以只能称其为女性文学。尽管当时的中下层贵族女性受过良好的教育，但她们的社会地位在整个平安时代却始终处于下降的趋势，最终到了被完全剥夺了政治和经济权利的地步。这是封建时期固有的现象。女性被禁锢在家庭中，倍受一夫多妻制之苦。但是，那些在文学和艺术上受过良好教育，对人类错综复杂的情感和关系有深切理解的女性们仍记录下了她们自身的痛苦以及发生在她们身边的生活悲剧。在整个古典时期，受过教育的女性一直在写诗歌、物语、日记以及自传。然而，到了中世纪，继而到了江户时代，由于社会制度受儒教学说控制，女性完全退回到家庭之中，扮演起贤妻良母的角色。在封建社会，特别是在以男性中心主义为基础的武士政权时代，妇女几乎停止了写作。她们在很长一段时间内沉默着，渐渐失去了在文学领域的地位。江户时代，妇女地位极其低下。儒教思想成为支配人们日常生活的精神支柱。比如，当时对女子规定了如下戒条：不合家风者要被休掉，不能生育者要被休掉，忌妒心强者要被休掉，为人妻者要早起晚睡，不许馋嘴等等[①]。

江户时代虽然出现了井原西鹤、松尾芭蕉、近松门左卫门、曲亭马琴等男性大文学家，却没有一位女性作家出现。在这种低级武士必须服从上级命令，女子必须服从丈夫命令的年代里，妇女不可能创作

① 中山和子，江種満子，漆田和代．ジェンダーの日本近代文学[M]．東京：翰林書房，1999:155.

出文学来。直到江户晚期，对于压抑文学的儒教思想产生不满的一些学者发起了民族文学运动，在这种条件下，女性文学才得以复苏。

进入近代以后，人们受近代化及人权运动的影响，许多女性意识到时代的巨变，也逐渐找到了表达自我和全身心投入到现代生活的方式。女性文学在明治末期和大正时期复苏。人们对现代化的追求以及人权运动的影响，渐渐唤起了女性认识自我及表现自我的欲望。尽管在明治末年现代法律制度已经取代了封建宗法，但法律仍然剥夺了女性大部分人权。在明治30年代，贤妻良母主义抬头，女性地位依然低下。1898年颁布的民法中规定：为人妻者没有丈夫允许不可拥有财产，不可向人借钱，不可诉讼[①]。后来，随着基督教的传播，西方女权主义思想的传入，女权主义在日本迅猛发展，才使得优秀的知识女性越来越密切关注她们在社会中的身份和地位。

明治时期对现代化的追求，是强调生活中实用的一面，而把文学放在边缘的位置，认为作家和艺术家无足轻重。女性作家和艺术家被社会所忽视并被孤立起来，所以她们建立了小型而亲密的世界——沙龙。在那里，她们不受旧的保守主义和实用主义思想的约束，能够进行艺术实践并根据自己的想法来生活。她们忍受着被孤立的痛苦，追求并接受了当时世界上最激进、最前卫的思想——女性主义思想。当时，对于有志向有才华的女性来说，文学和艺术是最合适她们的领域，事实上也是唯一的领域。她们认为，在该领域她们能追寻自己的梦想并获得成功。成立于1911年的蓝袜子（青鞜）文学组织，后来很自然地成为日本最早的女性主义组织，并出版了第一本女性文学杂志《青鞜》。青鞜文学组织吸引了许多对于表现自我感兴趣的女性，她

① 中山和子，江種満子，漆田和代．ジェンダーの日本近代文学[M]．東京：翰林書房，1999:155.

们出版的杂志很快成了涉及所有女性问题的女性主义论坛。

在明治末期和大正时期，女知识分子和女艺术家们像男性知识分子和艺术家一样，都为“什么是现代的自我”这一问题感到迷惑。在易卜生等人的影响下，“新女性”作为合法的知识公民获得了认可。尽管在现实中，那些试图摆脱强加于她们的传统角色，并向往自由生活的女性遭到了社会的排斥，但是那些女性作家们通过笔下人物的描写，在追求自我满足和自我表现的过程中，为女性的解放而斗争着。即使进入现代，日本女性作家的组织仍被视为她们自己的内部团体，被文学界排斥在主流之外，她们的作品被看作大河的支流，永远融入不到日本文学的主流中去。但是，这一特殊的现象反而更加激励女性作家们去创作，为自己赢得读者和市场。

明治初期，日本的封建思想依然浓厚。而在当时的美国，明治19年（1886）美国迎来了第一个劳动节，全世界工人阶级自此开始要求8小时工作制。1890年，日本政府为维护专制政权的绝对权威，开始对自由民权运动进行镇压。1911年，平塚雷鸟发起的“青鞜”运动主张人们要反抗封建礼教，主张妇女要充分发挥自己的才能，要拥有感情的自主性。伴随着“青鞜”运动的开展，许多女性作家纷纷向该杂志投稿，积极宣扬女性解放的思想。于是，女性主义文学渐渐崭露头角。

二、女性主义文学的发展

《破碎的婚戒》发表时自由民权运动已经退潮，此后日本便开始对女子实施贤妻良母教育。在之后的近二十年里，广大知识女性待在家中，除了樋口一叶和与谢野晶子外，几乎没有文学创作。直到1911年女性文学杂志《青鞜》的创立，女性主义文学才得以复苏。

平塚雷鸟创刊《青鞜》之时，确定的原则是只刊登女性作家的作品，读者也是面向女性，编者更是女性。可以说《青鞜》即女性的文艺园地，它反抗封建道德的观念深受广大女性的欢迎。它是新思想的聚集地，是批判旧思想的前沿阵地。

《青鞜》虽然坚持了仅5年时间，但它在推进女性解放、女性文学以及女性主义文学的发展方面发挥了巨大作用。由于当时日本政府认为它违背了贤妻良母的原则，故该杂志曾三次遭到禁售处罚。自1916年至宫本百合子的《伸子》开始在杂志上连载到1924年为止，近十年时间没有由女性创作的女性主义文学问世，倒是白桦派作家有岛武郎发表了《一个女人》，表达了女性丝毫不比男人逊色，女性拥有独立人格的观点。

《一个女人》之后的女性主义代表作则是昭和初期宫本百合子的《伸子》和野上弥生子的《真知子》。这两部作品的作者都出身于中上层社会，她们均受过良好的教育。《真知子》的主人公真知子追求恋爱自由，崇尚有爱的婚姻。在昭和初期，这样的思想虽称不上十分进步，但比起绝大多数女性来，她的言行已远远超越当时的时代。真知子的进步性体现在她作为资产阶级出身的女知识分子能够理解并主动接受社会主义思想，并向往能够主宰命运，主宰婚姻。《伸子》的主题和《真知子》有些类似，主人公伸子热爱自由、独立的生活，为了摆脱以母亲为代表的家长制的束缚，选择了前往美国留学，并和一位中年学者自由恋爱并结婚，伸子渴望男女平等、通过实际行动对以男性为中心的婚姻制度进行了反抗。在处理自己的婚姻问题上，宫本百合子认为女性始终应该站在男女平等的立场上，旧的日本男权社会是不合理的，那种旧社会“夫是天”的思想应该被摒弃。尤其是伸子“结婚二原则”的提出更是表明了宫本百合子认为女性应该有自己的工作，应该有自己的经济独立能力，女性不应该仅仅成为丈夫的生育工具等态度。相比而言，《伸子》比《真知子》更具进步性。

昭和初期至第二次世界大战结束的20年间，除了百合子和弥生子的女性主义文学之外，几乎没有其他女性主义文学问世。究其原因，主要是由于日本政府对无产阶级的镇压以及对文坛的文化统治。当时且不说女性主义文学，就连男性作家的创作都受到严格控制。1936年的“二二六”事件之后，日本法西斯势力甚嚣尘上，军国主义政治思潮不仅干预了文艺思潮，甚至直接代替文艺思潮，从围绕时代中心为侵略国策唱赞歌，到豢养一批御用文人为军部充当吹鼓手。在军国主义的统治下曾发生两起“禁止发行事件”。第一部被禁止发行的作品是岛木健作的《再建》，记载了作者转向后对农民运动的反省和“再建”的企图。它一出版就被当局以“通过农民运动刺激左翼意识”的罪名予以查禁。第二部被禁止发行的是石川达三的《活着的士兵》。由于它较客观地反映了日本士兵烧杀掳掠的恶行，不仅作品遭到查禁，作者还被判处4个月的徒刑，缓刑3年。在军国主义的白色恐怖下，有近6万人转向投靠军国主义。许多作家成了宣传“大东亚圣战”的国策文学者。在白色恐怖下，还有一些作者采取消极抵抗态度。在这种条件下，女性作家根本不可能创作反抗男权统治的女性主义文学。

15年战争造成日本绝大多数作家的创作处于不毛状态，女性作家自不待言，即使是男作家，由于文化统治的关系也不能按照自己的意愿来创作。1945年日本帝国主义投降，以美国为首的联合国军占领日本，实施民主改革，这不仅使得男性作家的创作如开闸之洪水，一发而不可收，也为女性文学的发展提供了前所未有的发展良机。

二战后，随着美国在日本普遍实施民主，女性的社会地位大幅提高。日本在美国占领军的协助下建立了民主国家，教育普及，女性获得了与男性同等的教育机会。20世纪50年代，一大批杰出女性作家在文坛崛起，日本再次出现了女性文学勃兴的壮观景象，日本评论界把这个时期称为“才女时代”。这些女性作家的作品以独特的视角剖析现实生活中的各种矛盾，通过作品诉说着自己对男权社会的不满。

战后女性作家中，女性意识较强的作家主要是有吉佐和子、津岛佑子和大庭美奈子等人。有吉佐和子在《纪之川》中通过对传统文学中男性形象的解消达到了颂扬女性的目的。小说将温柔而守妇德的阿花、阿花的祖母丰乃、聪明而又觉醒的文绪、自立而又有同情心的华子等几代女主人公进行了生动刻画。跟这些生动的女主人公相比，《纪之川》中的男性形象则显得纤弱了许多。本是家庭支柱、掌握一族命运的男性只是作为点缀来描写，男性的身影很模糊，只是从侧面依稀可以看到，跟那些生动鲜活的女性形象相比，男性们只是在适当的时候出现，描写十分平面化。津岛佑子的小说特征之一即她对母性的眷恋。津岛的女性意识体现在：“从关注女性、母性开始，进而反观男性，通过表现母性、赞扬母性等，最终明确地褒奖了女性世界里特有的希望和温暖，充满了坚强和智慧。批判了男性的不可信任等。”①

第二节　日本的女性主义文学批评

什么是女性主义文学批评？可以这样定义：“广义上，凡是围绕女性主义文学展开的阐释、分析、评价等批评活动，均可称为女性主义文学批评。严格意义的女性主义文学批评，是女性主义思想观念、

① 杨希．津岛佑子小说中的女性意识[J]．黑龙江教育学院学报，2008(9)：121.

研究方法在文学领域里的自觉实践。”[①]女性主义文学批评是20世纪后半期在各国兴起并兴盛起来的。日本的女性主义文学批评受西方女性主义文学批评的影响很大。

日本的女性主义文学批评可以追溯到《青鞜》时期。当时在《青鞜》杂志上的那些争论即可以认为是女性主义文学批评问题意识的萌芽。但是，女性主义文学批评在日本真正作为一个潮流或一种思想成立，是在20世纪70年代的妇女解放运动之后，并于1981年前后正式登上学术舞台。

女性主义文学批评在日本的萌芽和勃兴有其深厚的思想和社会根源。日本自古以来就有大力吸收先进文化的传统，特别是在明治维新后，日本对西方的先进文化和思想的吸收速度让人瞠目。女性主义思想作为当时的前卫思想也被日本的进步思想家积极吸收并移植到日本。从森有礼、福泽谕吉等男性进步思想家到岸田俊子、平塚雷鸟、与谢野晶子等女性思想家，他们均反对传统的封建道德，力主女性的自我解放。尤其在易卜生的《玩偶之家》在日本公演后，一石激起千层浪，广大日本妇女从娜拉身上看到了自我解放的曙光。西方第一次女性主义浪潮对日本的影响发生在明治末期。1911年，当时的重要女性主义刊物《青鞜》介绍了西方的女性主义运动，讨论妇女在家庭中的地位问题，探讨妇女的参政、教育等问题，对日本社会产生了深远影响。但是由于日本的封建残余以及天皇绝对统治的缘故，日本宣扬的仍是贤妻良母的观点，故《青鞜》没坚持几年就被迫停刊，日本女性主义文学告一段落。1928年，在长谷川时雨的主导下，杂志《女人艺术》继承了《青鞜》的衣钵，成为只刊登女性作者作品的发表园

① 魏天无，魏天真．女性主义文学批评的本土化历程及其问题[J]．外国文学研究，2011(3):43.

地，其中不乏具有女性主义观点的文章。该杂志在坚持了4年之后也不得不停刊。直到1945年联合国军占领日本，对日本实施民主主义改革，日本的女性地位才有了实质性改变，女性主义文学又一次复兴。战后民主主义使得男女同权在法律层面得到保障，但实际生活中，女性的地位依然无法跟男性相提并论。在波伏娃的《第二性》以及欧美第二次女性解放浪潮的影响下，日本又一次掀起了女性解放浪潮。这次浪潮简称“女性解放（ウーマン・リブ）”，是在欧美激进女权主义思想的影响下而产生的。它以反对“母性”为主要特点，表现出“弑母杀婴”等反传统模式，像大庭美奈子、河野多惠子、三枝和子等作家就是这类作家的典型代表。总之，日本的女性主义思潮深受西方的影响，离开西方的影响，日本女性主义思想无从谈起是不争的事实。女性主义文学运动的大力开展为女性主义文学批评的产生打下了良好基础。

一、从女性主义批评到女性主义文学批评

女性主义文学批评的奠基人是英国作家弗吉尼亚・伍尔夫。她创造性地提出：“‘双性同体’既是女性创作的最佳状态，也是消除男女差异的良好途径。”[①]她在《一间自己的屋子》里提出妇女要有一个赖以存在的私人空间，否则文学创作就会受到严重的影响。她还提出妇女除了有一间自己的房子，还需要一年有500镑的收入做保障，这样一来，妇女的命运就会完全不同。这两个条件是保证女性创作的基本条件。500镑是保证写作的经济基础，独立的空间是避免被人打扰的创作环境。这两个条件现在看来容易实现，但在当时的条件

① 马强．《到灯塔去》中对“双性同体”状态的追求[J]．青海社会科学，2007(3)：111．

下却相当困难。在20世纪初，她的女性主义文学批评具有女性乌托邦的色彩，但却启发和影响了后来无数女权主义者。在伍尔夫之后，法国的女性主义文学批评代表人物克里斯多娃、西苏和伊利格瑞分别提出了“符号话语”[①]“女性写作（écriture féminine）”和“妇女写作（écriture de la femme）”的问题。

伍尔夫的女性主义文学批评出现在1928年，而在20世纪初，日本的女性主义批评已经初具规模，而且这种女性主义批评是伴随着女性主义运动的发展而展开的。在女性主义文学发展初期，针对文学本身进行的批评几乎见不到，更多的是女性主义批评。1910年《青鞜》的创刊为女性主义批评提供了舞台。其中与谢野晶子的女性主义批评最有代表性。除了与谢野晶子外，平塚雷鸟、山川菊荣等人的作品是女性主义批评的主要力量。平塚雷鸟的《元始，女性是太阳》虽然是一篇随笔风格的文章，却可以认为是日本女性主义批评的好文章。她在文中提到了“创世之初，女性原本就是太阳、就是真正的独立个体。但是，现在的女性却是月亮。是要依附他人而生，要借助其他的光芒辉映才能闪现出宛如病人般苍白脸色的月亮。……我们现在必须要把久被遮蔽的太阳找回不可。‘在久被遮蔽的太阳当中，发现潜藏其中的天才！’”这是日本女性解放的宣言书。在平塚雷鸟之后，与谢野晶子在《青鞜》以及其他杂志上就女性的社会地位问题、女性的受教育问题持续发表评论，是日本女性解放的理论代言人之一。尤其是平塚雷鸟和与谢野晶子的“母性保护论争”更为该时期的女性主义评论增添了亮色。山川菊荣作为日本马克思主义女性主义的代表人物，站在阶级斗争的立场上对两人的争论做出正确的评价。该时期的评论

① 平塚らいてう著作集編集委員会．平塚らいてう著作集（第 1 巻）[M]．東京：大月書店，1983:3.

大多属于有感而发的评论，还没有上升到理论的高度，但她们根据自身见解发表评论，为之后的女性主义文学批评打下了基础。《女人艺术》时期，女性作家们在该杂志上发表的一些评论可视作《青鞜》的女性主义批评的延续。到了昭和十年代，由于军国主义的法西斯统治，日本文学界的创作遭遇寒冬，不要说反抗封建专制的女性主义文学和女性主义文学批评，就连一般的文学创作都受到限制。

日本真正的女性主义文学批评是在欧美的女性主义文学批评刺激下，由一些学者展开的。战后初期的《近代文学》杂志，在平野谦、本多秋五、佐佐木基一等评论家的帮助下取得飞速发展。与此不同，日本的女性主义文学批评不是边开展运动边进行评论的，而是在日本的第二次女性解放浪潮过后才逐渐展开并渐成气候的。

“女性主义文学批评”一词正式在报纸杂志出现是20世纪80年代中期，这一词的出现比日本第二次女性解放浪潮晚十多年。虽然驹尺喜美1978年发表了著作《魔女的理论》，但在当时，这只是一种女性主义文学批评的实践。

二、日本女性主义文学批评概要

说起日本的女性主义文学批评，一般认为始于驹尺喜美的《魔女的理论》。而在之前的1976年，即国际妇女年的第二年，当时街头巷尾到处可见“女性的自立”等标语。而当年《国文学解释与教材的研究》7月号编辑了特集《女流文学的现在》，仍然堂而皇之地使用带有歧视意义的“女流”一词。书中内容几乎全是男性评论家的随笔。比如奥野健男认为女性作家的创作太过主观随意，往往陷入自我陶醉。秋山骏则认为不管多么具有理智的女性，归根结底都会感情用事。在这部特集中可以看到“女性=被阅读者，男性=阅读者”的横式。日本的女性主义文学批评就是在这样的文化背景下开始的。驹尺喜美和高良留美子在这种男性占主导地位的评论界最先发出女性的声音。

驹尺喜美开辟了新的女性生活方式，她摒弃了传统的男女婚姻，选择和小西绫共同生活50余载。其著作《魔女的理论》和续篇《魔女的文学论》可视为日本女性主义文学批评的奠基作品，后来水田宗子发表了评论《从女主人公到男主人公》后，日本女性主义文学批评初现端倪。1991年，“新女性主义批评会”这个由日本文学协会会员发起的女性主义批评组织正式成立，标志着日本的女性主义文学批评进入鼎盛时期。在“新女性主义批评会”的策划下，出版了女性主义文学批评的多部著作，其中重读经典是主旋律。关于日本女性主义文学批评的几个倾向和阶段，王志松教授在《魔女的理论：析日本女性主义批评》一文中认为日本女性主义文学批评不像欧美那样有三个明显的阶段，几乎同一时期出现了三种倾向的文学批评。[①]这三种倾向基本涵盖了日本女性主义文学批评的整体情况，在总体把握日本女性主义文学批评方面具有指导意义，其中前两点可谓日本女性主义文学批评的最大贡献。

在对男性作家及其经典进行重新评价方面，作家三枝和子的《恋爱小说的陷阱》对男性的经典文本进行了颠覆性解构。大家知道，在近代文学大家的作品中，夏目漱石的《从此以后》及《行人》无疑是经典作品，村上春树的《挪威的森林》是现代文学的经典。三枝和子以这些经典作品中的恋爱故事为批评对象，对这些经典进行了重读，指出这些作品中的恋爱故事中存在性别歧视。此外，作家富冈多惠

① 王志松．魔女的理论：析日本女性主义批评[J]．日语教育与日本学，2011(1):102-107.

子、上野千鹤子和小仓加千子合著了《男流文学论》，从书名便可看出它对男性文学的揶揄和调侃。自古以来日本男作家都用歧视的眼光把女性文学称作“女流文学”，在这里她们把男性文学称作“男流文学”，表达了她们对由男性主导的传统文学的不屑。

在重新解读男性经典作品的基础上，女性评论家从女性主义视角对女性文学进行了解读和阐释。其中使用的关键词之一是“社会性别（gender）”。站在社会性别的视角发现女性文学中女性觉醒的痕迹，是女性主义文学批评的根本所在，产生的评论最多。岩渊宏子从该角度出发，对宫本百合子的《伸子》和《一枝花》进行了女性主义解读。渡边澄子对被历史埋没的文学文本进行了重新挖掘，比如樋口一叶的《里紫》等作品就是通过渡边澄子的研究而受到文坛重视的。此外，清水紫琴的《破碎的婚戒》也在这波重新解读潮流中得以重见天日。

日本的女性主义文学评论家能自觉地从女性的角度进行阅读，有意识地打破男女二元对立的思维模式，发表了多篇颇有个性的评论，其中关礼子、江种满子、中山和子、小林富久子、饭田祐子、北田幸惠、井上辉子等女性学者的评论就属于此类。

在对于近代文学的女性主义文学批评方面，评论者最为关心的男作家是夏目漱石，最关心的女性作家是樋口一叶。在这些女性评论家眼中，夏目漱石是一个不尊重女性的男性作家。樋口一叶之所以受到瞩目是因为一直以来日本男性评论家一致评价一叶为“夭折的薄幸闺秀作家”，而女性评论家对于男性评论家的这个评价相当不满。

三、女性主义文学批评的主要观点

下面对具有代表性的评论者驹尺喜美、水田宗子、渡边澄子的女性主义文学批评进行重点分析。

1. 驹尺喜美

驹尺喜美的《魔女的理论》是日本女性主义文学批评的嚆矢，为女性主义文学批判的开展奠定了基调。它以“爱（エロス）”为关键词，探讨了日本经典文本中的男女间支配与被支配的关系。这些经典文本包括《源氏物语》、夏目漱石的《行人》、森鸥外的《舞姬》和岛崎藤村的《新生》等，驹尺喜美以“对爱的渴望”作为主要论点，认为自古以来不管男性还是女性都渴望真爱，但是由于封建传统对女性的束缚，女性的爱的自由度远低于男性。在分析了在原业平和光源氏追求真爱而不得的窘况后得出了“男女之间有一条深深的暗河”的结论。在探讨近代经典文本时，驹尺喜美以“无爱的男女关系”为主要论点，认为夏目漱石是在这一方面最为苦恼的人，在其作品《行人》中，主人公大学教授一郎与妻子阿直之间没有交流，因为没有爱而深受伤害，乃至神经衰弱，他为了挽回爱而恶战苦斗。

《魔女的理论》的续篇《魔女的文学论》将恋爱作为分析的对象，对日本传统文学中男性文本中的恋爱故事进行了独特的解读。这些文本不拘于小说，还涉及诗歌。比如涉及的批评文本都是大家耳熟能详的作品，有高村光太郎的《智惠子抄》、志贺直哉的小说《暗夜行路》、川端康成的小说《伊豆的舞女》。驹尺喜美认为这些文本中都存在严重的男女不平等观念，明确指出：“《智惠子抄》实际上是对智惠子的牺牲的‘补偿之书’，是‘残酷物语’；《暗夜行路》中谦作的恋爱观中潜藏着男女不平等观念；《伊豆的舞女》中女主人公与舞女之间的交往就好像施舍给她的恩惠一样”[①]等等，她对于男性

① 王志松.《魔女的理论》：析日本女性主义批评[J]. 日语教育与日本学，2011(1):104.

文本中常见的“恋爱问题”提出了自己的看法。

2. 水田宗子

水田宗子是具有欧美文学背景的文学评论家，日本城西大学教授，在日本女性主义文学批评发轫之时，水田宗子就写了《从女主人公到男主人公——女性的自我与表现》一文，运用比较文学方法论，对英美文学和日本文学男性作家的主要作品进行了全面论述，是一部颇有见地的评论集。除此之外，她的其他两篇论文在女性主义批评史上也占有重要地位，一篇是《“书写”的女性和“阅读”的女性》（『「書く」女性と「読む」女性』），另一篇是《逃向女性与从女性那里逃离——近代日本文学的男性形象》（『女への逃走と女からの逃走——近代日本文学の男性像』）。在《“书写”的女性和“阅读”的女性》一文中，水田宗子认为女性主义文学批评最初的成果在于文学中女性形象的分析。如果将女性与文学的关系理解为被书写与书写，那么女性被书写的时间最为漫长，而且这种女性形象是由男性单方面书写的形象。这种女性形象已超越单一男性作家的个人表现，能够反映女性所处的时代与状况以及当时的思想。作品中的女性形象一方面是表现那个时代和状况的现实资料，同时也是将支配那个时代和状况的制度正当化的言说的暗喻。这种言说是由男性单方面构筑的。

水田宗子的《逃向女性与从女性那里逃离——近代日本文学的男性形象》于1992年发表于《日本文学》11月号上，她在文中分析了日本近代文学中男性形象的类型。认为近代小说中的男性有的为恋爱苦恼，有的跟妻子有矛盾，有的过分痴情，有的在追求理想的女性。她认为近代日本小说的特点即立足于私人层面，体现家庭生活，具有明显的私小说特点。是女性引导男性发现了自己的内心世界，男性被女性引导，在追求女性的过程中进入私人领域。水田宗子认为："男性向私人领域（家庭，亦即女性）逃离的途径有两个明显的类型，一是逃回家中，回到妻子身边；二是从家庭中逃离，离开妻子，到外面寻花问柳。"[①]但问题是，对男性而言属于私人领域的家庭、家族以及花柳界，对女性而言绝不是私人领域。对于女性来说，家庭是确保其合法地位的唯一场所，所以家庭对女性而言就是社会，是唯一的公共场所。而与家庭相对立的花柳界，它是社会公认的女性用自己的身体进行经济活动的场所，绝对不属于私人领域。

在确定好这样的基调之后，水田宗子分别对近现代男性作家的名作，比如二叶亭四迷的《浮云》、夏目漱石的《行人》、田山花袋的《棉被》、川端康成的《雪国》、德田秋声的《化妆的人》等作品进行了剖析，对于各个作品中的女性形象进行了分类，指出各个作品中男主人公对妻子的厌弃或不理解，对理想女性（含花柳界）的渴望或幻想。

水田宗子在该文中还对女性作家的女性形象进行了有效的分析，她认为近代女性作家的作品中，女性通过离开男性来发现自己的内心真实。它不是修正男性的话语权而进行重新创作，而是通过与男性的格斗从自己心中排除掉男性的话语权。比如田村俊子的《木乃伊的口红》等作品把这种男女的相克描写得淋漓尽致。此外，水田宗子还以宫本百合子的《伸子》、林芙美子的《浮云》为例，阐述了男主人公在作品中与女主人公的种种矛盾和斗争。总之，在女性作家那里，她们拒绝男性回到家中扮演家长，从而导致男性内心的混乱。所以在具

① 新編日本のフェミニズム11．フェミニズム文学批評[M]．岩波書店，2009:69.

有女性主义色彩的作品中，男性经常成为点缀，他们不可能回到家中寻找慰藉。

3. 渡边澄子

渡边澄子在女性文学研究方面的成果主要体现在她和村松定孝合作编写了《现代女性文学词典》上。在女性主义文学批评方面也做出了杰出贡献。比如她对樋口一叶的两部没有被深刻挖掘的文本《里紫》和《我自己》进行了女性主义解读，对日本女性主义作家田村俊子的作品进行了整体解读和分析。

在对《里紫》和《我自己》的重新解读中，渡边澄子认为这两部小说“塑造了拒绝当木偶的妻子，描写了追求精神和肉体合一的女性”[①]，这种解读强调了樋口一叶文学中自我解放的倾向性，是对樋口一叶文学研究的巨大贡献。

渡边澄子在论著《现在这个时代的田村俊子——俊子新论》中，围绕田村俊子的作品进行了全面考察，尤其围绕其代表作《木乃伊的口红》《炮烙之刑》《生血》等作品从女性主义角度进行了分析。此外，渡边澄子对之前涉猎不多的作品进行了详细分析，比如对《枸杞子的诱惑》《女作者》《她的生活》等作品的解读为日本研究者和读者全面了解田村俊子提供了关键性的线索。

除了驹尺喜美、水田宗子、上野千鹤子、渡边澄子等女性主义文学批评家之外，井上优子、江原由美子、井上辉子、关礼子、中山和子等学者在女性主义文学批评领域各自发表见解，形成了蔚为壮观的日本女性主义文学批评阵地。除了这些学者之外，一些女性作家，如

① 渡边澄子.「一葉文学における新たな飛躍 —『われから』論」— 載『樋口一葉を読み直す』，学芸書林，251.

富冈多惠子、三枝和子也积极发表评论，为女性主义文学批评增添了一抹亮色。

日本女性主义文学批评作为一支文学批评的新生力量，在20世纪末的日本文坛曾一度辉煌，其站在社会性别角度的文学批评，已逐渐成为日本女性学的支柱，并在唤起女性的文学自觉方面发挥着作用。中国的日本文学研究者，尤其是女性文学和女性主义文学研究者，有责任把日本的女性主义文学批评进行有效梳理，在和本土女性主义文学批评相互比较的基础上，提炼出真正有益于女性学健康发展的文学批评的理论和方法。

第三章　近代时期的日本女性主义文学

明治维新后，日本全面向欧美学习。在科学技术方面，日本翻译了大量西方文献以作己用，在文学艺术方面也积极翻译和模仿西方名著，在思想方面，西方先进思想也通过翻译传入日本。自由、民主、人权等思想尽管还没有扎根，但已经露出萌芽，一些拥有先进思想的知识分子开始大力推广自由民主思想。当时日本的封建积弊依然势力强大，天赋人权、女性解放等思想虽然受广大民众所喜爱，但它触及了统治阶级的核心利益，所以不管是自由民权运动还是之后的“青鞜”文学运动，都没有坚持多久就被镇压了。整个近代时期，日本女性主义思想从萌芽到逐渐发展走过了艰难曲折的道路。

第一节　日本女性主义文学的滥觞
——清水紫琴的《破碎的婚戒》

清水紫琴（1868—1933）本名清水丰子，1881年毕业于京都府立第一女高，1885年和自由民权运动家冈崎晴正结婚，参加了在奈良举行的自由民权各派反政府的“大同团结运动”，主张女性权利的扩张。1889年和冈崎晴正离婚后前往东京，加入严本善治主办的《女学杂志》杂志社，成为该社记者。1892年和化学家古在由直（后成为东京大学校长）再婚，以古在紫琴的名字活跃于文坛。除了处女作《破碎的婚戒》之外，还发表了《缠绕的线团》《野路之菊》《某青年异样的述怀》《移民学校》等作品，1901年发表了《夏子的忧虑》之后辍笔。

《破碎的婚戒》于1891年发表在《女学杂志》上，是以笔名“つゆこ（露子）”发表的。该小说采用第一人称，使用口语体完成。当时已开言文一致之风，这种文体非常适合表现日常琐碎的个人事件，尤其适合表现女性自己的身边事。《破碎的婚戒》以作者的亲身经历为依据，体现了作者勇于破除旧式婚姻，追求独立自主生活的决心。

《破碎的婚戒》的女主人公“我”成长于一个封建家长制家庭，父亲具有绝对的权威。中学毕业后“我”虽然想继续求学，但父亲坚决反对。当看到身边的女性大多婚姻不幸时，我对结婚产生了畏惧，尽可能对结婚闭口不谈。但是“我”又没有理论武装来抵抗父亲要求我嫁人的命令，只好顺从。但实际上丈夫早已结婚，只是父亲没有发觉而已。既然已经嫁人，“我”也无法追究父亲失察的责任，只好隐忍了几年。婚后的几年里正赶上自由民权运动兴盛之时，“我”通过各种渠道了解到女性受压迫的原因，知晓了女性也有争取解放的权利。“我”把女权思想告诉丈夫，努力改变丈夫对婚姻的认识，但丈夫根本不予理睬，于是“我”才考虑与丈夫离婚。父亲也认识到自己当初强行将女儿嫁出去是一个错误，所以他在精神上支持女儿离婚的决定。

作品按照三个时间段展开叙述。首先是主人公在父亲的威逼之下不得不结婚，婚后得知丈夫另有妻室后暂时忍耐的时间。第二时间段是女主人公接触到西方的女性主义思想，意识到女性也具有获得幸福的权利而劝说丈夫和另一位妻子离婚，使丈夫真正为自己所有。这种做法招致丈夫反感，无奈之下“我”只好主动提出离婚，作为纪念，“我”将婚戒上的宝石去掉后一直戴着“破碎的婚戒”，这个时间段属于主人公觉醒的时间。第三时间段则是主人公为广大女性的幸福而战斗的过程。为了使年轻女性不要重蹈自己的覆辙，“我”受到周围人们的责难与攻击，心里有些打退堂鼓。但是，每当“我”看到那破碎的婚戒，就想起自己当初为广大女性幸福而战的志向，顿感自己责任重大。在以上三个时间的流转之中，作者描写了明治时期受封建家长制约束的女性终于要拒绝无爱的婚姻，离婚后重新恢复自我的过程。作者对封建包办婚姻深恶痛绝，欲通过自身经历的不幸婚姻使广大年轻女性警醒，使她们能够主宰自我，从而将幸福掌握在自己手中。

明治维新以后，日本的近代化迅速发展，新思想、新思维、新文化不断涌现，起源于欧美的各种近代思想源源不断地流入日本，在这种社会背景下，女性社会地位得到提升，也逐渐活跃于参加社会活动。其中一些追求女性自由和独立的女性作家脱颖而出，描写女性解放和独立的作品相继问世。清水紫琴就是其中的代表。她是自由民权运动积极分子，后来开始文学创作。她向各杂志社投稿，发表了许多作品。由于她作为自由民权运动家的经历，致使人们往往倾向于研究其思想而忽视其文学创作。紫琴的文学创作有两点特别引人注目。一是第一人称口语叙事体，二是她作品中体现的“天赋人权”思想，反映在紫琴的作品中，这种思想又可称之为女性主义思想。考虑到《破碎的婚戒》是在明治24（1891）年发表的作品，此时西方的女性主义运动也刚刚起步，而在这部作品中已经能够体现出鲜明的女性主义特色，尤其难能可贵。

清水紫琴通过《破碎的婚戒》这篇文章想要表达的是，不仅希望在日常生活中男女在家庭中同权，还希望男女在政治和社会生活中同权。在明治初期，她的观点无疑是对封建传统的挑战，是对女性受压迫社会的有力反抗。

清水紫琴的女权论更多是以男性作为批判对象而去论述的。“无论男权还是女权，共同扩张其权利难道不是理所当然的吗？……然今得意扬扬乎，食弱者之肉，乘我等姐妹纤弱而恣意压制，这岂是诸君所谓的男子应有的行径？”[①]她意识到男尊女卑观念仍深深地烙印在那些思想传统的男性心中。要打破传统观念，需要女性也同男性一样拥有一颗人的灵魂。

明治初期日本虽为君主立宪制国家，但仍然保持着浓厚的封建性。虽然政府提倡文明开化，但对于女性的解放仍然非常苛刻。1890年，日本政府为维护专制政权的绝对权威，开始对自由民权运动进行镇压。清水紫琴在自由民权运动遭遇挫折之时发表了《破碎的婚戒》这部具有鲜明女性主义思想的作品，其勇气值得赞许。

紫琴不仅提及政治上的男女同权，也涉及男女精神方面的平等问题。比如紫琴在《破碎的婚戒》中提到了西方的女权论，强调了忍受徒有虚表的无爱婚姻是没有任何意义的。由此可见，紫琴的女性主义思想主要受到了易卜生和人权运动的影响。

紫琴在当时是一名读过女子高中的知识青年，她能把自己经历的不幸婚姻用文字表述出来，其用意就是要呼吁女性要追求自我解放和独立。她的这一举动在当时条件下无疑具有极大的进步性。在那个时代，女性作家通过对笔下人物的描写，在追求自我满足和自我表现过程中，为女性的解放而斗争。清水紫琴通过《女学杂志》表达了必须要从无爱的婚姻中挣脱出来的决心。

还有一点需要强调，那就是清水紫琴的自身经历也决定了她女性主义思想的形成。1888年，20岁的清水紫琴在奈良与自由民权运动

① 古在由重編．紫琴全集[M]．東京：草土文化，1983:244.

家植木枝盛的相识加速了她和丈夫离婚的步伐。这并非意味着紫琴喜欢上植木枝盛，而是紫琴在思想上受到激进民权思想家植木枝盛的影响。植木枝盛强调男女平等，其关于女权理论和婚姻理论的主张刊登在《土阳新闻》上，其中部分内容作为书籍《东洋之妇女》出版。紫琴认为植木枝盛的妇女论跟当时大多数男性评论家的虚伪评说不同，植木的《东洋之妇女》“精细详密”“痛彻明快”“叮咛恳切”，给予了最高的评价。受植木枝盛的影响，紫琴明白了“女权”的意思，懂得了女性也可以追求自我解放，也坚定了她和丈夫离婚的决心。1889年伊始，21岁的紫琴主动提出和丈夫离婚。《破碎的婚戒》就是紫琴依据自己掌握的“女权”主义理论，根据自身的经历写成的女性主义文学作品。

《破碎的婚戒》较《玩偶之家》晚12年问世，其主人公从一位可以牺牲自己幸福的人妻转变为一个认为自己“必须成为健全的人”的独立女性，并且毅然决然地摆脱了封建家庭。在此意义上，《破碎的婚戒》的主人公可谓东方的娜拉。而她对同胞兄弟姐妹的呼吁又是娜拉没有做过的。其呼吁使得紫琴的存在更具价值。

紫琴平素除了琐碎的家务事之外喜欢读书，女性杂志更是不离左右。不知从何时起，西方的女权论深入紫琴的脑海，于是她产生了这样的念头：当今日本妇女也必须享受天赐的幸福。她认为不幸婚姻绝非女子的天命，日本妇女如今也必须要享受人权带来的幸福。紫琴通过上述主张表达了婚姻中的男女同权，即朴素的女性解放思想。

紫琴对封建家长制的反抗早在1888年的《斗胆告知同胞兄弟》（『敢えて同胞兄弟に告ぐ』）中就有阐明。文中指出：“妾等姐妹除了政府之外每人还有一小君主（即丈夫）……妾等姐妹也是有灵魂之躯，怎么可能长时间郁闷地忍受他们的专横？”[①]她还强调：“政府和小君主的双重权力统治规定了对女性统治的构造。它规定说：‘家’是法律和真理都无法约束的专横统治下的狭隘场所，存在于家长制之下。”[②]紫琴在此强调了女性摆脱封建家庭的必要性。

清水紫琴作为女性评论家发表过几篇汉文调的评论，1889年还参加了建议日本采取一夫一妻制的运动，主张不仅妻子通奸有罪，丈夫通奸同样有罪。后来又在《女学杂志》发表论文《当今女学生的觉悟如何》，从而督促女性的自我觉醒。紫琴的《破碎的婚戒》的出现，无疑为女性如何认识自我和如何在近代化生活中确立自我指明了方向。

尽管紫琴通过《破碎的婚戒》宣扬的女性主义思想没有能够形成一股女性解放的蓬勃热潮，但它就像一粒种子，一旦有合适的时机就会发芽结果。终于在明治末年，随着杂志《青鞜》的创办，女性主义思想和女性主义文学在日本形成了一股巨大的势力，指引着女性奋勇前行。

第二节　平塚雷鸟的女性主义思想

一、平塚雷鸟与《青鞜》

平塚雷鸟于1911年9月发表了《元始，女性是太阳》，它宣告了《青鞜》杂志的诞生，也使得中断一时的女性解放运动得以继续。她

① 中山和子，江种满子，漆田和代．ジェンダーの日本近代文学[M]．東京：翰林書房，1999:14.

② 中山和子，江种满子，漆田和代．ジェンダーの日本近代文学[M]．東京：翰林書房，1999:15.

说："创世之初，女性原本就是太阳、就是真正的独立个体。但是，现在的女性却是月亮。是要依附他人而生，要借助其他的光芒辉映才能闪现出宛如病人般苍白脸色的月亮。……我们现在必须要把久被遮蔽的太阳找回不可。'在久被遮蔽的太阳当中，发现潜藏其中的天才！'这正是我们内心共同的呼唤，正是我们喷涌不息的渴望。"①平塚雷鸟将女性比喻为太阳，强调女性在母权社会是文明中心。对于将雷鸟的比喻视为女性解放宣言的人来说，《青鞜》杂志的出现提供了新的希望。雷鸟希望在《青鞜》的引领下，女性能逐步恢复母权社会以来就有的"太阳女神"价值，她强调女性不是"月亮"而是"太阳"的观念，不仅在当时鼓舞了16位女性提笔投稿，直接影响了《青鞜》的发展，也间接促使了20世纪日本女性的觉醒。

平塚雷鸟的《元始，女性是太阳》一文，是要唤醒女性内心的创作天赋，要唤起女性意识的觉醒，她说："……由于我们自身的努力，我们会受到自我启蒙，展现出存在于我们心中那份自然的奥秘。关于自身的奇迹以及神秘的生命经验，我们要持续不断地热烈祈祷，不断集中意志，继续奋力不懈，直到太阳再现之日到来。……我们要乐于接受袭来的孤独与寂寥，在其中体验蕴藏于内的丰富内涵。最早女性并非月亮。那时，女性是炙热耀眼的太阳，是真正的独立个体。"②

虽然这篇文章的内容重点在于呼吁开创女性的文学创造力，但雷鸟在《青鞜》创刊号上的这段讲词，却被后来的女性主义者视为日本

① 平塚らいてう著作集編纂委員会．平塚らいてう著作集（第1卷）[M]．東京：大月書店，1983:3.

② 平塚らいてう著作集編纂委員会．平塚らいてう著作集（第1卷）[M]．東京：大月書店，1983:14-15.

女性的第一次独立宣言。

在创刊号的最后一页，编辑室发表了杂志的创刊精神，即“《青鞜》为使女子充分发挥各自天赋之才能，以女子的自我解放为最终目的，在此基础上，相互携手，大力推进研究，将研究结果发表于本杂志，这是本杂志本来之目的，故它不以单纯办杂志为目的，希望它能完全成为我们大家的杂志。”[①]并在随后附加了该杂志社的社则。

1. 本社力图发展女性之文学，发挥各自天赋之特性，来日以培养未来女性之天才为目的；

2. 本社名曰青鞜；

3. 本社事务所设置于本乡区驹込林町九番地物集方；

4. 本社社员由赞助会员构成；

5. 赞同本社目的的女性文学家，将来立志成为女性文学家的人们以及女性文学爱好者，不论人种皆可成为会员，赞同本社目的的女性文坛大家为赞助会员。赞同本社目的的男性，仅限于能得到女性社员足够尊重的，可成为会员；

6. 为达到本社之目的，要做如下事业。（以下略）

上述内容的第一条和第五条明确规定了《青鞜》的努力方向。

《青鞜》的发刊，平塚雷鸟贡献最大。首先是因为平塚雷鸟具有非凡的见识。青年时期，在自我、家庭和社会的纠葛中，平塚雷鸟主动追寻自我解放。她相继阅读了西方传来的浪漫主义、理想主义方面的进步书籍，了解到进步思想的内涵。在文明开化的浪潮中，女性主张比以往任何时代都容易许多，所以主张妇女解放的呼声不断高涨。加之男性思想家们的大力呼吁，比如福泽谕吉、森有礼等人强调天赋

① 井手文子. 青鞜の女たち[M]. 東京：株式会社海燕書房，1986:16.

人权，批判封建专制和不平等的社会，强调男女同权的重要性，日本各种媒体也大力宣扬女性解放，所以日本女性以前所未有的热情来支持自身的解放。

其次，自由民权运动退潮之后，“贤妻良母主义”死灰复燃。国家以法令形式要求女子在家听从丈夫命令，对国家要有服从意识。于是女性解放在该时段成为空谈。但是，文明开化期的女子教育仍未停止，在这种贤妻良母主义教育之余，女性也会接触到先进思想。时代在发展，女性的思维在扩展，一些从西方先进思想中受到影响的女学生成为“新女性”。1910年7月，在坪内逍遥题为《近代剧中出现的新女性》的演讲的刺激下，日本女性逐渐认识到自己所处环境的闭塞，认识到自身深受封建家长制的戕害，终于有部分女性下决心去成为“新女性”，迎接女性觉醒的时代。

在平塚雷鸟成长的过程之中，发生于1908年的“煤烟殉情事件”，是促使雷鸟女性意识觉醒的重要事件。这次事件帮助她一生在挑战传统父权体制时无所畏惧，并且致力追求女性自由与平等。“煤烟殉情事件”又称为“盐原事件”。平塚雷鸟和文学家森田草平交往，1908年3月21日晚上，两人单独从田端搭乘前往大宫、奥盐原方向的电车出游。在途中森田草平因为心理的变化企图杀死雷鸟后殉情。此事没有成功，两人皆于3月24日被警官护送回来。此次殉情事件致使社会一片哗然。然而在此事件之中，社会关注的焦点不在森田冲动的举措，而在于探讨处女雷鸟的贞操与名节上面。当时日本社会十分重视未婚女性是不是处女，女性婚前被要求“绝对纯洁”——也就是必须是处女之身。若是失去处女贞操的女性，不仅会面临父母的责备，更会遭受社会的嘲骂。虽然平塚雷鸟在煤烟殉情事件并未失去处女之身，但是因为社会旧俗仍不能接受孤男寡女单独外出夜不归宿的行为。因此，雷鸟的贞节问题，成为社会议论的话题也就不难理解了。这个只要求女性保有贞操的父权制度，以及建立在父权制度上的社会风俗对女性造成的苛求，使得当事人平塚雷鸟彻底体会到传统父权体制对女性造成的不公，也更坚定了她后来投身女性解放运动的意志。

最后，19世纪与妇女解放相关的西方言论与著作对《青鞜》的产生起到巨大的推动作用。《青鞜》的出版，正式拉开日本近代女性文学创作的序幕。然而，真正在背后鼓舞《青鞜》蓬勃发展的不仅是上一代明治女权运动者的精神，同时也有西方不同国家的女性主义思想。只要考察一下《青鞜》本身的命名引自18世纪中叶英国伦敦的“蓝袜子”组织[①]就会明白《青鞜》受西方女性主义思潮的影响之深。虽然《青鞜》的成员随后承认聚会于沙龙的英国伦敦新女性团体——蓝袜子组织并不是她们原先想象的女性主义者，但《青鞜》试图发展女性主义的决心，已在社团的命名上做了最直接的脚注。

除了受到英国前卫女性作风的影响，《青鞜》的女文人们也广泛阅读明治时代从西方大量译介过来的作品，19世纪与妇女解放相关的言论与著作也同时传入日本，例如易卜生的《玩偶之家》就引起青鞜社的热烈讨论。当时，青鞜社曾经为了易卜生的《玩偶之家》，将其中一期[②]定为“易卜生专题”，讨论娜拉（Nora）的命运。在社员的“娜拉论”中，上野叶的《从〈玩偶之家〉到女性问题》（『「人形の家」より女性问题へ』）最引人注目。她提出“娜拉的自觉是世

① 英国的蓝袜团体是英国上流社会妇女时而聚会于沙龙，交谈、抽烟，与一般传统的英国女子有极大的差别。是有别于传统女性的妇女集会团体，但这个团体并不是提倡妇女解放或女性主义思想的团体。

② 《青鞜》第二卷第一号（1912年1月）。

界女性的自觉，而这自觉的产生也是娜拉艰苦奋战的开始。娜拉的将来，也是我们女性的将来”[①]。而平塚雷鸟也以写信给易卜生笔下的女主角娜拉的书写策略，间接批判日本父权社会。雷鸟以感慨的笔调指出当时日本社会无法接受类似娜拉这种想冲出家庭束缚、逃脱夫权中心制的女人。雷鸟虽然为娜拉的行为喝彩，但也不免为其将来担忧，因为雷鸟认为娜拉的出走并非是女性意识全然觉醒的结果，只是片段的、不完整的认知，娜拉的行为并不能促成女性真正的自由与独立。

除了挪威的易卜生之外，其他影响《青鞜》的西方影响力还包括：瑞典的艾伦·凯、英国的萧伯纳以及美国的爱玛·高曼等，他们的社会学、性心理学以及女性解放实践理论都被借来用作支持《青鞜》新女性发表文章时的理论根据，成为启蒙《青鞜》发展女性思想的根源。因此，《青鞜》不仅仅是一本女性文艺刊物，更是一本具有理性的女性主义刊物。

1913年，在《青鞜》发行一年半之后，尾竹红吉与雷鸟等人因“五色酒事件”和“吉原登楼事件”引起社会哗然，当时日本社会对于青鞜社所代表的新女性概念普遍是负面的印象。“新女性”在当时被认为是一群受到溺爱纵容，不愿负责任，以性为手段来破坏家庭制度并想操纵别人以逞其私欲的妇女。媒体纷纷批评青鞜社是个破坏妇德的集体，这些攻击促使《青鞜》产生了一次转型。雷鸟在吉原登楼事件中公开表明自己到风月场所见习并非受到女性意识鼓动，而是因为想重温儿时跟随叔父游吉原的回忆。对此，作为当时发起人之一的保持研子相当失望，于是在《青鞜》上对雷鸟大加批评，说《青鞜》

① 《青鞜》第二卷第一号（1912年1月），第37页。

的内容及主办者始终缺乏严肃性和使命感。自此以后，《青鞜》的主编开始由伊藤野枝担任，重新在刊物上策划并增辟一个专门讨论女性议题的妇女论坛，一改以往只重视女性文学活动的方针，开始从社会层面和政治层面等多维度讨论妇女问题。

二、《青鞜》的转型

在封建色彩依然浓厚的明治时期，女性解放跟明治政府提倡的贤妻良母主义相矛盾。所以社会上有人讽刺这些女性为“日本的娜拉”。对此，她们在《青鞜》上积极做出回应。青鞜社后期，女性参政等方面的要求与保守的社会之间矛盾逐渐突显，女性在多方面受到严重束缚。在内部矛盾和社会习俗的压迫下，《青鞜》不得已开始转型。

作为转型的第一步，平塚雷鸟在《中央公论》上发表了题为《新女性》的文章。雷鸟以新女性之名指出新女性不仅要破除旧道德与旧法律，还要创造一个新宗教、新道德、新法律的新王国。雷鸟心目中的新女性是具有独立力量的新形象，要拥有独立的力量则必须打破封建制度以及男性压迫，进而开创女性新王国。雷鸟的女性意识明显已具有现代性质，她以非传统的、崭新的、独立的、女性中心的价值尺度作为衡量标准，欲积极打破男权社会对女性造成的侵害以肯定女人天赋能力，并希望脱离男性的思考模式，建立一套女人自己的价值体系和一个符合女性秩序的新女人国。更要让女性自己给美德定义，反对任何人伪善地以传统“美德”的定义来控制女性。虽然这些理想对当时的日本社会来说过于乌托邦，但平塚雷鸟在大正初期就已提出新女性的首要之务在于打破封建制度和摆脱男性压迫的理念远远超越了那个时代。

在《新女性》一文发表后不久，青鞜社接着出版了女性问题特辑，2月举办了“青鞜社演讲会”，4月组织了“青鞜社研究会”等一系列活动。对比平塚雷鸟在“青鞜社”创立之初发表的创刊词《女性，原始是太阳》，两年后的这篇《新女性》显得更具体化。在这篇文章中，平塚雷鸟采取了较强势的态度，不仅自名为“新女性”，更号召以新女性的姿态去打破束缚女性的旧道德和旧法律，创建女性的王国。一方面是对一些胆怯想要逃避的女性的鼓励，另一方面也体现出她领先于时代的见识和自信。1913年，《青鞜》在1月号至3月号连续三期以附录形式编辑了妇女问题特集，开始热烈探讨妇女问题。2月举办的“青鞜社演讲会”也盛况空前，前来的听众中有六七成是男学生和文学青年。当时的治安警察法第五条规定，禁止女性进行政治结社、政治集会，甚至不允许女性进入演讲会现场。而“青鞜社”成员不仅自己策划举办演讲会，还当众发表演说，可以想见需要多么大的勇气。而参加演讲会的女性也是顶着家庭和学校的压力前来。尽管面对各种各样的压力，但这次演讲会相当成功。1913年9月，青鞜社更改了章程，删除了第五条内容。从那以后，《青鞜》正式由女性文学刊物转型为女性解放刊物。

转型后的《青鞜》除了增设妇女论坛之外，还策划了一系列关于女性的演讲，其中第一次演讲会于1914年2月举行，反响热烈。《青鞜》的女性论坛刊载的都是关乎当时日本文化、婚姻、妇女基本权利和妇女参政权等内容。当时最热门的议题都跟女性的自我觉醒有关，“尤其在婚外情、女性的贞操、堕胎及卖淫等颇具争议性的问题上，讨论更为激烈而深入。”[①]人们反复探讨这些议题，直到1916年主编

① 堀場清子．青鞜の時代―平塚らいてうと新しい女たち[M]．東京：岩波新書，1988:208.

伊藤野枝感到社会对于新女性的攻击日甚，加之自身健康恶化以及另有进修的打算，终于在1916年停止了《青鞜》的发刊。

《青鞜》历经挫折，因为该杂志刊登的内容绝大部分属于女性解放的内容，其中难免会有直击政府要害的内容。所以曾三次遭到禁售。第一次禁售是由于荒木郁子的《书信》。该作品以一位妻子写给情人的书信为描写内容，这位妻子已经跟情人分手，但是书信中仍饱含着对情人的无比思念。政府认为这部作品触犯了通奸罪，所以遭到查禁。第二次禁止出售是由于刊登了福田英子的文章《妇女问题之解决》。这篇文章抨击了日本的家族制度，否定了传统观念。福田英子是社会运动家、自由民权家、女性解放运动家，日本近代史上最早的女政治犯，被人们称作“东方的贞德”，因为她的名声在外，所以平塚雷鸟认为不是因为文章而遭禁售，是因为福田英子在妇女解放事业的努力遭到明治政府忌惮所致。文章涉及共产主义理想等问题，触犯了权力机关的禁忌，所以刊登此文的《青鞜》遭到禁售也不难理解。

第三次遭到当局的禁售是因为刊发了原田皐月的小说《狱中女写给爱人的信》。原田在小说中主张生与不生孩子是母亲的权利，堕胎并非罪恶。她的主张是对当时法律的否定。

《青鞜》停刊之后，社会上对女性议题的讨论却方兴未艾，例如1918年与谢野晶子与平塚雷鸟持续就“母性保护论”大打笔战。卖春和堕胎等问题也一直在日本女性主义者中间有着不同意见。因此更能看出《青鞜》的女性论坛对唤起大众重视女性问题具有抛砖引玉的作用。

“青鞜社”的成立在社会上引起了巨大反响。大多数男性却对它嗤之以鼻，甚至冷嘲热讽。不过“青鞜社”得到了广大女性的大力支持，申请加入青鞜社的信件多如雪片，甚至还有女性专程去拜访平塚雷鸟。聚集到“青鞜社”的女性作家越来越多，年龄层和社会阶层也越来越广泛。其中既有赫赫有名的，如长谷川时雨、与谢野晶子和田村俊子、水野仙子和野上弥生子等知名作家，也有不知名的在校女学生，可见《青鞜》吸引了一大批勇于展示自我才华的知识女性。

《青鞜》对于女性相关议题的讨论是前所未有的，由于过程中没有男性的介入，使得女性在这个园地更能自由交换意见，也更能发觉自我。一些传统妇女过去没有意识到或不敢大声说出来的想法和经验，透过《青鞜》将问题凝聚，常常使得《青鞜》的成员发现某些想法其实是女性的共同体验。虽然《青鞜》只有短短的5年时间，在这段时间内未能及时培育出创立宗旨中所殷殷期盼的“具有创作天分的女性作家”，但是《青鞜》以女性主义为出发点，对女性问题的重视与鼓励女性创作的理念，对近代日本女性的影响至深至远。

明治时期以岸田俊子为首的女权运动家关注女性平等权与政治自主权，而“青鞜社”的焦点则明显放在关注女性自身的精神与独立创作上。“青鞜社”的最大成就在于《青鞜》的文学开放园地打破了女性的阶级界线，延续了发轫于1870年代的女性主义传统，并加以发扬和深化。《青鞜》不仅主张女性的经济独立，更主张女性在精神方面的独立，认为女性心理上与感情上的自主更加重要。《青鞜》鼓舞女性开启创作上的天分，勇敢地反抗封建的迂腐思想，肯定女性的情欲与自我价值，颠覆政府所鼓吹的贤妻良母和相夫教子的温婉形象、对抗为国家为家庭牺牲自我的价值观等等，直接且有力地颠覆了传统“柔顺”“服从”“被动”“温和”的日本女性意识形态。

大正时期之后，言论先进、思想活泼的女性作家，例如野上弥生子、宫本百合子、林芙美子、佐多稻子、宇野千代及冈本可能子等人相继出现，就是受到了《青鞜》解放身心的新女性意识的影响。总的来说，《青鞜》除继承了明治的女性主义思想外，外在方面要求社会及国家提供女性工作权、受教育权、参政权的理想，内在方面要求妇女身体及心灵的自由开放，这波女性主义思想是其后的女性作家们自觉、自立、自省的思想根源。

三、转型的原因

首先，《青鞜》创刊号上刊登的章程第一条写道：“本社力图发展女性之文学，发挥各自天赋之特性，来日以培养未来女性之天才为目的。”[①]表明《青鞜》的定位是女性文学杂志。但是，平塚雷鸟的章程原稿并非是“发展女性之文学”，在青鞜社“规定草案”中章程第一条为：“本社为促进女子之觉醒，使之发挥各自天赋的特性，以期他日产生女性天才为目的。”[②]即最初为“促进女子之觉醒”。可见它的目的并非期望在青鞜社的文学女性中出现一两位女性天才，而是希望每一位女性都能充分发挥上天赋予的全部才能。显而易见，平塚所要强调的是女性的“自我发现和觉醒”，即女性的“自我解放”。并且青鞜社从一开始就是针对以“贤妻良母”为代表的旧制度，带有斗争的锋芒，号召女性否定现状，排除一切压力，发掘被压抑的自我，确立健全的人格。她们认为女性首先必须作为一个人而觉醒，这样才能发动全面解放自我的精神革命。这样看来，《青鞜》由文学走向女性解放，提出诸多有关女性的尖锐问题，并不出人意料，只是归结到了平塚雷鸟最初的办刊设想。

其次，《青鞜》的转型是顺应时代的表现。在青鞜社成立之初，

① 平塚らいてう著作集編纂委員会．平塚らいてう著作集（第 1 巻）[M]．東京：大月書店，1983:16.

② 平塚らいてう著作集編纂委員会．平塚らいてう著作集（第 1 巻）[M]．東京：大月書店，1983:16

平塚选择把《青鞜》定位为一本女性文学杂志，也与当时的时代背景密切相关。于华和陈谦在《〈青鞜〉的创办与近代日本女性问题》一文中分析其原因有二[①]。首先，日俄战争的胜利，使得日本这个新起的资本主义国家挤入世界列强当中，一时间，欧洲的近代思想大量涌入。在文学方面，也迎来了一个外国文学的全盛期，自然主义文学进入顶峰阶段；尊重自我，主张彻底的个人主义的白桦文学也开始抬头。另一方面，日俄战争后国粹式的保守主义根深蒂固，依然还拥有相当的力量，而最为保守的领域就是教育界和妇女界。在当时，具有自我觉醒意识的女性若想伸张个性、摆脱依附于男性的寄生生活，唯一被许可的道路就是文学，文学似乎成为当时女性自我觉醒的寄托。就像平塚雷鸟在自传中说的那样："那时，年轻女性对文学的憧憬，对今天的人们来说，无论如何都是难以想象的。"因此，在创刊之时，平塚雷鸟不能不考虑现实中女性们的渴望和要求，不能脱离现实太远而直接表达女性觉醒和解放的诉求，只能通过文学渐渐地接近自己所预期的目标。剧作家、评论家生田长江对《青鞜》的创办与编辑也有着重要影响。其中，将平塚雷鸟的章程原稿"促进女子之觉醒"改为"发展女性之文学"就是生田长江的主张。生田长江主张"应时代趋势之需要，平易简明地讲述国内外的文学，让一般妇人、女子在文学方面的知识、爱好有所修养，兼而培养出女性文学者"。

而到1912年，日本国内政界混乱，陆海军不顾财政困难，强要扩大军备，不表赞同的第二次西园寺公望内阁因此倒阁。代之而起的第三次桂太郎内阁，其权力建立在藩阀势力基础上，而非议会。因此，打倒藩阀、拥护宪政的呼声渐起。而内阁以新天皇为后盾企图予以镇

① 于华，陈谦.《青鞜》的创办与近代日本女性问题[J]. 新闻大学，2008:(12):25-28.

压，反而激起群众的愤怒。1913年2月10日，民众包围议会，迫使桂内阁总体辞职（大正政变）。大正政变，是对中央政治产生影响的民众街头运动，显示出此时的民众政治意识提高，日本进入“大众社会时代”。在此时代背景下产生的大正文化带有鲜明的时代性，确立近代自我，宣扬个人主义，理性主义，成为大正文化的基调。大正民主主义风潮席卷文化的各个领域，文学界也不例外。而作为女性文学团体，青鞜社也勇敢地站出来，表明自己的立场，向旧的封建制度挑战，谋求进一步打破压抑女性的封建旧制度旧习俗。青鞜社的女性解放意识也因此逐步加强，并最终促使其转型。

最后，青鞜社自成立以来所遭受的外界压力和各种挫折也促使其向女性解放刊物转型。

从1911年到1913年，《青鞜》发行不到两年就两次遭禁。事实上，《青鞜》的女性作品，不是只有被禁的作品才违抗了时代观念、政治权力、法律制度、社会规范和道德准则，《青鞜》的先驱性和超时代性自然会和当时的旧习俗、旧观念发生冲突。因而，在社会整体观念还没有发生转变的情况下，在权力阶层要稳固和维持现有秩序的环境中，《青鞜》难免会遭到来自社会的嘲讽和攻击，以及国家权力机关的压制。而且，以当时人们普遍的思维模式来看，不仅仅是《青鞜》上刊登的文章惊世骇俗，青鞜社成员的一些活动或做法在他们看来也违背了礼数，因此青鞜社受到的批评指责不在少数。

20世纪初，是西方社会女权主义运动的全盛期，英国的妇女选举运动甚至导致了政党交替，进而带动了世界范围的女性解放运动。与此同时，东京的学生大部分来自地方，在激烈的生存竞争中，有的发奋图强，有的就自暴自弃，沦落为游手好闲的街头混混，或是沉溺于大都市灯红酒绿的世界不能自拔。有些女学生则选择从事卖淫，或是去西餐厅做女招待。在当时，女性靠自己的劳动所得生存，或是自由地选择男伴等等，都算作“品行不良”，这些女学生的“不良”行为引起了新闻媒体的高度关注。在这样的社会环境中，青鞜社也逐渐地被看作是不良团体，更因为“五色酒事件”和“吉原登楼事件”，就被认定为社会的叛逆者，备受责难，进而导致她们所追求的自由同现实之间的矛盾日益激化。虽然她们的行为在现在看来没什么不妥，但在当时却无法被社会所包容，这促使她们争取女性权益的目标更加明确，加速把青鞜社推向女性解放运动的阵营。在社会对青鞜社不断的责难中，青鞜社的女性并没有因此而放弃对压迫的反抗和对理想生存权利的追求，她们勇敢地在风浪中迈出了妇女解放的第一步。

第三节　平塚雷鸟《前往茅崎》的女同性恋者形象

《前往茅崎》是明治45年（1912）8月刊登在《青鞜》第二卷上的随笔。该随笔刊登在题为“发自圆窗”的专栏里，执笔时间是7月18日。开头部分写道：“本应刊登上一期的续集。后来由于自己某些事情……”这里所说的“某些事情”应是指以尾竹红吉为首挑起的“五色酒事件”和“吉原登楼事件”。由于这两起事件的“恶劣”影响，在“青鞜社”地方社员中有人提出停止购买杂志和脱离杂志社的要求。尾竹红吉引咎自杀而未遂，之后不久肺结核发病而前往茅崎疗养。此时，杂志《青鞜》已创刊一年有余，由于上述两起事件，引起杂志社的公信危机，而好友红吉身患肺结核，急需治疗。这种危机感和紧迫感交织的复杂心情致使平塚雷鸟在随笔第一句写道：“意外！”并将自己与尾竹红吉的同性之恋公布于众。

红吉的伯父是知名画家，当红吉在伯父那里学习日本画时，收到了《青鞜》社申请订阅的明信片后红吉便给雷鸟写信，并于《青鞜》创刊翌年的1月份加入该社。2月份，初次拜访雷鸟家的红吉马上被雷鸟的魅力所折服。之后，红吉帮助杂志社处理事务，频繁往来于雷鸟家。其装束经常是久留米白点花布加裙裤，或者是角带加上高齿木屐式的男装，走起路来虎虎生风，畅所欲言，大声唱歌，大声笑。这些特征使雷鸟觉得红吉自由而放荡不羁，是个天生就无拘无束的人。雷鸟开始喜欢这个比自己小七岁的“妹妹”了。

1912年5月13日夜晚，红吉的绘画入选画展，在红吉家里举行了同人庆功会。当夜，雷鸟、保持研子和林千岁等三人留宿于红吉家中。因喜欢红吉，雷鸟借酒劲和红吉接吻、拥抱。“我想将红吉拥为己有，我们的拥抱和接吻是那么热烈。”而红吉也写道：“我的心全乱了，我开始知道我为了一个突然冒出来的年长女性而如此痛苦。我完全被她征服了。即便是奴隶，即便是牺牲，只要拥抱和接吻不消失，我会很满足。”[①]

之后，雷鸟调整自己的心情，尽量不让红吉接近自己。但7月份红吉身染肺结核，对雷鸟异常思念，写信给雷鸟说：“我永远敬仰您，爱恋您，也想从您那里得到伟大的爱。”[②]雷鸟接到信后“想马上飞过去，将我的感情告诉这个少年。用力拥抱她，使劲拥吻她”[③]，于7月12日连夜赶到红吉家之后，将抽搭哭泣的红吉抱在怀里，使其安睡。7月13、14日，雷鸟一直陪在红吉身旁，帮助她前往茅崎疗养。但这也是她们同性恋的终结。

时隔一个多月，雷鸟才前往茅崎。到达茅崎的第二天，雷鸟与

① 刊登于《青鞜》第二卷第六号上。
② 同上。
③ 同上。

一画家奥村博不期而遇，于是雷鸟开始了一段新的恋情。雷鸟对于红吉的同性之恋已彻底淡忘，导致尾竹红吉于当年10月份退出“青鞜社”。红吉于1914年自己创刊了杂志《番红花》，和陶艺家福本宪吉结婚。而雷鸟和奥村博日益亲密，两人开始同居生活，直到1941年雷鸟才正式与奥村结婚。

雷鸟遇到奥村博之后开始了异性之恋。雷鸟将之前她与红吉的恋爱称为“同性之恋”，这是事实。雷鸟认为这种“同性之恋”违背人伦常理，所以她要埋葬这段恋情。1914年雷鸟和奥村博开始同居后，在《青鞜》杂志第四卷第四号上发表言论：“时常听说在女校的女性宿舍里发生同性恋。（略）我对此毫无兴趣。但是，我在前不久遇到的一位女性——几乎可以认定是先天的性倒错者。由于她，我对此事开始产生兴趣。”①

当英国心理学家哈瓦洛克·埃利斯的《性心理学研究》中的一章“女性间的同性恋”翻译并刊登在《青鞜》时，雷鸟为翻译写了序言。在序言中，雷鸟将自己与尾竹红吉之间的“同性恋”称为“性的倒错”，认为那是一种病态的恋爱。

从最初两人的激烈拥吻到最后形如路人，雷鸟对尾竹红吉的态度变化，不仅是由于雷鸟有了新男友，更主要的原因是社会言论对同性恋的口诛笔伐。1911年7月，在新泻县亲不知海岸，有两位上流家庭出身的女校毕业生情死，当时作为社会问题大肆报道。以此事件为契机，社会上普遍将同性恋理解为“女学生之间的恋爱”。同年9月，在杂志《新公论》上，有评论家认为：“男性爱男性，女性爱女性。这种所谓的同性恋是一种性欲的变态，这些可以通过对性格的研究探

① 刊登于《青鞜》第四卷第四号上。

明其原因，找出预防善导的方法。”[①]评论家桑谷定逸以《值得战栗的女性间颠倒性欲》为题，讲道：“女性性交在西方自古有之。……性欲颠倒的结果，可看到在杀人及其他犯罪中，女性比男性多。……女性的同性恋又可视为其自杀的重要原因。总之，女性同性恋比男性同性恋只多不少。”[②]由此可见，当时舆论普遍认为“同性恋”就是“性倒错”和“变态性欲”的代名词。

女性作家描写女性同性之间的恋爱和性欲，这在封建时代是不可想象的。封建时代，包括明治时期，日本社会描写男女恋爱的作品不计其数，在儒教观点看来，这些都极其正常。虽偶有对“男色”（鸡奸）的描写，但描写女性同性恋的文本则始于《青鞜》创刊之后。

在《青鞜》第53号上刊登的川田好的小说《女朋友》和菅野初的小说《十日之友》就是反映女性同性恋的小说。当时平塚雷鸟已将杂志社委托给伊藤野枝管理，雷鸟已不负责对杂志审查，故这样的小说才得以刊登。在上述两篇作品中都有大量有关女子同性之间恋爱感情的描述。在平塚雷鸟的同性恋事件之后，社会上对女性同性恋的看法日渐偏颇和鄙视之时，两位不知名作家的作品可称得上是对传统观念的激烈反抗。

实际上，在《青鞜》周围，有不少作家写过女性同性恋小说。像田村俊子的《断念》《恶感》等作品中都有不少描写女性同性恋的片段。吉屋信子也于1919年开始，陆续写了《屋檐下的两处女》《大海的尽头》等反映女性之间恋情的小说。

① 中山和子，江種満子，漆田和代．ジェンダーの日本近代文学[M]．東京：翰林書房，1999:114.

② 同上。

之所以有这么多反映女性同性恋的作品出现，原因有二：一、杂志《青鞜》对女性解放的宣扬对于这类作品的产生起到了积极的推进作用。《青鞜》创刊后，它为女性代言的角色发挥得越来越好。该杂志围绕被视为禁忌的“性”问题进行探讨，围绕着“贞操”“堕胎”“废娼”等尖锐的社会问题进行论争。女性同性恋在当时属于新生事物，它的出现也跟《青鞜》这个妇女言论的自由阵地有直接关系；二、日本在介绍西方各种思想时引入并翻译了大量西方的书籍。这些书籍中，哈瓦洛克·埃利斯的《性心理学研究》（*Studies in phychology of sex*）被译成日文[①]，有许多知识女性阅读了这部著作，导致女性对女性同性恋的认识加深，从而出现了许多描写女性同性恋的作品。

《前往茅崎》虽没有“女性要解放”那样的豪言壮语，但它通过讲述女性间的同性之恋，使人们耳目一新。在某种意义上，它也是宣扬女性解放的作品。

第四节　与谢野晶子的女性主义思想

与谢野晶子是日本明治时期推动女性解放运动的先驱者。她的代表作《乱发》以及其他作品反映了长期受腐朽落后的封建思想压迫的日本女性追求自由、追求爱情的强烈愿望以及渴望自我解放、自我实现的强烈心声，在推动日本女性解放运动的过程中，与谢野晶子发挥了极其重要的作用。

① 1914年，在《青鞜》杂志上，连续刊登了小仓清三郎翻译哈瓦洛克·埃利斯的《性心理学研究》的章节，比如“性生活和妇女问题”“性的特征”等。

一、与谢野晶子与《乱发》

与谢野晶子是日本明治时代著名的女诗人、作家，同时也是非常杰出的女启蒙家、女教育家、社会评论家。她一生勤于创作，著作颇丰，被誉为日本明治时期短歌界的女王，也是日本女性解放运动的积极推进者。与谢野晶子出生于大阪市，从小就天赋过人，喜欢文学作品，中学时代开始大量阅读书籍。明治33年，她乘和歌革新的东风，创作了大量新型和歌，并加入了与谢野铁干发起的“新诗社”，成为《明星》派成员，与山川登美子一起成为早期《明星》的骨干。她的诗歌融古典、写实、浪漫为一体，表现了明治30年代女性的精神追求，在她诸多著作中无不体现着一个核心主题，那就是：日本女性拥有追求自由、享受爱情的权利，鼓励她们冲破封建世俗思想的束缚，自由追求爱情和幸福。

与谢野晶子的代表作《乱发》共收录和歌399首，分为六个章节：第一章《胭脂紫》，收录和歌98首，其中的和歌饱含热情；第二章《莲花船》，收录和歌76首；第三章《白百合》，收录和歌36首，充满对朋友登美子的友爱之情；第四章《二十岁之人妻》，收录和歌87首，该章主要反映了与谢野晶子不顾家人反对，毅然决然与自己心爱的丈夫一块去东京后开始新生活的甘美与苦涩；第五章《舞姬》，收录和歌33首，大体上是以写实的风格歌颂现实生活；第六章《春思》收录和歌80首，拥有大量官能色彩的诗句。晶子认为，要想使和歌创作进步，就要写恋爱。她以自己的恋爱体验创作和歌，主张即使是吟咏山川草木，也要将心寄托于此，以生命的实感为铺垫，直抒女性朴素、大方的情怀。她以崭新的文体，发挥了浪漫诗的古典情调，为日本近代短歌全史写下了光辉的一页。

与谢野晶子在《乱发》中体现的是追求自我的完全解放，在反映追求个性解放，扩充自我，实现自我的人生方面，《乱发》具有重要的指导意义。《乱发》里看不到盲目的偶像崇拜、人格依附，而是充溢着叛逆的声音和对新生活的大胆幻想。晶子在诗句中尽情抒发对美好爱情的向往和美好爱情带来的愉悦感。因为这个缘故，《乱发》中充满着热烈的情感，当然也具有官能色彩。

与谢野晶子在其代表作《乱发》以及之后创作的诸多著作中反复强调女性解放思想，强调日本明治时期的广大妇女拥有追求自由，享受美好爱情的权利，号召广大妇女冲破封建腐朽思想的沉重束缚，大胆地解放思想，最终达到自我实现的目的。与谢野晶子之所以如此大力提倡女性解放思想，并非偶然，而是由一些因素相互影响所造成的。

第一，西方民主主义在日本的盛行。

1853年，在美国船坚炮利的威逼之下，江户幕府被迫开港，并于次年与西方列强签订了许多屈辱的条约。从此，日本关闭长达200余年的门户被迫打开，西方列强源源不断涌入日本进行残酷的经济侵略，日本国力日趋衰弱，人民生活在水深火热之中。在这种背景下，日本的有识之士意识到只有日本国力增强，才能真正与西方列强相抗衡。而强国的唯一途径就是吸收西方先进思想，引进先进技术，对幕府腐朽落后的封建政治体制进行彻底改造，建立中央集权制国家，于是便发生了明治维新。明治维新后，日本积极实施欧化政策，并引进了欧美的近代化思想和先进的制度。在积极吸收西方民主主义思想的过程中，日本文学也受到西方的影响，加快了近代化进程。后来，伴随着自由民权运动的开展，男女平等思想深入人心，女性解放不仅被当时进步思想家所提倡，进步女性也认识到女性解放只有靠女性自己才能够完成，许多知识女性纷纷拿起笔来，通过写作来抒发女性特有的情感，为女性解放积极呐喊。

第二，对丈夫与谢野铁干的深深爱恋。

与谢野晶子同丈夫与谢野铁干的相遇、相知以及相爱的过程在与谢野晶子的创作过程中留下了深深的足迹，对她的创作风格产生了很大的影响。晶子跟与谢野铁干相识后被铁干的才情所吸引，冒着被人指责的危险，不顾家人反对跟与谢野铁干结合。当时与谢野铁干已经结婚，孩子不满周岁。在这种情况下，晶子跟与谢野铁干结合需要极大的勇气。

女性占据世界一半人口，她们的觉醒意味着社会的巨大进步。在社会由蒙昧向文明进化的近代，不管男性还是女性，确立自我是头等重要的事情，丰盈的个性是当时人们努力追求的目标。与谢野晶子在这一时期的出现并非偶然，而她所创作的《乱发》等作品又吹响了长期受腐朽落后封建思想、旧儒家伦理道德束缚的日本女性追求自由和爱情的号角，激励着广大日本女性冲出封建藩篱，勇敢地活出自己。

《乱发》发表后，由于短歌内容大胆热烈，违背了国家宣扬的“贤妻良母主义”精神，所以诗作受到政府谴责，晶子本人也经常受到思想保守者的揶揄。在近十多年的时间里，除了发表了短歌集《弟弟，你不要死去》《小扇》《常夏》之外，作品并不多。

二、与谢野晶子早期评论中的女性主义思想

与谢野晶子一生所写评论甚多，先后有15个评论集。时间跨度从1911年一直到1934年，内容涉及妇女解放问题、妇女的贞操问题、男女平等问题、女子教育问题、妇女与政治运动、妇女的经济独立、对战争的看法等等。第一评论集于1911年由金尾文渊堂刊行，含评论

19篇，收录评论有《产屋物语》《妇女和思想》《新妇女的自觉》《妇女的青春时代》《雨中半日》《女子和都市教育》《清少纳言的诸事》《日常生活的简洁化》《吟咏诗歌的心境》《新妇女的开始》《产褥日记》《关于离婚》《座谈的种种》《女子的独立自营》《我们家的孩子》《日记片段》《产褥别记》《老前辈的自觉》和《杂记帐》，第二评论集于1915年由金尾文渊堂刊行，收录评论16篇，主要评论有《我的贞操观》和《妇人问题杂感》。

与谢野晶子的女性独立思想主要体现在《女子的独立自营》这篇评论中。该评论最早于1911年4月刊登在《妇人之鉴》上，后作为其第一评论集的内容加以收录。该评论首先从古代女子的屈辱地位谈起，进而言及明治维新使得日本的女性地位大为改善。但是由于明治维新的不彻底性，还有许多男性对女性的职能加以限定，认为女性只应该结婚生子，在家里抚养孩子，不应该抛头露面。对此，与谢野晶子极其反对，认为这种思想有悖于近代的“自由”精神。针对当时日本有许多非婚生子的现象，与谢野晶子认为只有婚姻内的孩子才符合文明人的根本精神，非婚生子的增加会使现在的生活暗淡，并且降低日本人种。晶子认为这个现象是日本男性和女性都应反省的问题。

针对有许多女性不结婚而保持单身，与谢野晶子在《女子的独立自营》中写道：

小学和中学有不少保持独身的女老师，正因为这样，教育界才取得不错的成绩。这些妇女在品尝着不结婚的痛苦和不幸，却又将这种不幸成功地转换为其他种幸福。不仅是教育界，各阶层的妇女大多数都不能获得可意的婚姻。所以，她们在其他方面独立自营，养活父母和兄弟。这些人令我同情，同时我也强烈感受到她们生活在这个时代的勇气。在当今这种靠结婚并不能得到幸福的时代，我们不应该为过去那种“女人应该结婚”的论调所左右。结婚并非全部。从这点来看，我希望有众多妇女顺应自己的处境和个性，开辟各自的前进之路。对于男性而言，若这种意志坚强、独立自营的女子增加，他们会减少累赘。这不很好吗？①（笔者译）

她还强调说：“认为男子胜过女子，女子不如男子，这种想法对男人来说是过于骄傲，而对于女人来说则是过谦。大多数人认为女子是男子的负担。但是，在现实生活中，特别是丧偶的男子和女子比较起来，其生活能力明显不如女子。”②

总之，《女子的独立自营》从女性的立场出发，认为女性生活在明治时代较以前是一大进步。那种认为女性仍旧应该遵守三从四德，只负责相夫教子是错误的想法。单身女性的增加是男性自身羸弱，经济能力差造成的。与谢野晶子虽不十分赞同女性保持单身，但至少认为女性在这个时代可以自己养活自己甚至养活家人。

跟小说比起来，评论的作用更加直接。与谢野晶子的评论具有鲜明的时代特征，集中反映了受腐朽封建思想长期压迫的广大日本女性渴望自由爱情，追求自我实现的强烈呼声，她的评论对日本明治时期的女性解放运动产生了重要的影响。她教导当时的日本女性不仅要独立自主，还要冲破封建贞操观，勇敢地做自己。而她与平塚雷鸟的争论则充分表明了女人要自强，要有经济上的独立性。她的观点不仅在当时，即便是在现代仍具有比较大的指导意义。

1911年，与谢野晶子在《青鞜》的创刊号上写了卷首诗《山动之日来临》，她写道：“山体撼动之日来临。这么说人们不相信我。只有大山暂时休眠。过去，大山都是燃烧流动的。然而，你可以不相

① 与謝野晶子．女子の独立自営[A]．www.aozora.gr.jp/cards/000885/files/3631.html.

② 同上。

信。人呀！啊！要相信它。所有未觉醒的女人，现在要觉醒而行动起来了。”①《青鞜》号召女性应迅速觉醒，充分发挥上天赋予女性的才能，以自我解放为最终目的，团结起来，互相学习互相促进，提高女性的思想、文艺、修养。

加盟青鞜社后，与谢野晶子的女性解放思想已不只停留在恋爱自由等层面上，而是朝着更深层次发展。从她发表的一些评论可以看出，她已经开始全面关注政治、经济、教育、婚姻等方面的男女平等问题。比如，晶子相继发表《我的贞操观》《女子与高等教育》《妇女也要求参政权》《妇女的经济独立》等评论，阐述了日本妇女有必要在社会各个层面与男子平等。其中，《我的贞操观》就像向封建传统发起挑战的利器，对当时广大日本妇女产生了积极的影响。

大家知道，“贞操问题”是封建社会严重束缚妇女的重大伦理问题，在儒教思想支配下，妇女对贞操极为重视，有的视贞操如生命，从而产生了不少所谓的“贞节烈女”。进入近代之后，日本社会虽然对女性的要求不如封建社会那么严格，但要求妇女做贤妻良母已作为一个国家的规范被提了出来。比如当时的民法中规定：“为人妻者没有丈夫允许不可拥有财产，不可向人借钱，不可诉讼。”②这些规定仍然具有很强的封建性，广大妇女根本没有得到解放。1911年，借大正民主主义之风，女性地位有所提升，但社会上关于妇女的贞操问题的认识仍停留在封建时代。

大正初期，《青鞜》的发行给广大女性实现男女平等提供了理论基础，大正民主主义之风为广大女性实现自我提供了广阔的社会空

① 堀場清子．青鞜の時代—平塚らいてうと新しい女たち[M]．東京：岩波新書，1988:72.

② 中山和子，江種満子，滚田和代．ジェンダーの日本近代文学[M]．東京：翰林書房，1999:155.

间。在这种条件下，与谢野晶子在《青鞜》等女性杂志上发表的评论对于推动女性认识自我，审视自我具有巨大的推动作用。尤其是她关于贞操的评论在当时引起巨大反响，成为人们热议的话题。

大正时期，以男尊女卑思想为基础的封建思想依然支配着人们的思想和意识。这个时期，束缚女性的性道德问题成为人们议论的焦点。特别是在男女贞操方面的双重标准引起广大女性的反感。该时期公开讨论女性问题的杂志有《青鞜》《妇人公论》《太阳》《反响》等。1914年，生田花世撰写了“吃饭与贞操”的文章，以此为开端，评论界展开了女性为了生活是不是应该出卖肉体的讨论。以《青鞜》和《反响》杂志为中心，集结了生田花世、安田（原田）皋月、伊藤野枝、平塚雷鸟等女性评论家。与谢野晶子的评论活动主要以《太阳》杂志为主来展开。她在《太阳》杂志利用为“妇女界评论”专栏执笔的便利，提出“对女性而言贞操是什么”“遵守贞操道德的可能性、必要性和意义”等问题，引起人们的广泛注意。与谢野晶子将人们的注意力从有关贞操和处女的价值等论战中引向对于贞操道德的批判上。

在贞操的争论声中，与谢野晶子提出“贞操不是道德”“贞操中有尊严”等问题，力陈女性有贞操的自由选择权，在此基础上呼吁女性打破封建贞操观念，提倡新的贞操观念。与谢野晶子在尊重贞操的前提下提出把贞操作为道德来束缚女性的不平等现象。与谢野晶子早在1911年10到11月号的《女子文坛》上便刊登了《我的贞操观》。在《我的贞操观》中，与谢野晶子首先从人类历史发展的角度阐述了女性在人类历史中发挥的巨大作用，之后讲到父权制度下女性的悲惨处境以及封建时代女性贞操观的形成，还讲到处女贞操和人妻贞操的区别等内容。她重申贞操值得尊重，简明扼要地提及自己的贞操观。

与谢野晶子认为，在男权取代女权获得统治地位之后，男性出于利己主义的要求强迫女性保守贞操，这是极其无法无天的道德。伴随着男权的确立，贞操成为仅仅针对女性的道德，和男性似乎没有关系。“贞操”一词在古代的确是“女性的贞操”之意，古代所谓的“贞女不嫁二夫”，其中的“贞操”便是指“女性的贞操”。按照与谢野晶子的思想，这种“贞操”思想是男性欲使女性只服从自己一人的独断专行的思想。此外，与谢野晶子还指出“贞操不是道德，是趣味、是信仰、是洁癖。”①总之，贞操不应从他人那里索取，而是“像热爱艺术之美热爱学问之真一样，热爱这种超越道德的高尚美好之物。”②与谢野晶子否定了旧时代的贞操观。

与谢野晶子认为贞操不应该从他人那里索取的思想换句话说就是“贞操有尊严”。她在“打破贞操者是男子”一文中阐述道：“女性自身的贞操不应该顺应男子利己心的要求来守护，这种要求只有是发自女性的自由意志时才有贞操的尊严。”③与谢野晶子尖锐地指出，男性为了“种的存续”和为了血统的纯正而要求女性保持贞操，这不是拥护女性的自尊，而是男子的自私使然。与谢野晶子认为，保护贞操如果出发点不是发自女性的自由意志，不仅自己不能满意也有损于贞操的尊严。

还有一点，与谢野晶子提倡女性要打破束缚，勇敢地批判旧的贞操观念，建设新的贞操道德。与谢野晶子不是不尊重贞操，相反她最重视贞操。她在“关于贞操”一文中如是阐述：“好像贞操等于财富。是自己的东西时它很好，不管别人占不占有它，都是人们想得到

① 与謝野晶子．与謝野晶子全集（第15巻）[M]．東京：講談社，1980:139.
② 同上。
③ 与謝野晶子．愛、理性及び勇気[M]．東京：講談社，1993:40.

的东西。贞操对某些人来说是趣味，是嗜好，是习惯。在感受不到贞操要求的人那里，贞操什么也不是。”[①]与谢野晶子在批判旧的贞操道德的同时，还提倡建设新秩序和新道德。

与谢野晶子还认为，仅仅从道德方面和恋爱方面批判贞操问题是不完整的，也应从性欲和经济问题的角度来考察。在近代日本社会，以天皇制为中心的家长制占据统治地位，这种制度是在限制女性的政治权利和经济权利。女性不仅没有财产权，也没有接收到应有的教育，以便获得从事某行业的知识。在这种状况下，女性为了活下去，或者为了养活家中其他成员，只能出卖自己身上唯一的所有物——性。与谢野晶子不仅从道德层面考察了贞操问题，还尖锐地批判了使女性陷入这种境地的经济制度和政治制度。

三、与平塚雷鸟展开争论

1918年至1919年，与谢野晶子和平塚雷鸟之间展开了激烈的争论。争论的主题是国家是不是应该保护母性。这场争论最初是与谢野晶子跟平塚雷鸟之间的论战，后来山川菊荣和山田若也加入论战。

论战起始于与谢野晶子，1918年3月，与谢野晶子发表随笔《女子的彻底独立》，文中说道：“我对于欧美女性运动所倡导的，处于妊娠、分娩等时期的妇女向国家要求经济上特殊保护的主张难以赞同。”[②]晶子认为，生孩子首先需要经济上有能力，没有经济能力就不应该生孩子。而且，如果有经济能力，当然应该在生孩子之前有所积蓄，有所积蓄就不需要国家来养活。晶子的主张与平塚雷鸟所崇拜的瑞典女性主义运动家艾伦·凯的主张截然不同。

① 与謝野晶子. 与謝野晶子全集（第15卷）[M]. 東京：講談社，1980:36.

② 文章刊载于1918年《中央公论》三月号上。

艾伦·凯的思想早在1906年就由大村仁太郎和石坂养平介绍到日本。1913年，本间久雄翻译了艾伦·凯的《妇人与道德》，平塚雷鸟在《青鞜》上翻译了艾伦·凯的《恋爱与结婚》，后来平塚雷鸟又翻译了艾伦·凯的《母性的复兴》。1916年2月，与谢野晶子在《太阳》杂志上发表《一个女人的笔记本》（后改为《排除对母性的偏重》），对以艾伦·凯和托尔斯泰为代表的母性中心说进行了批判。于是与谢野晶子与平塚雷鸟之间围绕“育儿”和“工作”等问题展开争论。1916年5月，平塚雷鸟写了《关于母性的主张答与谢野晶子氏》，对与谢野晶子的主张提出反对意见，提出“在孩子最需要母亲的几年时间里，母亲要停止家庭外的劳动……社会要支付给养育孩子的教育费用”[①]。1918年3月关于保护母性的争论正式开始，与谢野晶子发表文章《女子的彻底独立》，之后又在《太阳》杂志上接连写了《平塚和我的争论》《答平塚、山川、山田三女士》等评论，围绕着保护母性的是与非、国家养育孩子与国家保护母性、“工作”与女性的独立等问题，与平塚雷鸟、山川菊荣、山田若展开争论。

列夫·托尔斯泰认为生儿育女也就是使“种族存续”，这是上天赋予女性的使命，对女性而言劳动是次要的工作。艾伦·凯则认为“成为母亲”是女性生活的中心要素，女性和男性共同劳动是“超越女性自身天赋限制的权利滥用。”[②]艾伦·凯提倡在女性妊娠、生产和育儿期内，国家应给予保护。艾伦·凯承认女性以各种形态实现自我的要求，但同时又认为妊娠的女性或者已为人母的女性在恶劣条件下劳动过于残酷，只能成为劳动的奴隶。所以艾伦·凯力陈女性参加劳动的自由。她认为女性参与到劳动市场，男女相互竞争会导致薪金

① 古川玲子．母性保護論争—晶子とらいてう[J]．www.eqg.org/lecture/hogol.html．
② 鹿野正直，香内信子．与謝野晶子評論集[M]．東京：岩波書店，1994:136．

低廉、劳动时间延长和就业难等结果。恶劣的劳动条件会导致女性因为过度疲劳而身心疲惫，进而导致儿童死亡率高等问题，会给国家、种群带来危害。平塚雷鸟对艾伦·凯的主张完全赞同，所以平塚雷鸟在《青鞜》杂志上翻译介绍艾伦·凯的思想。“可以说我这是第一次读了些有关妇女问题、女性研究的书籍。这些书籍之中当然有艾伦·凯的《恋爱与结婚》。”[①]后来，平塚雷鸟有了自己的孩子，在育儿过程中接触到艾伦·凯的《母性的复兴》，艾伦·凯主张那些已得到解放的妇女再次回到家中，在有爱的生活中，特别是在身为人母的生活中发现能够统一和调和的妇女的真正生活。鉴于此，艾伦·凯认为女性生育后的几年间是孩子最需要母亲的时候，这几年要停止到外面工作。平塚雷鸟对于艾伦·凯的这个主张有强烈共鸣。

与谢野晶子强烈反对托尔斯泰和艾伦·凯的主张，认为人类本来的任务只有一项，那就是增进人类的幸福，女性在精神上和经济上实现独立的理想是“开始构筑人生真正幸福的首要基础”。[②]女性身为人母，哪怕是为了孩子人格的健康成长，也应摆脱“母性中心说”，确立他们经济上和人格上的独立。

针对平塚雷鸟过度尊重母性的言论，与谢野晶子认为，为了要求国家对母性进行保护，禁止女性劳动，使女性忘记劳动的能力，这是一种奴隶道德，是滋养女性依赖心理的温床，也容易招致人性的萎缩。“现在不管男女都通过某种劳动谋求衣食的自给，确保物质生活的安全，这是第一要务。这会成为精神生活的坚实基础。……有些女子不考虑用自己的职业来谋生，追求男女同权、研修学问艺术，讲述

① 平塚らいてう著作集編集委員会. 平塚らいてう著作集（第7巻）[M]. 東京：大月書店，1983:179.

② 鹿野正直，香内信子. 与謝野晶子評論集[M]. 東京：岩波書店，1994:200.

妇女问题。如果有这样的女子，我认为她们是最不了解紧迫的现代生活的空想家。我断言，女子的自己劳动自己谋生必须成为今后的常识和常态。”①

跟与谢野晶子相反，平塚雷鸟认为做母亲是妇女的天职。平塚雷鸟认为生出好孩子，把孩子培养成优秀的人是新时代妇女的职责之一，也是妇女作为母亲所具有的崇高社会意义。在她看来，生养优质孩子并教育好孩子，这有利于社会的发展和进步，也有利于人种的改造。所以，为了实现上述目标，国家应对怀孕和哺乳期间的妇女给予保护。

与谢野晶子夫妇共生育11个子女，而平塚雷鸟通过避孕措施，只生了2个孩子，按照常理思维的话，晶子应该是母性礼赞者，而平塚雷鸟应该是倡导女性自立的能力主义者。但事实正好相反，平塚雷鸟提倡母性中心主义，认为国家应该保护妊娠、生产和育儿期的妇女。而与谢野晶子则坚决反对这种主张，认为由国库对妊娠、生产予以补贴的做法是变了形式的新的贤妻良母主义，并责难说由国家进行保护是“奴隶道德”“依赖主义”，主张妇女不应依赖国家和男性。实际上，与谢野晶子本人对于女人做母亲既不反对也不后悔，反倒是自己做了母亲后感到无比满足。不过，晶子不是单靠母性来生活的。她既是人妻，还是一位和歌诗人，母亲的角色只是其多种角色中的一个。她认为人间万事不管男女都可以平等履行。从上述内容可以看出与谢野晶子是一位相当独立的女性。

山川菊荣均部分认同与谢野晶子和平塚雷鸟争论的观点，认为她们二人的思想实际上是继承了西方女性解放的两种思想，指出：“与

① 与謝野晶子. 資料母性保護論争[M]. 東京：メドス出版，1984:81.

谢野晶子的社会批评从资产阶级出发，以资产阶级结束。如果将与谢野晶子视为玛丽·沃斯通克拉夫特的话，与此相对，平塚雷鸟将其女权论不足之处加以补充，在更加广义的角度解释妇女解放。可以称之为日本的‘艾伦·凯’。”①

妇女原本不是除了育儿没有其他能力的动物，也没有必须蛰居家中终了一生的义务。也没有无所事事寄生于社会的权利。因此，必须允许妇女按照自己的能力和所好从事劳动，同时，相对于她的劳动，也必须承认其生活的权利。但是，封建社会拒绝妇女劳动的权利，也否定其生活的权利。于是为了强调劳动，出现了呼吁机会均等的旧的女权运动。作为其修正案，产生了母权运动。前者的缺陷是，一味要求劳动权利而忘记了生活的权利，后者的缺陷是仅仅满足于身为母亲的女性的生活权利，而没有为所有人提倡生活的权利。她们不是想修正现在的经济关系，而是对于既成的经济关系存续成果的各种现象采取经济独立或保护母性等不彻底的弥缝之策，这是两者共同的谬误。②

相比较山川菊荣对两者既部分肯定又指出各自不足的做法，山田若则完全赞成平塚雷鸟的观点，在她的随笔《有孩子的母亲的烦恼》中阐述道：“我不忍心把孩子送给别人养育，长期忍受靠丈夫养活的屈辱。其间我阅读了艾伦·凯的理论，使我的苦闷一扫而光。”③女性即使想独立，一旦生了孩子，就很难有时间干自己想做的事，于是陷入理想与现实的巨大反差中无法自拔。她从贤妻良母主义立场出发，主张“人们不要被‘独立’这种美好的词句所迷惑，家庭主妇虽

① 鈴木裕子．山川菊栄評論集[M]．東京：岩波文庫，2011:68.

② 鈴木裕子．山川菊栄評論集[M]．東京：岩波文庫，2011:82.

③ 古川玲子．母性保護論争—晶子とらいてう[J]．www.eqg.org/lecture/hogol.htm.

然没有得到金钱报酬，但她们在家庭内劳动，应该自豪。”①

大正时期有多场文学争论，比如围绕有岛武郎《一篇宣言》的争论，里见弴和菊迟宽之间的“内容的价值争论”等等，以上都是男性作家之间的争论，而保护母性的争论则是大正时期女性知识分子之间的争论。这场争论促使广大女性对于女性经济独立进行思考并积极争取经济独立，实际上近代日本只是要求女性成为贤妻良母，要求女性为政府、为国家奉献，根本不会为了保护母性而动用国库，平塚雷鸟的想法是好的，但有些空想的成分。

与谢野晶子愤世嫉俗、具有敢爱敢恨的人格魅力。她的作品具有鲜明的时代特征，对日本明治时期的女性解放运动产生了重大影响。

第一，与谢野晶子所处的时代是明治30年代初期到中期阶段，这一时期的日本社会已发生很大变化，首先是尼采哲学思想的传入，在日本的直接变体是高山樗牛的评论——《论美的生活》，认为人生的至乐说到底是性欲的满足和官能的解放。在这种时代风潮的吹拂下，与谢野晶子站在人性解放的立场上，歌颂恋爱的纯真与美好，满足人性本能的要求，便是晶子所说的情感解放的喜悦。可以说，与谢野晶子是日本女性解放的先驱者。

第二，经过中日甲午战争之后，日本取得了前所未有的发展。西方自由民主思想席卷日本，19世纪西欧兴起的女性解放运动，给日本女性作家以巨大刺激，促进了日本女性作家自我意识的成长，形成了与谢野晶子以及其他知识女性追求解放的社会氛围，与谢野晶子以青春的感动、官能的解放为旗帜走在女性解放运动的前头。因此，她所发表的热情燃烧的恋歌，对当时彻底摆脱封建束缚，追求自我解放的

① 古川玲子．母性保護論争—晶子とらいてう[J]．www.eqg.org/lecture/hogol.htm．

女性来说无疑是个福音。

第三，女性的觉醒不仅可以促进社会的发展，知识女性的增加对于子女教育也大有裨益。与谢野晶子根据自身的生活体验和随想，写了许多为女性辩护的评论。比如《女子和都市教育》《妇人问题杂感》《女子的独立自营》《我的贞操观》等评论使女性更加清楚地认识到腐朽落后封建思想的毒害，敦促广大女性勇敢地反对旧儒家伦理道德，促使日本女性自由追求爱情，实现自我解放，它对于推动日本女性解放运动的发展具有重要的现实意义。

在日本，人们对晶子作品的评价是很高的。人们称她为“永远的晶子”。与谢野晶子除了挣稿酬维持杂志《明星》的开销外，还靠稿酬维持一家十几口人的生计，她是明治和大正时期少有的几位能将家庭和事业处理得如此之好的作家，其卓越的文学才能和女性意识为女性的创作提供了很好的典范。

四、与谢野晶子女性解放思想的精神实质

关于女性解放，不同的人有不同的看法。不同时代和不同国家的女性论者根据当时的状况，对女性解放的要求也会不同。所以，对于女性解放，不同的人会给出不同的解释。但是，按照一般的思维，女性解放即指向女性从政治、经济、社会、文化、家庭等多个领域中的歧视中将女性解放出来。在晶子的评论中，无论是她对女性直面的问题的思考，还是她提出的实现女性解放的解决方案，贯穿其中的是以下三点，即“重视人性”“追求意志自由”和“重视内省”。

第一，“重视人性”，人人生而平等，无论男性还是女性都拥有充分发展自身个性和才能的权利。在重视人性的背后，反映的是晶子对人道主义思想的接受。所谓“人性”就是作为人的本性，在广义上

可以理解为作为人的自觉或个性。

与谢野晶子在《关于文化学院的设立》一文中阐述女子教育的必要性时曾呼吁要进行“教育改造”和“人性教育”，指出了人性教育不足的问题。与谢野晶子认为关于女性解放的所有问题都需要男性和女性的人性养成来解决。与谢野晶子认为，“人性”平等地存在于人的内部，为了圆满地将之引出，需要教育和劳动。与谢野晶子非常重视劳动在人格形成和恢复人性方面的作用。“为了人格形成和恢复人性，一般人必须享有接受高等教育的自由和在所有职业中选择符合自己职业并从事这种劳动的自由。”①与谢野晶子还认为，为了保障劳动和教育的自由，获得发展自己的权利，女性必须要获得参政权。总之，女性想成为经济独立的人，想结婚生子，成为具有情爱和学识的新时代的妻子和新时代的母亲，或者想和男性一样活跃于学界、政界或社会改造运动中，她们这些欲使自己得到发展的想法是值得尊重的。

与谢野晶子的上述主张表现了尊重个人尊严的个人主义以及认可人之人性的人道主义精神。与谢野晶子以重视人性为基础来观察现实社会，犀利地批判了束缚女性的“贤妻良母主义”和宣传男尊女卑思想的旧等级制度。比如，针对贤妻良母主义标榜的“像个女人样儿”，与谢野晶子认为这种思想妨碍了女性的“人类进化”。从这种思想中解放出来也就意味着女性从机械性向人性的觉醒。与谢野晶子认为“人性的内容不仅仅限于爱、优雅和谦恭，也包括创造力、鉴赏力和其他重要文化能力。这样的话任何人都具有人性，教育和劳动可以圆满地将这种人性引导出来。”②由此可见，与谢野晶子的立场，

① 鹿野正直，香内信子．与謝野晶子評論集[M]．東京：岩波書店，1994:339-340.
② 鹿野正直，香内信子．与謝野晶子評論集[M]．東京：岩波書店，1994:339.

即女性通过教育和劳动具备普遍的教养，以此确立人的尊严。在当时的日本，与谢野晶子这种人性中心思想对于促进女性的觉醒具有重大意义。

第二，“追求意志自由”，一个独立的个人要有不受外力的束缚，自主决定自己事务的权利。晶子的这种思维倾向一方面是受到西方自由主义思想的影响，而更为显著的一方面则是受到东方自由观念潜移默化的影响。与西方的自由观念注重对外力的反抗不同，东方的自由观念更多的是强调内心的、意志的自由，描述的是一种“不由外力而由己”的状态。

众所周知，自由的定义有多种，中国古文中的“自由”就是“由着自己”，“不受外力制约”的意思。但是在欧洲许多国家，“自由”和“解放”具有同一个词根，更强调挣脱外在束缚。与谢野晶子身处东西方文化激烈交锋的时代，她也受到了西方思想的影响。所以与谢野晶子所说的“自由”具有两种中心意思。一是不受传统外在束缚所压迫的权利，包括言论、集会、结社和参政的自由。另一种是不受内在的成见、偏见和无知蒙昧所束缚的内心的自由状态。当时的女性大多缺乏理性思维，针对这种状况，与谢野晶子认为“自由不仅指摆脱自己之外势力的压迫而实现独立，最主要的首先要使自己的意志从盲目的感情中挣脱出来，同时让某种事物抑制或者助长这种感情，达到正确的调节”[①]，这就是意志的自由。

与谢野晶子认为，即便从外在束缚中解放出来，也谈不上获得了真正的自由。比如过去的女性虽说获得了言论自由的权利，但她们还不具备依靠自由意志思考的能力，即缺乏理性。这样一来，言论自由

① 与謝野晶子. 愛、理性及び勇気[M]. 東京：講談社，1993:129-130.

纯属空谈。“即便有许多由男子提出的妇女问题，如果妇女自身不觉醒，问题也得不到正确解决。”[①]所以，如果女性自身的意志经常被愚昧无知所控制，自身不具备自由意志的话，想从自己以外的势力的压迫中求得解放，则是颠倒顺序了，最重要的还是要取得内在意志的自由，即心灵的自由。

事物的发展确实是由内外因同时起作用，相互协调才会得出好的结果。但内因是发展的基础，外因是其必要条件，外因通过内因发挥作用。与谢野晶子充分认识到这一点，说道：“只要人们不甘于过去那种高级女佣人的地位，那么中等阶级的女性必须具备率先觉醒、改造自己，解决妇女问题的新资格。”[②]与谢野晶子鼓励女性发挥自身的主体性，女子若希望获得真正的独立自主的生活，则需要锻炼自己的理性思维，自身要先具有独立的意志，然后才能摆脱他人的束缚并获得身心的自由。在进行这些努力之后，女性才能从双重的不自由中解放出来，实现现实与理想、灵与肉的统一。

第三，“重视内省”，即主张自我改造，重视自我修养。与同时期欧美女权主义者强硬要求从制度、法律层面打破束缚不同，晶子在提倡制度方面平等的同时，更加强调女性对自我的改造，即注重自我修养。这里需要指出的是，晶子的这种注重内省的自我改造并没有脱离社会，她始终认为自我改造与社会改造是相辅相成的，个人的改造必然会带来周围势力的变动，进而实现对社会的改造。

与谢野晶子重视女子自身的觉醒，尤其是内心的觉醒，并主张女性的自我改造。晶子认为女性解放问题分两个部分，一是从男性专治中解放出来，二是女性的自我改造，与谢野晶子更加强调后者。她

① 鹿野正直，香内信子．与謝野晶子評論集[M]．東京：岩波書店，1994:59.
② 同上。

认为，日本人原本就缺乏思考和反省，特别是日本女性，在这一方面更加欠缺。“男性看到受过教育的女性，内心会认为她们是高级女佣，这是极其不正当的评价。跟一般男性的思想相比，妇女什么事也不思考，可以说没有任何感想。”[①]下层劳动女性也好，受过教育的女性也罢，她们对自身的立场没有任何思想，没有任何反省，也没有任何批判。这是与谢野晶子对当时日本女性的看法。这种看法有其正确的一方面，也有失偏颇之处。“去矿山，去海边，去街道工厂，会发现妇女领着最低薪水干着最苦的活儿，即便如此，她们受到男性侮辱，以从属者冷眼视之，那是因为她们只会机械地用自己的手脚干活。”[②]与谢野晶子痛感女性缺乏思想，她主张女性要想彻底将自己从束缚中解放出来，需要对自己的思想和所处立场以及自身的依赖心理等弱点进行反省，必须将思想、感情和行为三者统一到自身上。正如托尔斯泰所言，改善自我是人生最好的行为。与谢野晶子继承了托尔斯泰的观点，勉励女性克服自身缺点，努力成为更加健全的人。

与谢野晶子提倡的重视内省，要求女性进行自我改造的思想也是与谢野晶子追求意志自由的证明。与谢野晶子欲将女性从无反省无批判的状态中彻底解放，以确立女性的主体性。过去的知识分子一旦在社会改造中碰壁就会远离尘世修养身心，晶子追求自我发展的思想则不同，她强调的自我改造并非要求女性脱离社会，而是要求女性将社会的现实问题作为自身切实的根本问题加以考察并作出回应。晶子主张社会改造和个人改造的融合，具有鲜明的社会性。

与谢野晶子是当时的进步妇女，也是“舆论领袖”。她在报纸、杂志上发表评论，表达了自己独特的见解，为同时代女性发挥了模范

① 鹿野正直，香内信子．与謝野晶子評論集[M]．東京：岩波書店，1994:57.
② 鹿野正直，香内信子．与謝野晶子評論集[M]．東京：岩波書店，1994:57.

作用。她始终为提高女性地位和解决女性问题而努力，在深刻批判男女不平等社会制度的同时，积极呼吁女性进行自我改造和人格完善。她主张女性在婚姻方面的自由，要求女性和男性一样，在工作方面、社会参与以及参政方面实现机会均等。与谢野晶子严厉批判束缚着女性发展的贤妻良母主义和旧的贞操道德，揭露旧家族制度的弊端，她为此开展的评论活动大大促进了日本女性的觉醒和进步。

与谢野晶子认为，无论是个人，还是家庭与社会乃至国家，都必须充分发扬民主和自由，特别在事关女性幸福的恋爱、结婚、贞操和选择职业等方面，她主张这些必须由女性依照自己的意志进行决断，拥有自由选择的权利。所以与谢野晶子认为，女性应该通过教育和劳动来增进自己的智慧，锻炼自己的身体，以理性坚守女性的主体地位，在实现经济独立和精神独立的同时努力实现自我改造。与谢野晶子强调的灵肉相统一的独立与解放比起当时众多女性解放论者的言论要超前一步，对大正时期的思想界具有较大的冲击。

与谢野晶子同时也是一位教育家和社会活动家，她积极投身于近代女子大学——文化学院的创立并亲自授课。一直坚持自由教育的理念，为女学生们灌输了女性要自立自强、谋求解放的思想。虽然当时日本也有一些女子高等教育机构，但文化学院是最早实施男女平等教育思想并最早实施男女共学的女子高等教育机构。文化学院为日本社会培养了田中千代、井口爱子、吉泽久子等众多杰出女性，在日本女性发展史和教育史上留下了光辉的一页。

纵观近代日本女性解放史，像与谢野晶子那样，在女性的恋爱、结婚、生育、教育、职业选择等多方面表达自己的真知灼见并形成系统性女性解放思想的评论家为数甚少。虽然其晚年时期的评论中有极端国家主义的言论，但她在大正时期和昭和初期的评论为推动女性的思想解放和社会进步起到积极的推动作用。与谢野晶子在养育11个孩子与文学创作之间保持了良好的平衡，在自我充实和自我改造以及自我表现方面都有极高的完成度。特别是她提出的有关女性的问题超越了当时的时代，至今仍有启发意义。

第五节　田村俊子《生血》中的女性形象

田村俊子热衷于探讨女性问题，倡导女性的独立与解放。早年曾赞助日本著名新女性杂志《青鞜》，后来在旅居加拿大期间，主持日文《大陆日报》中讨论国际女性劳动运动体验的妇女栏目，晚年在上海创办女性杂志《女声》，在中国开展女性启蒙及女性解放活动。她通过大量作品描写了明治末期的新女性问题，用笔大胆直接，矛头直指新女性的自我觉醒以及由此产生的冲突尖锐的两性问题，在日本女性作家创作历史上占有非常重要的位置。

田村俊子18岁时（1902年）入幸田露伴门下学习写作。并与同门师兄田村松鱼相恋，但二人的交往遭到露伴反对。1903年，松鱼前往美国游学，俊子苦等了他6年，直至1909年松鱼回国才最终完婚。这期间，俊子对露伴古典空虚的创作理念产生怀疑，为追求与古典不同的口语体写作方式，为了创作关注新女性问题的文学，她退出露伴门下，开始独自探索新的文学道路。但她的探索之路并不顺利，俊子曾一度对文学绝望，决意“弃文从艺”，试图在舞台上施展才华。俊子在舞台上的表现口碑很好，但由于剧团解散，无奈放弃了演艺事业。俊子曾表演过易卜生的戏剧，受到西方男女平等和女性解放思想的影响，为后来她的女性独立与解放的思想形成奠定了基础。松鱼归国后发表的作品反响平平，不久便失业，二人在经济上陷入窘境。1910

年，为了缓解经济压力，松鱼要求俊子向大阪朝日新闻社举办的悬赏小说比赛投稿。俊子不忍把自己视为神圣的艺术与金钱联系在一起，拒绝参加比赛。最后在松鱼的强迫下，极不情愿地完成了作品《断念》。出人意料的是，俊子的作品一举获得二等奖（一等奖空缺），获得了在当时来讲可谓一大笔钱的一千日元奖金，这使他们的经济压力得到缓解。这次比赛的胜出也成为田村俊子职业作家生涯新的起点，从此她迎来了文学创作的黄金时期，她的几部代表性小说都问世于这之后的7年鼎盛期。俊子的成名使二人在经济上得到了改善，但情感上的裂痕却愈来愈深，后来俊子追随情人铃木悦前往加拿大，在那里生活18年之后重返日本，不久以《中央公论》特派员身份来到上海，在上海创办女性杂志《女声》，和中国作家关露等人共同担任杂志编辑，1945年因突发脑出血病逝于上海。

田村俊子集中进行创作的时间并不长，主要集中在1911年至1918年这几年之间。1911年，她以作品《断念》登上文坛，同年在《青鞜》创刊号上发表了《生血》，之后几年相继发表《誓言》（1912）、《木乃伊的口红》（1913）、《炮烙之刑》（1914）等，其作品以新奇的题材、清新的感觉、犀利的观察、深刻的心理描写受到文坛关注。田村俊子共发表小说数十篇，以短篇小说为主。年纪轻轻便成为文坛宠儿，虽说她的作品在当时的文坛评价一般，但随着时间的推移，尤其是伴随着日本女性地位的逐步提高，田村俊子的作品越来越受到人们的重视和好评。

田村俊子发表小说的时间和《青鞜》的办刊时间几乎是重合的。《青鞜》1911年创刊，1916年停刊，田村俊子1911年开始发表小说，1915年写完《她的生活》后几乎没有创作。1918年她追随恋人铃木悦前往加拿大，再也没有作品问世。虽然她的作品数量并不可观，但是田村俊子的文学可谓“近代日本女性文学的原点”。[①]

田村俊子是《青鞜》创刊时的主要赞助人之一。为了表示对《青鞜》的重视，她在《青鞜》的创刊号上发表了短篇小说《生血》。创刊号上同时还有平塚雷鸟的评论《元始，女性是太阳》和与谢野晶子的短歌《山动之日来临》等作品，均表达了女性渴望解放的情感。《生血》分为前后两部分，前半部分描写优子和男主人公安艺治共度一夜之后，清晨醒来悔恨交加的心情。后半部分则描写了两人这一天漫无目的的闲逛过程。作品刚问世不久，有人评价该小说是“描写了神经兴奋的、已经有些歇斯底里的女人的一个侧面”。[②]这种不公正的评价一直持续到战后。

文章从一开始就讲述了女主人公优子一大早醒来后的郁闷之情。之所以郁闷，是因为在前一天晚上优子结束了自己的处女阶段，有了人生初次性体验。原本这种体验并非恋爱对方逼迫所致，是在恋爱双方情投意合的情况下发生的，之所以郁闷另有原因。我们看一下小说的开头部分就能明白其中原委。

优子嘴里咬着红色泡泡纱蚊帐在哭泣。在风的吹拂下，男子的肩膀被伊豫竹帘拍打着，从窗户眺望着城镇的灯光。男子突然笑起来，说道：“不是没有办法嘛！”

隐约有金鱼的腥味。

优子也不知道是什么味道，悄悄地嗅了嗅那个味道。一直在嗅。

“是男子的味道。”

优子突然想起来，吓了一跳。然后像是有种东西从手指尖传到脚趾尖似的全身战栗。

---

① 渡辺澄子．今という時代の田村俊子—俊子新論[M]．東京：至文堂，1987：133.

② 旦月子．1911年10月在《三田文学》上的评论“关于九月的小说和喜剧”。

"讨厌！讨厌！讨厌！"

从昨夜开始她就多次有拿刀杀人的心情。

优子用一只手伸入金鱼缸，憎恶地抓起金鱼。

……优子把别针刺向金鱼芝麻粒一般的眼睛上，正好这时金鱼在手腕处晃动着尾鳍。腥臭的水花撒到优子灰紫色衣带上。优子使劲刺穿金鱼眼睛时，别针的尖部扎到了优子自己的食指。食指尖有许多红宝石一般的小血滴。①

文章没有交代任何背景，只介绍了男女主人公是一对恋人。女主人公对昨夜共枕的男子为何产生这么深刻的憎恶，确实令人费解。但是，随着阅读的深入，才明白原来女主人公主要对于男子昨晚那不经意的一笑而愤怒。在激情过后，女子哭了，而那名男子却背对着她，眺望着街灯，不经意地笑了一声，还说道："不是没有办法嘛！"这种场景乍一看，是常见的枕边话。但它反映了男女两方不同的心情和不同的立场。

在女主人公看来，男子的笑包含了两层意思。一是自己征服了这个女性，因而很自豪；二是自己在刚才的行为中处于优越地位。男子的笑声深深刺伤了女主人公，对于她而言，处女的丧失还不是最主要的，更重要的是对男性那种下意识的优越感感到不满，所以才导致她反应过激，有些自虐地将金鱼刺死。这种"憎恶"与众不同。按照秋山骏的说法，女主人公的"刺死金鱼跟与'无理由的杀人行为'是相通的。"②

《生血》中，优子处于正常的男女恋爱阶段并和恋人安艺治发生了关系。按照常理这应该是一个美妙的时刻。但是在优子看来，安

① 田村俊子．田村俊子作品集第 1 卷[M]．東京：オリジン出版センター，1987:188-189.
② 新編　日本のフェミニズム11．フェミニズム文学批評[M]．東京：岩波書店，2009:61.

艺治是传统男性的代表。所以她把金鱼作为泄愤的对象。明治末期的年轻男女崇尚自由恋爱，但性爱之后男子的优越感使得女子心生反感，甚至产生憎恶，这其中包含着两性的相克。两性相克的主题首先由岩野泡鸣于1906年在评论《神秘的半兽主义》中提到。泡鸣解释道："男女关系越亲近，越要求相互之间诚实，就会产生一种说不清的格斗。这在我的《神秘的半兽主义》中已经提到。不管社会如何进步，人的智慧多么开化，人的情意多么微妙，会使这种格斗越发激烈。"[①]泡鸣认为恋爱中男女双方有一种"强者"征服"弱者"的"征服爱"。意即男女两性之间有种相克。岩野泡鸣本身的婚姻生活也上演着"男女的相克"。他和后来与青鞜社会员的远藤清子（岩野清子）相恋，在现实生活中也上演了"两性的相克"。虽然已和泡鸣结婚，但其妻子数月拒绝和泡鸣同房。人们认为这主要是"青鞜"鼓励女子自我解放造成的。青鞜社周围的女性们在思想上认识到了女性此前一直在家里扮演贤妻良母角色是错误的，女性此前一直处于从属地位，是男性压迫她们。所以当她们要解放之时，两性的相克自然难免。在当时的实际生活中，夏目漱石的门生森田草平与平塚雷鸟的"自杀未遂事件"可谓"两性相克"的原始剧。但反过来讲，这种"男女的相克"会促使女性自身对"什么是爱"和"什么是性"重新定义。

当时的日本社会面临着"性规范"的解体和再编。明治维新后，以儒教规范为道德准绳，明治政府想构筑以国家为顶点的家族意识形态，并使之深化。但老百姓的性观念仍是封建身份制度时期的性观念，即武士阶级的儒教式性观念，农民阶层的村落单位的性规范，城

① 中山和子，江種満子，漆田和代．ジェンダーの日本近代文学[M]．東京：翰林書房，1999:102.

市商人阶层的以妓院为中心的享乐型性观念。在明治时期，这三种观念处于并存状态。但是，日俄战争后，出现了新的情况。即有大量人口从农村涌入城市，构成了上述三种性观念的“中间层”，脱离了原来所属的阶层。国家通过教育机构欲使儒教式的家族观念深化，但却无法同化这些人，于是他们就形成了处于“无秩序状态”的群体。

文学评论家伊藤整在《近代日本的‘爱’的虚伪性》中提道：“男女之间的爱实际上是征服和被征服的关系，是相互利用的关系。”[①]《生血》中男女主人公的恋爱就存在一定的虚伪性。男子在温存之后的不经意一笑，显露出他征服了女性之后的优越感。但是，已经有了近代意识的女主人公自然不会像封建时代的女性那样温顺。像这样，女主人公发自内心地厌恶起“征服”自己的男性，也就不足为奇了。

田村俊子也深受西方女性主义思想的影响，在发表《生血》之前，1911年2月，俊子曾在丈夫田村松鱼的极力劝说下写了作品《断念》，参加了大阪朝日新闻社的悬赏小说比赛并获得二等奖。在这部小说中，女主人公富枝、三轮等人物都是对新时代的新思想有所觉醒并开始对旧时的“贤妻良母主义”思想产生怀疑的新型女性，虽然作品女主人公的思想解放具有不彻底性，但田村俊子追求女性独立和解放的思想已经初露端倪。

有人认为《生血》是一部心理小说[②]。理由有两点，一是作者在作品中有不少心理描写；二是作品中大量用了象征手法。象征手法的主要特点是联想。像女主人公闻到金鱼的腥味就想到昨夜和自己共枕

① 中山和子，江種満子，漆田和代．ジェンダーの日本近代文学[M]．東京：翰林書房，1999:102.

② 张小玲．试论田村俊子的代表作《生血》的叙述风格[J]．日语知识，2002(11):26.

的男性的味道，这就是象征手法的具体运用。除了上述内容之外，小说的第二部分也运用了象征手法。

文章中除了优子和安艺治之外，还有几个次要人物。比如第二部分出现了两位雏妓模样的少女。“在带着图案的红色太阳伞下，少女低俯着头，从领口露出了纤细的脖颈，洁白、光滑，似乎吹弹可破。印着凌厉的箭羽的藏青色裙摆，将雪白的赤足缠绕住又松开，缠绕住又松开，若隐若现。”①优子之所以关注这两位少女，是因为看到她们纯情的样子，无限怀念。跟她们相比，将昨夜的肮脏身体袒露在这炎炎夏日的自己的身体，真是如同阳光下的腐鱼，散发着臭气。在优子眼中，这两位还没受到男性侵犯的少女洁白无瑕，她们象征着优子的过去。紧接着出现的另一女性则代表着优子的将来“一个穿着整齐的贴身衬衫，露出黑黑的胳膊的女子，正在教孩子弹净琉璃，从正门能看清楚家中的情况”②。这个女子身边出现了孩子，在没有婚姻保障的男女关系中，作为责任标志的孩子无疑是个累赘。优子对此有所顾虑也在情理之中。

在小说的最后部分，优子跟随安艺治经过半天的行走，来到一个小屋，并一直待到傍晚。优子惶惶不安的情绪得到些缓解。但这时，她发现了如同巨大的鱼的尾鳍般黑色的东西，这使得优子立刻联想到被自己刺死的金鱼。于是，破坏自己贞操的男性形象重又复生，优子陷入恐惧之中。之后优子在表演杂技的小屋发现了蝙蝠。优子直觉地认为，蝙蝠在吮吸穿着黄色衣服表演杂技的少女的鲜血。此时，蝙蝠比起金鱼来，已不再是单个男性的象征，而是当时男性群体的象征。作者用“生血”（即鲜血）作为标题，意为当时的男性群体就像那吸

① 田村俊子．田村俊子作品集（第1巻）[M]．東京：オリジン出版センター，1987:193.
② 田村俊子．田村俊子作品集（第1巻）[M]．東京：オリジン出版センター，1987:194.

血蝙蝠，在压榨着女性，在吸着女性们的鲜血。从这个戏剧性的结尾可以看出田村俊子的女性主义思想。

《生血》中的优子具有复杂的情感，她既喜欢安艺治，又十分痛恨他。究其原因，是因为优子身上逐渐萌生的女性意识使她不可能像旧时的贤妻良母们那样逆来顺受，想杀死安艺治的念头一方面反映了优子强烈的自尊心被男主人公所践踏后的愤怒，也反映男女相克的时代主题。优子虽然在一夜激情之后开始厌烦安艺治，第二天跟安艺治逛街的途中优子反复思考昨夜之事，心想必须要和安艺治分手。她觉得必须要认认真真思考两人的未来了，于是她开始焦急起来。但是优子怎么也开不了口，身体不由自主地跟着安艺治前行。两人继续上演着男女之间的“相克”。在这个意义上，《生血》中的优子形象是自我觉醒但又处于迷茫阶段的女性形象。

第六节　田村俊子追寻的“光亮”
——《木乃伊的口红》中阿实女性意识的嬗变

《木乃伊的口红》是创作于1913年（大正初期）带有自传性质的小说，是田村俊子最具代表性的作品，取材于松鱼失业（1909年）至小说《断念》获奖（1910年底）这段时间的生活，反映了俊子和田村松鱼共同生活的真实经历。作品记述了俊子的化身阿实，从附庸于丈夫、受丈夫支配的女人成长为自食其力的新女性的历程。

象征是田村俊子善用的表现手法，她巧妙地用象征来表现更深层次的内涵。作品多次用“日光”和“灯光”来表现阿实自我意识的变化，“光亮”象征着阿实的人生追寻，借助对“光亮”的描写，表现了阿实内心世界的变化。文中写到“十几年来，阿实只向往追求过一样东西。是什么，她自己也说不清楚。就是从自己的眼前到遥远的天空之间有一个发光的东西，那缕光亮总是牵着她的心让她隐约看到希望。然而，那缕光亮无论如何也不会变成火光降落在阿实的头上”。①出现在文章最后用来点题的口红也极富象征意义，象征着阿实苦苦追寻的那道光亮终于落在了她的身上。

通过对作品脉络进行梳理，可以认为阿实对于“光亮”的认知先后经历了三种状态，从最开始不明白“光亮”代表什么，也就是不清楚自己追寻的是什么的朦胧状态，到通过意识的觉醒逐渐认识到“光亮”代表着什么的清醒状态，再到坚持通过实践来实现人生追寻的坚定状态。

小说以明治末年为舞台，当时的日本社会男尊女卑，女性处于被压迫的地位。明治政府对女性施行“良妻贤母”教育，要求女性安于“男主外、女主内”的社会分工，相夫教子、善于理家、温良顺从等妇德被人们视为美德。明治时期，女性没有经济能力，只能依附于丈夫，在家庭中处于劣势的女性绝对顺从于丈夫被看作理所当然。生存在这一年代的阿实同样被这种现实境况和道德观念所束缚，但阿实身上有一种有别于其他妇女的特质。

首先，她对丈夫并不温柔。与当时大多数家庭一样，阿实和丈夫过着“男主外、女主内”的生活。丈夫义男外出奔波推销自己的小说，阿实在家打理家务。小说卖不出去，义男自暴自弃地说“我是个没用的男人，没有养活你的能力”②，心情十分沮丧。义男认为接受了“良妻贤母”教育的家庭妇女肯定会温柔体贴地对失意的丈夫予以安慰和鼓励，然而阿实却只是默默地做典当衣物的准备，完全没给义

① 田村俊子．田村俊子作品集（第Ⅰ卷）[M]．東京：オリジン出版センター，1987:364.
② 田村俊子．田村俊子作品集（第Ⅰ卷）[M]．東京：オリジン出版センター，1987:364-365.

男一点点安慰，在阿实身上丝毫看不到对丈夫的柔情。阿实没有达到男权社会对女性的要求，她不温柔、不体贴，也不善解人意。她在无意识中背离了男权社会强加给女性的道德标准。

其次，她不把自己和丈夫视为一体。当义男懊恼地向阿实谈起文坛对他的欠佳评价时，阿实的反应居然是笑出声说，“那也没有办法啊”。她的态度十分冷漠，一副事不关己的样子，就好像丈夫的作品能否卖出去、他的写作事业是否成功都与她没有丝毫关系一样。在经济上附庸于义男的阿实，本应将自己与丈夫视为一体，对丈夫的事业予以重视。因为义男能否用作品换来金钱，直接关系到她的生存，此事与她息息相关。而阿实却是一副漠不关心的样子，并不把自己与丈夫视为休戚相关的共同体。一方面，她没有像普通女性那样对自己的依附地位有清醒而深刻的认识。另一方面，也可以看出她身上有一种渴望自立的朦胧意识。

从阿实的倔强和冷漠可以看出，她不甘被男权社会强压给她的道德所束缚。但这一时期她的反抗意识是朦胧的，她是在无意识的状态下本能地进行着反抗。在与丈夫的争执中，阿实侧过头，“打在玻璃器皿上的灯光，犹如偷偷潜入阿实满是心事的内心的微笑，映入阿实眼帘。”[①]此时的阿实还不清楚那光亮究竟代表着什么，但她已经隐约感觉到自己对那个光亮的渴望，女性解放的萌芽已然在阿实身上出现。

义男的作品迟迟卖不出去，内心十分苦闷，态度冷漠而高傲的阿实更让他觉得忍无可忍，于是他对阿实说“我没有养活老婆的能力，连自己都养活不了，我们还是趁早离婚吧”。[②]阿实有可能被丈夫抛

① 田村俊子．田村俊子作品集（第 I 卷）[M]．東京：オリジン出版センター，1987:334.
② 田村俊子．田村俊子作品集（第 I 卷）[M]．東京：オリジン出版センター，1987:365.

弃、落入无人可依的境地。义男的话语反倒唤醒了沉睡于阿实内心要自立的种子，她的女性意识开始逐渐发生变化。

阿实认识到自己“不能永远缠着这个无法依靠的男人，必须要自食其力”[①]。此时阿实清醒地意识到自己应当工作赚钱、依靠自己的力量来生存，不能永远依附于男人。但“阿实什么都不会做”，她“还是要靠这个没有力量的男人养活”。阿实虽然在思想上有所觉醒，但在经济上却不具备独立的能力，只能无奈地屈从于丈夫。但阿实身上有股不服输的劲头，生活的艰辛激发了她对拥有经济能力的渴望。

义男找到工作之后，阿实便每天埋头于书海，在书籍中攫取丰富的知识。傍晚在野外散步时，她感到“森林中的灯光宛如微醉少女的眼睛，闪耀在繁花之间”，森林中的光亮在她眼中十分美好。大量阅读不仅使她获得了丰富的知识，也充实了她原本空虚的内心。知识给了她追寻“光亮”的希望，她感到自己有了获取力量的希望。

在讨论文学时，阿实会因为对内容理解的不一致而与义男争辩，甚至希望能有人来证明在知识方面这个男人已经输给自己了。此时的阿实对自己的知识水平已经足够自信，她敢于同丈夫争论，向义男在知识方面的权威发起挑战。她的冲撞和挑战最终招致丈夫的毒打，皮肉之苦没有让她“悔过”，反而觉得“穿过初夏潮湿空气的日光里满是彩色玻璃碎片纷纷飘落一样的美丽”。[②]阿实明白冲撞丈夫不会有什么好结果，但她依然坚持发表自己的见解。她之所以这样做，是因为对“日光”的信念支持着她，毒打已经无法阻止她对目标的追寻。

此时阿实内心已经发生了很大变化，明知不会有什么好果子吃，

① 田村俊子．田村俊子作品集（第Ⅰ卷）[M]．東京：オリジン出版センター，1987:334.
② 同上。

还是要为了信念冲撞义男，可见她已经从无意识的反抗转变为有意识的反抗，在自我意识上实现了觉醒，清醒地认识到了自己想要的是什么。其一，她对经济能力有了新的认识，认识到不能永远依附于丈夫，必须要有自食其力的能力。其二，她敢于发表自己对于问题的独立见解，坚持忠实于自己的内心诉求。从这两方面可以看出，阿实追寻的正是自身在经济上的独立和思想上的独立。

阿实已经明白了“光亮”代表着什么，也清醒地认识到了自己渴望得到的就是“自立”，她追求自立的信念日益坚定。

阿实曾经当过演员，她看到某剧团招募女演员的广告后，决定再次登台演出，义男对此表示反对。面对丈夫的反对，阿实明确地说道：“这是我自己要做的事情。既不是为了你而做的艺术，也不是为了你而做的工作。这是我的艺术，也是为我自己而做的工作。在这件事情上，你哪里有支配我的权力。即便你不同意我还是要去做。”[①]阿实的这一举动可以说是一个突破。她不仅认识到要为自己而活，同时也认识到要自我主宰，而不是由义男支配她，这是她在思想认识上的突破。

为了阻止阿实，义男表示“如果你在舞台上的表现拙劣而丑陋，我绝对不会再去公司上班，你要知道你的行为会让你所有的东西都失去。”[②]阿实也不示弱，主动提出分手。这一次妥协的是义男，阿实如愿登上了舞台。一方面，阿实为了实现演艺事业，甚至不惜脱离自己一直以来的依靠，坚持做自己想做的事情。表现出坚定的自我主宰的态度。另一方面，她不顾丈夫的反对坚持走上舞台，用行动来表示对丈夫的反抗，她的自立意识从思想层面上升为实践层面。

① 田村俊子．田村俊子作品集（第Ⅰ卷）[M]．東京：オリジン出版センター，1987:351.
② 田村俊子．田村俊子作品集（第Ⅰ卷）[M]．東京：オリジン出版センター，1987:352.

阿实的艺术表现口碑不坏，但因为剧团解散，不得已终止了演艺生涯。她想起丈夫曾经打击她，说她生来就是要过平凡日子的命。但阿实依然不会放弃对那束光亮的追寻，即使注定无法获得那束光亮，也要毕其一生去追寻，她想在追寻的过程中探求自己生的意义。阿实想要的是有别于普通女性的不平凡的生活，她追求自立的信念十分坚定，即使最终无法实现自立，她也要奋不顾身地去追求。

就在阿实马上要回娘家生活时，传来了阿实作品获奖的消息。但她认为这种在丈夫胁迫下写出的小说没有什么社会意义，不会对社会造成任何影响，相比来看，更有社会意义的是在舞台上表演戏剧。现实中，田村俊子这一时期表演的是易卜生的戏剧，而易卜生的戏剧倡导的正是女性的独立与解放。也就是说，此时的阿实已经认识到只有能够唤醒女性自立意识的作品才是有实际意义的作品。阿实清晰地意识到自己必须要做些什么、必须要把自己打破空间的力量变得更加强大。她要做的就是通过写作，打破男权社会下的道德标准和对女性的束缚，唤醒所有女性的自立意识。这是阿实为自己确立的目标，之后阿实开始有意识地学习。同时，阿实也明白了自己生活的意义之所在，她认为通过写作来唤醒女性会使她的人生更具价值。

在义男要求阿实参加小说比赛时，阿实曾表示拒绝，原因是她不想让自己视为神圣的艺术与金钱联系在一起，也就是说她不想把写作作为谋生的手段。小说的获奖，让她改变了看法，使她明白了金钱是实现目标的必经之路。一方面，为了实现自立，不仅要在思想上独立，还要在经济上独立的能力。获奖小说换来的金钱可以帮助她在经济上自食其力，也为她实现思想上的独立提供了条件。

有一天，阿实做了一个奇怪的梦。一男一女两具木乃伊重叠在一起，女木乃伊涂着鲜艳的口红。阿实觉得这个梦很有趣，跟丈夫义男说起此事。阿实感觉这个梦对自己是一种暗示。究竟是一种怎样的暗示，作者并没有交代。但根据小说发展过程进行推理，这种暗示实际上是指阿实在思想上和经济上都实现了自立。阿实在追寻自立的过程中发现了自我价值之所在，实现了用写作唤醒女性的奋斗目标，“光亮”终于化作“口红”降落在她身上。

女主人公阿实自我意识的变化过程跟她所追寻的“光亮”的变化联系紧密，阿实在与丈夫义男婚姻生活的矛盾和困惑中始终没有放弃对那束“光亮”的追寻。那束光亮即阿实所认为的自己生存的意义。阿实通过对“光亮”的追寻，从一个传统的女性逐渐成为“用写作唤醒日本女性”的知识女性。《木乃伊的口红》是自传性小说，透过女主人公阿实的言语和行为我们可以看出田村俊子这一时期追寻的就是个人的自立，她在实现了个人的自立后还为自己设定了用写作唤醒日本女性自立和解放的目标。实际上早在1911年田村俊子在《青鞜》创刊号上发表的作品《生血》中已经表达了女性要解放的心声。

第七节 在婚姻与工作之间挣扎的女性形象——田村俊子的自传作品《女作者》和《她的生活》

田村俊子不仅创作了《生血》《木乃伊的口红》和《炮烙之刑》等知名作品，还创作了具有自传性质的作品《女作者》和《她的生活》，这里的“女作者”和“她”都是作者自身，通过阐释她们的生活，田村俊子讲述了自己成长为一位知名女性作家的历程。之前关于田村俊子的研究主要集中在她的三部代表作品上，而对于其自传性作品《女作者》和《她的生活》涉及不多。

分别发表于1913年和1915年的《女作者》和《她的生活》都是具

有私小说性质的作品。这两部小说均以俊子和丈夫田村松鱼的夫妻生活为蓝本。小说的共性即女主人公都是已婚女性，她们在婚后仍想继续写作，但家务缠身且受到丈夫阻挠，异常苦恼。

《女作者》是1913年发表于《新潮》杂志上的短篇小说，原题为《游女》，后更名为《女作者》。该作品以充满官能的笔致将作家本人的私生活加以披露，书写了作为女性作家进行创作的困难。“女作者”是一位经常搽脂抹粉的爱美女性，一直以来，她的创作是通过涂抹香粉这一化妆的动力装置产生出来的。她施以粉黛有以下四种作用。一、为了遮丑，女作者感觉如果不施粉黛就会将自己无法形容的丑陋部分暴露于身体之外；二、为了引发男人的官能欲望。不仅粉黛的香味会使“女作者”本人和她的男人享受到一种官能的刺激，而且涂抹香粉的过程也有刺激男性官能的作用；三、为了使自己更像一个女人，女作者不施粉黛时会失去娇媚；四、也是最关键的一点，不施粉黛女作者便创作不出作品来。

仔细想来，涂抹香粉跟写作之间的关系是值得玩味的。“女作者”的作品基本都来自香粉，坐在镜子前化妆时，“女作者”会想起许多有趣之事，在她写不出东西而焦急不安的时候，她必定会化妆。之所以会这样，是因为化妆是性别社会中男性欲望化的目光注视下的产物，其实质是“女人扮演女人”。“女作者”坐在化妆镜前，“通过确认自己涂抹香粉的身体变化过程来强化作为女性的女性意识，营造出类似于舞台表演一样的非日常生活空间，从这个过程中获得灵感，进而完成官能的、象征性的作品。”[①]在男性作家一统文坛的20世纪初期，女性要想通过写作立足，就必须要采用“男性性别化”的

① 转引自：李莲姬．田村俊子的文学世界——从性别到表象[D]，上海外国语大学博士论文，107．

文体，同时要表现出与男性不同的风格。

跟《女作者》有些类似，《她的生活》也讲述了一位女性作家在家庭与写作之间的困惑。《她的生活》女主人公优子是一位由家庭主妇成长为职业作家的女性形象。优子在婚姻的初期是典型的家庭妇女，后来在外界的影响下其女性意识逐渐觉醒，她渴望自由但又不想放弃婚姻生活，所以她和丈夫新田上演了男女之间的相克。新田在外人眼里不是封建式的传统男性，是受过高等教育的新式男性，在向优子求婚之际，他承诺尊重优子的生活自由与创作自由。但婚后生活中他忘记自己的承诺，要求优子做家务、生孩子。因为在新田看来，性别角色分工是理所当然的，做家务和生孩子是女性最基本的义务，他觉得自己的要求不过分。而优子是立志当作家的女性，她认为做家务和生孩子会耽误自己的作家梦，所以和丈夫产生分歧，进而矛盾越发激化。该作品揭示了婚姻生活中“女性自我确立的困难”。

田村俊子的小说大部分具有私小说性质，《女作者》和《她的生活》也不例外。在这两部作品中，女主人公的身上明显有作者田村俊子的印迹。在《女作者》中，作品的女主人公没有具体名称，一直以“女作者”来称呼。《她的生活》中主要讲述主人公优子的生活。尽管两部作品的女主人公各具特点，但作品中所反映的她们的生活具有一致性，即女主人公是立志当作家的人物，她既想当作家，又出于对丈夫的爱，操持家务，努力为丈夫的出人头地提供条件。但是丈夫并不优秀，女主人公在阅读和写作的过程中逐渐成长，最后依靠自身力量实现了作家梦。女主人公的这些经历跟作者田村俊子的经历完全一致。

《女作者》和《她的生活》创作之时日本处于大正初期，女性的角色仍被规定为家庭中的贤妻良母角色，她们的任务就是负责家务、养育和教育孩子。当时大多数日本女性被灌输的思想是她们在家庭中的贤妻良母角色无上光荣，对家庭的献身就是间接地效忠国家、效忠天皇。在这种思想的蛊惑下，许多女性自觉地将全部热情投入到相夫教子中，大多数女性意识不到她们所遭受的性别压抑和歧视。但是，当时日本社会已经受到民主主义风潮的影响，个别女性已经开始觉醒，不再逆来顺受，于是许多家庭上演了男性与女性的守权与夺权斗争，这可以用“婚姻中的男女相克”来命名。

《女作者》中，“女作者”通过涂抹脂粉来支持创作灵感，来刺激丈夫的官能。但是“女作者”并非想一直处于这样的被动地位。渐渐地，即使施以粉黛她也写不出作品来，遇到才思枯竭的窘境。但是，丈夫不理解妻子的处境，对妻子写不出来的窘境十分冷漠，还冷嘲热讽，说女人就是不行。丈夫将对“女作者”的嘲讽上升到对一般女性的蔑视，对此忍无可忍的女主人公做出了如下举动：“丈夫扒开那只手，女作者又把手伸到男人的嘴中像要撕开似的扯着双唇。口中湿润温暖的气息顺着指尖传递过来的时候，女作者的头脑中划过自己的身体被丈夫的指尖抚摸揉开的那一瞬间的一道闪光。”[①]日常生活中处于弱势的“女作者”此时要成为强势的征服者，这是“女作者”所期盼的结果。但是其丈夫不会轻易放权，两者间的“男女相克”在所难免。

在《她的生活》中，新田在婚后忘记了自己的承诺，他开始逐渐占据统治和支配地位，并认为这是相当自然的事情。优子在婚姻生活中不断妥协和忍让，她牺牲掉很多理应是自己埋头于创作的时间而操持家务。之所以她没有放弃婚姻，是因为她坚持爱的信仰，认为因

① 山崎真紀子．田村俊子の世界－作品と言説空間の変容[M]．東京：流彩社，2005:181.

为有爱，所以自己做些牺牲也无所谓。优子接受了当时的女性主义教育，她对传统婚姻不齿，但又向往爱情，所以在得到新田的不约束自己的保证下才和新田结合。但是，婚后繁重的家务接踵而来，成了优子创作的累赘。新田忘记了曾经的誓言，放弃共同做家务的义务，优子对此并无太多抵触，认为女人多做家务也属自然。后来，优子逐渐觉醒，认为写作才是自己的真正价值体现，自己不应该再像过去那样，以"爱"的名义听从丈夫的安排，充当家庭主妇的角色。究其原因，是因为优子身上逐渐萌生的女性意识使她不可能像旧时的贤妻良母们那样逆来顺受，这种对抗丈夫的举动一方面反映了优子强烈的自尊心，也反映出男女相克的时代主题。

田村俊子作为《青鞜》杂志成立时的主要成员及赞助员，其作品体现了强烈的反抗传统性别分工的特点，其本人在现实生活中也属于敢爱敢恨型的女性。跟田村松鱼分手，追随铃木悦去加拿大生活，这些都是她作为新女性代表的典型言行。濑户内晴美在其作品《田村俊子》中也评论道："俊子是生活在新的时代的新女性，其艺术已入圆熟浑成之堂。"[①]俊子在当时的影响力可见一斑。

《女作者》和《她的生活》的女主人公们在时代变革期自我觉醒，她们想要工作，并通过工作（即写作）证明了自身价值。两部作品的女主人公的生活、思想状况是作者田村俊子思想和生活的真实记录。英国女性主义作家弗吉尼亚·伍尔夫在《一间自己的房子》提出女人若要创作，不仅要有钱，还要有一间自己的房子，这里的"一间自己的房子"指的是不受男人打扰的独立创作的空间。而在当时，男性中心社会很难满足女性作家们这样的愿望，所以她们不仅在家庭中

① 濑户内晴美．田村俊子[M]．東京：講談社，1993:313．

与丈夫进行斗争，在社会上还要跟世俗白眼斗争，她们创作的艰难程度从一开始就已注定。尽管艰难，但田村俊子通过斗争实现了自己作为职业作家的价值，值得敬佩。

第八节　冈本可能子及其女性主义思想

冈本可能子（1889—1939）是日本大正、昭和时期著名的小说家。她1889年出生于东京赤坂区青山南町大贯家，毕业于迹见女校，哥哥大贯晶川中学时候开始在校园文坛活跃，跟谷崎润一郎等少壮作家来往，受其影响，冈本可能子从小就写诗歌投给文学刊物。之后同日本漫画家冈本一平结婚，并生下长男冈本太郎。富裕的家庭、良好的教育，以及丰富的感情生活均对她的小说创作产生了影响。她不仅通晓和歌，对佛教也有所研究，而作为小说家出道时已是其晚年了。她生前精力旺盛地投入文学创作活动中，“唯美妖艳”是其作品的一大特征，她作品风格的形成和人物性格的塑造离不开自身的生活经历和对感情的理解。

大贯家是世世代代为幕府和各藩进贡物品的御用商人，富裕的家庭条件为可能子提供了良好的教育机会。她很小就受到《源氏物语》等文学作品的启蒙教育，并进入私塾学习汉文，在小学时就经常咏唱短歌。生长在富裕之家的可能子，不仅知识丰富，而且多才多艺。可以说，幼年的这些经历为她以后活跃于日本文坛埋下了文学启蒙的种子。

一、学习短歌开启文学之门

可能子13岁时就在迹见女校的杂志上发表短歌，16岁时，开始向“女子文坛”和《读卖新闻》文艺栏投稿。这个时候她也受到哥哥大贯晶川的影响，因为哥哥同谷崎润一郎有着很深的交情，所以对可能子在文学上的成长助力甚多。17岁时，可能子借着拜访与谢野晶子的机会，加入了“新诗社”，并用大贯可能子的名字在《明星》上发表了6首短歌。之后可能子的短歌创作慢慢脱离了《明星》杂志的短歌风格，确立了自己独特的风格。在《樱花》的短歌作品中，可能子写道：“我们眺望到樱花充满生命力的绽放。”[①]在她的短歌中有许多诸如此类对自然神秘生命力的敬畏和赞美的作品。从1928年连载在《读卖新闻》上的《散华抄》中我们可以读到一些佛教的影子。从处女短歌集《稍有嫉妒》到宣告与短歌诀别的《我的最终歌集》，可能子用《万叶集》似的笔调，诉说着人生的烦恼，并试图从中解脱出来，她的短歌作品中有着直击人心的渲染力。

可能子18岁从迹见女校毕业，之后与相识2年的伏屋武雄恋爱。不过由于年轻，加之周围人的反对，爱情如昙花一现。不成功的爱情使可能子有些神经衰弱，在养病期间结识了冈本一平，并受到他的热烈追求，两人结为夫妻。不过，婚后生活并不顺利。由于可能子出身大户人家，从小娇生惯养，又不善于家务和经营人际关系，所以夫妻俩从大家庭中搬出独住。一平从上野美术学校毕业后进入朝日新闻社，开始连载漫画。事业的发展和收入的增加使他过上了花天酒地的浪荡生活，疏于对家庭的照顾，加之长子太郎的出生，一系列生活压力使他们的婚姻陷入了危机。与此同时，可能子的娘家由于哥哥的去世而家道中落，不久他们8个月的女儿也夭折了，不断的打击使可能子在生活上和精神上都陷入了崩溃，几乎走向自杀。

① 岡本かの子. 桜. 青空文庫. https://www.aozora.gr.jp/cards/000076/files/4556_14828

二、研究佛教成为佛教专家

面对现实生活中的各种打击，冈本可能子开始寻求宗教对精神的救赎之路。在基督教牧师植村正久的帮助下，可能子开始了解宗教，随后她又潜心于佛教的研究，并尝试参禅，而且颇有心得。可能子于1925年发表了《浴身》，由此作为佛教研究家崭露头角，随后又于1928年在《读卖新闻》的宗教专栏连载《散华抄》。冈本可能子的佛教研究集中成果“开花”期是在3年欧洲旅行回到日本之后，她接受了大量佛教文章的约稿，并逐渐成为佛教界的红人。大正到昭和初期动荡不安的社会带给日本民众强烈的压抑感，人们迫切需要“求道心”来自我救赎。在这种时代大背景下的佛教热潮成就了冈本可能子，使她成为“昭和女性佛教研究第一人”①。冈本可能子受到亲鸾大师宗教思想的启发，对镰仓佛教宗派创始人的言行录和八宗的教义进行了系统性研究，之后又进一步将研究范围扩大到了龙树的大乘佛教，继而将大乘佛教与西欧的文明思潮、哲学观点相结合，确立了冈本可能子独特的“生命哲学”，并深深地融进自己的文学作品中。

三、发表小说表现生命哲学

如果说短歌、佛教和小说领域的创作是可能子一生取得的三大文学成就的话，那么无疑她对小说的创作抱有一种“初恋般的热情”。这种创作愿望也是在经历了很长时间的准备，一直到47岁时才实现的。1923年，冈本可能子一家在镰仓避暑时遇到了芥川龙之介，期间可能子细心观察了芥川，真切感受到被病魔缠身的芥川身上背负的重担，并打算以此作为创作素材。与芥川在镰仓的相遇点燃了可能子的

① 回颖，周异夫．冈本加乃子文学中佛教思想的国家主义性格[J]．文艺争鸣，2018:186.

小说创作欲望，在数年之后与芥川在热海的再次相遇，让可能子最终以芥川为原型创作了初登文坛的小说《病鹤》。带给可能子小说创作的巨大灵感和影响的还有她3年的旅欧经历。由于丈夫一平以《朝日新闻》特派员的身份参加伦敦的裁军会议，所以可能子带着儿子和情人一同前往。期间旅居经过伦敦、巴黎、柏林等地，遍游欧洲后途经美国回到日本。其后她便发表了《西欧纪行文》，并得到了川端康成的指导。在川端康成的眼里，可能子留给他的印象是“刻苦而勤奋”，她可以一直把自己关在书房里。刻苦勤奋的努力给可能子打下了坚实的文学基础，而旅欧的经历也开阔了可能子的眼界，一系列的经历和成长使她变身小说家而登上文学舞台。

从《病鹤》（1936）到之后的《混沌未分》（1936）、《母子叙情》（1937）、《花之劲》（1937）、《金鱼缭乱》（1937）、《临近五月》（1938）、《东海道五十三次》《老妓抄》（1938）、《家灵》（1939）等，短短4年时间可能子以惊人的创作速度和态势发表了20多部佳作，迎来了其小说创作的全盛期。可能子的笔风华丽绚烂、语言色彩浓厚夸张，塑造了一个个极具生命力的人物形象，读者可以从她的作品中窥见可能子独特的“生命哲学”。近代女性作家古屋照子评价可能子的文学作品是“生命的文学，表现着生命”①。可能子的作品不是间接地触及“生命”这一主题，而是通过对人们生活习俗和心理的描写，直接表现出强劲的生命力。可能子将“生命”这一概念具体化，将其不可思议的地方展示在我们面前。正如她自己所说的那样：“生命”并不是50年人生这样的生物的寿命，而是指人格的存在，即所谓的灵性。《病鹤》中女主人公叶子的话诠释了可能

① 庄恒．冈本加乃子文学中的“生命”[D]．山东大学硕士学位论文，2011.

子对于“生命”的理解。“死是生在某个时期的变化，生是死在某个时期之前的变化……包围着我们肉体的能量或许通过死进行了物质变化，作为宇宙间实际存在的要素不会离开宇宙……”[①]可能子认为“生命”是个循环体，自己的肉体通过死亡而变异永远存在下去。生死轮回，强大而美丽的生命不会从世上真正消逝。

1936年9月发表在《文艺》杂志上的小说《混沌未分》以水为背景刻画了一个美丽、执着、散发着母性魅力的少女形象。与《病鹤》相比，这部小说中可能子文学作品的思想烙印更加鲜明、突出。女主人公小初是一个游泳教练，与父亲相依为命，虽然家境败落，父女两人仍然执着于大都市的生活，为了重回东京都的中心，小初抛弃了年轻帅气但家境贫苦的初恋情人薰，答应了50多岁的新兴富商贝原在长距离游泳比赛后做他的妾并给他生子。然而，小说的结尾小初面对各种情感纠葛，最终抛开了功利心，义无反顾地向着极其混浊的浪潮中游去。小初最终告别了原来的思考方法和生活方式，奔向了新的人生。可能子认为“生命”超越了个人本身，处于巨大的洪流之中，小说中的大海正是洪流的象征。小初游向大海深处，并不意味着“生命”的终止，而是新“生命”的开始，广阔无垠的大海带给小初更多的自由，让她脱离了男性的掌控，摆脱了传统父权秩序的支配，使她重获新生。女性本质的“生命”是强劲有力的宇宙大生命，它不会随着死亡而消逝，是永恒的。在西方女权主义思想和东方宗教思想融合中孕育出的“生命哲学”是丰盈的、旺盛的，又带有浓郁的佛教色彩。

在可能子另一部长篇小说《生生流转》中同样可以读到可能子以佛教思想为依托的生死观。小说的结尾，女主人公蝶子感叹道：

① 岡本かの子．鶴は病みき．青空文庫．https://www.aozora.gr.jp/cards/000076/files/.

“是啊，大海是没有坟墓的。没有坟墓的大海代表着生与死没有界限，生死是一体的。”①这正是可能子生命哲学的表现。长时间的佛教专研对她的小说创作产生了巨大的影响，在她的“生命哲学”中渗透着佛教元素。“佛教是从另一个角度看待死亡的。人死不是消失，而是一时的变化而已，我们只是看不到，”“人的生命是宇宙大生命的一个分流，大生命不停地运动，人的生命是大生命流动时出现的浪花。”②可能子以佛教思想为基底，孜孜不倦地刻画出生与死的循环、轮回，主张“生即是死、死即是生”，将万物皆有佛性的大乘佛教思想艺术化。

四、《花之劲》及《老妓抄》表现女性强劲生命力

明治维新之后，西方文学作品大量输入日本，追求女性解放、男女平等的女权主义思潮在日本兴起，可能子作为女性团体青鞜社的一员，自然受到了强烈的思想冲击。此外，随丈夫一平的欧洲游学经历也对可能子的女性主义思想形成产生了巨大影响，在她的小说中展现了许多生命力旺盛的女性形象。《花之劲》就是可能子女性强劲生命观得以凝练的代表作之一。③《花之劲》是可能子1937年在《文艺春秋》上发表的以花为寄托展现女性强劲生命力的短篇小说。主人公桂子是一个追求独立自我，无论遇到什么困难都能积极面对的前卫插花老师，她在经济上援助着一个身患结核病穷困潦倒的男画家小布施。洋溢着旺盛生命力的桂子喜欢上生命力不太旺盛的男画家，以此寻求

① 回颖，周异夫．冈本加乃子文学中佛教思想的国家主义性格[J]．文艺争鸣，2018:188.

② 岡本かの子．仏教人生読本．青空文庫．https://www.aozora.gr.jp/cards/000076/files/52342_51795.html.

③ 金阳．冈本加乃子的女性主义思想[J]．西部论丛，2018.

性格上的调和，但是主人公强劲的生命力却让小布施倍感压力，也因为桂子没能帮助小布施实现血脉相承，最终两人没能走到一起。这是一个因生命力的巨大差异而造成的爱情悲剧。关于《花之劲》，冈本可能子自己说道："两人之间的恋爱，男子越爱女子，就越使男方衰微，使女方强劲。会产生和爱恋之情相反的结果。"①

在当时的日本，男性占社会的主导地位，大多数女性依附于男性生活，女性没有自己的事业，在家里相夫教子被认为是理所当然的。而冈本可能子却刻画出了一个经济独立、事业成功、勇敢追求自己梦想的女强者形象和小布施这样温柔敦厚、靠着女性资助度日的男性弱者形象，完全颠覆了现实中男强女弱的情况，可以说是昭和时期女性对"男尊女卑"这样的传统封建思想和观念的挑战。冈本可能子通过富有旺盛生命力的桂子形象，向世人传达出女性追求自由平等的思想，这种强烈的女性意识中也蕴含着可能子独特的"生命哲学"。

冈本可能子的另一部代表作《老妓抄》，也是她的成名作。该作品被誉为日本明治以来首屈一指的名作，讲述了老艺伎平出园子看中电器行青年柚木，并资助他从事发明创造、实现个人理想的故事。文中的主人公平出园子把自己的感情寄托在柚木身上，不仅体现出对浪费年轻时光的哀叹，也表达了一种对待生活的"寂寥之感"。作品中鲜明的人物性格塑造同可能子自身的生活经历和感情体验分不开。比如，可能子虽然经历过自杀的痛苦，但她依然保持了一种"少女的天真"。可以说，这种天真是丈夫呵护的结果，她同丈夫一平过着一种"奇妙的夫妻生活"。原本放荡的一平在生活的苦难中幡然醒悟，为了弥补可能子自杀未遂的痛苦，作为丈夫的他决心加倍呵护可能子。

① 岡本かの子.「肯定の母胎（自作案内）」『文芸』第6巻第4号，1938-04.

以至于在得知可能子和一名大学生坠入情网之后，竟然同意可能子把那名大学生接到家里同住。这种没有底线的纵容使可能子对女性的情爱产生了奇妙的观感，与丈夫、情人三人同居的不可思议的生活经历也在其文学作品中有所表现。

可能子在《老妓抄》中刻画了一个生命力旺盛的女性形象。当老艺伎年老色衰之时，她仍然对新生活充满热情，对新事物充满向往。“她会将自己的房间改建成日式与西式的折中型，并加装上电气化设备。……不过当她看着这些电气化设备时，立刻被文明利器所展现的力量所折服，感到既健康又神秘。”[①]她将生活的重心转移到帮助年轻人实现自己的理想上，试图通过年轻人来延续自己的生命。她收养了道子做女儿，让她上学，就连道子所学技艺也开始具有新时代的内容。她接济了年轻人柚木，只要求他发明出新的东西。老艺伎纵然芳华已逝，但她仍然执着于向岁月挑战，在她身上依然能够感受到强劲的生命力。虽然上了年纪，老艺伎却拥有不输于年轻女性的光滑有弹性的皮肤。小说中对老艺伎的皮肤有着这样一段描述：“你用大拇指和食指用力抓起我手腕上的皮肤压压试试。”“柚木照着老艺伎说的做了。……如鳗鱼肚般滑溜溜的触感，像羊皮纸一样神秘白皙的皮肤，一直留在了柚木的记忆里。”[②]可能子用非自然的逆生长来表达生命的绚丽，正如小说结尾处的和歌所写的那样：“衰老一年年加深了我的伤感，而我的生命却一天天更繁华璀璨。”[③]

即使岁月益增，可能子却更加追求“鲜活”“理想”这些蓬勃生命力的象征。她作品中所塑造的人物形象充满了生命力，更充满了一

① 岡本かの子. 老妓抄. 青空文庫. https://www.aozora.gr.jp/cards/000076/files/.
② 同上。
③ 同上。

种即使在哀伤中也不放弃的绚烂生气。曾入选过日本中学教材，被定为日本国民必读作品的《家灵》是可能子晚期的代表作之一。讲述的是在一家名为“命”的代代相传的泥鳅汤店里，代替生病的母亲守店的主人公久米子在每晚到这里乞求泥鳅汤的雕金师德永的叙述中，聆听他和母亲在生命里的彼此救赎，获得了面对命运的勇气。德永老人夜夜索求的泥鳅汤贯穿了小说的始终，根据德永老人的自述，泥鳅汤不仅是补精养身的东西，还能从中得到精神上的慰藉，将他从人间的哀愁、痛苦中解救出来，让他的骨髓也能够感受到生命的力量，得以继续活下去。德永打磨的簪子是母亲生命的寄托，母亲的泥鳅汤则是德永生命的慰藉，通过各自生命结晶的交换，一个打磨着技艺，一个守护着家，维持着生存的意志。在《家灵》中，生命走向衰败之人、窘困之人、彷徨之人，在生命的变化与时间的流逝中，有着种种悸动，折射出对“生”的渴望。无论生活多么艰难，只要坚持下去，总有人会用尽生命安慰你。

第九节　有岛武郎笔下的“疯女人”——《一个女人》后篇中的叶子形象

《一个女人》是有岛武郎历时8年完成的文学巨著，由前后2篇构成，共49章。前篇主要通过幻想、回忆等手法勾勒出女主人公叶子25岁之前的生活波澜，后经大幅修改，题名改为《一个女人》。1919年，有岛一鼓作气在一个月内写完《一个女人》的后篇。在前篇，叶子是任凭本能冲动的激进女性，她拥有先进思想，敢爱敢恨。而到了后篇，叶子时而愤怒，时而悲哀，时而陷入妄想，变为无可救药的歇斯底里女人。前后2篇里叶子的形象反差如此之大，与作者的思想变化有直接关系。

“歇斯底里（hysteria）”一词是精神医学用语，它起源于拉丁语“hystera”一词，即子宫。其明确的语源无从考证。据说“歇斯底里是子宫引起的疾病，被认为是子宫在体内运动引起发作，是由于性的过度刺激或压抑所致。在以头部为顶点的灵魂等级制度中，子宫处于低位，因此它被认为是无法抑制的兽性器官，通过结婚或妊娠可以防止歇斯底里的发作”①。既然歇斯底里被定义为女性特有的疾病，那么患歇斯底里就意味着女人特点的消失。歇斯底里的症状主要表现为痉挛、麻痹、喜怒无常、知觉过敏、失语、爱唠叨、做事执着、盲目、有幻觉、绝食或过量饮食、绝经或月经过多。传统观念认为，女子应具有的特点是谨慎、宽容、自我牺牲、柔顺、清洁等，而歇斯底里症患者会完全丧失上述特点。精神科医生认为，由于女性身心虚弱，容易患歇斯底里。

医学上常把歇斯底里症患者看作精神病患者，即把她们当作“疯子”看待。在近代，“发疯”这一概念始源于18世纪。此前的精神病皆被认为是由于鬼魂附体而导致患者变为他人，患者已非自己。在欧洲，一般认为是恶魔、魔女附体。而在日本，自古以来一般认为是狐狸附体。福柯则认为，近代的歇斯底里患者都是由于患者在特定的环境下不能把自己当作正常人来看待时而产生的。由于身患歇斯底里的女性脱离了女性的规范，所以人们不把她们当作正常的女性看待②。

《一个女人》的前篇主要描写了叶子富于才情、我行我素、争

---

① 小西由里．抑圧された言語と性—ヒステリーという表象をめぐって；http://creAtive.cside2.jp .

② 小西由里．抑圧された言語と性—ヒステリーという表象をめぐって；http://creAtive.cside2.jp.

强好胜，大胆追求个性解放的一面。叶子出身于上流社会家庭，她美艳动人、才气横溢、热情奔放但又心高气傲。但叶子天生叛逆，性格放荡不羁，她只按照自己的感情行事。她既藐视传统的道德观念，又憎恨资产阶级的虚伪，直面苛酷的男尊女卑社会，她朦胧地意识到时代的进化。她决心勇敢地解放自己，走自己的路。为了追求幸福和自由，不惜背叛家庭。她不肯做一个逆来顺受的“贤妻良母”，无视外部社会的种种束缚，极力追求建立在男女平等基础上的爱情。

叶子不顾父母反对和一名从军记者木部秘密结婚，但仅过两月便告离异。后来，母亲病重，在母亲临终前，叶子违心地同意和木村订婚一事。此时木村身处美国，叶子乘绘岛丸前往美国成婚。在叶子出发前，木村的亲友古藤曾帮她打点行装，叶子也曾想去美国和木村漂漂亮亮地把婚事办了，可她又按捺不住勾引纯情的古藤的欲望。在赴美的船上，叶子对身材高大健壮、性格豪放、浑身透着野性阳刚之气的轮船事务长仓地一见倾心，她再也忍受不住自己的春情，轻易地被仓地征服了。两人就像亚当和夏娃一样坠入本能的爱欲之中。

总之，前篇的叶子性情敏感，性格乖戾，诸如少女时代的春情，不知餍足的欲念，幻想破灭之后的幽怨，对于其他女性的嫉妒等等。再加上她向往美国的生活方式，对女性的自由地位抱有憧憬，在日本当时的社会环境和伦理准则下，她的言行最终招致了社会的报复。

在《一个女人》的前篇刊行之前，有岛说他“在那部作品中想描写的是这么一位女性。她刚刚自我觉醒，争强好胜，聪明敏锐但又激进，她生在自己都不知道前进方向，不知道社会将如何对待自己的时代”[①]。但在写后篇之前有岛又改口说：“我打算描写一个女人身上

① 详见1919年9月5日有岛写给好友黑泽良平的书信。

所发生的悲剧命运。他是日本觉醒期初期出现的女子，虽然感受到冲动，却不知如何行动，由于不知如何与男子之间进行调和，所以她踏上了堕落烦闷的悲剧之路。”[①]从有岛的话语中我们也可推测出女主人公的命运走向。

在后篇，叶子和仓地不顾世人的冷眼，筑起了爱的巢穴，开始了纵欲生活。好像世界上只有他们二人，无论别人怎么看待也无所谓。而作者此时对叶子的态度已经从极力颂扬变为冷静观察，其立场开始从歌颂女性解放的立场演变为追求叶子性心理的立场上。为了深掘叶子的心理变化，作者采用了将一切事物全部通过叶子的视角来描写的一元描写方法。这种描写方法适合挖掘叶子的深层心理。

后篇的叶子感情激越，有时会怒发冲冠，有时会洒下感伤的泪水。她的愤怒几乎体现在小说后半部分的每个章节。如36章的“无休止的忧郁动不动会猛烈向叶子袭来，区区小事会突然激起她无端的狂怒，这点叶子总也无法克制”[②]，第44章的“尤其对爱子，她更像是找到了出气筒。不论她怎样讲，怎么骂，甚至被她痛打，爱子都像屠宰场的羔羊般柔顺听话。在叶子看来，爱子好像故意慢吞吞沉着不慌地做事，从而使叶子的脾气越来越暴躁”。[③]作者在很多章节描写叶子的愤怒，其实是为叶子身患歇斯底里症做铺垫。

叶子为何会动辄愤怒？被害妄想症是主要原因。叶子时常感觉周围的人们欲加害于自己，这种想法是使她愤怒的罪魁祸首。由于叶子超出常规的所作所为，造成人们不理解她，排挤她。所以她产生“被害妄想症”也就不足为奇了。和仓地结合后，她把妹妹爱子和贞世接

① 有岛的谈话笔记，载于1919年3月3日的《读卖新闻》。

② 有岛武郎．叶子[M]．谢宜鹏，卜国钧，译．长沙：湖南人民出版社，1984:361.

③ 有岛武郎．叶子[M]．谢宜鹏，卜国钧，译．长沙：湖南人民出版社，1984:453.

来一起住，由于爱子出落得楚楚动人，引起了仓地的兴趣。自此以后，由于强烈的嫉妒心，叶子的妄想症更加厉害。第43章的内容充分说明了叶子的“受害妄想症”。

突然，叶子的脑海里浮现出山内住所的情形。夜阑人静，在近大门一侧的六张铺席的房间，在二楼小孩的书房里，从公寓请来的老妈子入睡之后，仓地和爱子之间难道不会交谈吗？那是不可捉摸的，决不让外人知道自己内心的爱子，不知她究竟是怎么看待仓地的。恐怕她对仓地也不会感到什么诱惑力吧。可是，仓地却是那种不好对付的人。爱子对叶子怀有刻骨的仇恨。叶子认为，爱子找到了一个复仇的好机会，谁能保证她不在今天晚上动手？那种事也可能在早先就有过。要是那样的话，这个寂静的夜晚……像失去太阳一般的寒意和夜阑，把叶子的心覆盖住了。难道就不能把爱子这小妮子捏瘪在手指之间吗？……等着瞧吧！叶子一下子变得焦躁不安，犹如毒蛇一般杀气腾腾了。[①]

另外，叶子自视清高，为了追求自我解放，难免与周围的世俗社会为敌。可是叶子没有不顾一切勇往直前的勇气。害怕别人加害自己，从而产生妄想，这更直接导致了叶子的歇斯底里症。所以在作品末尾处，叶子变成了一个彻头彻尾的歇斯底里症患者。第46章里，这种歇斯底里症终于大爆发：

伴随着愤怒的痉挛性剧痛跟愤怒混杂在一起，叶子使劲地将它压制下去，故意缓和语调。这样，她企图不让爱子的一举一动从利爪下溜掉。……叶子不由得思忖：爱子确实是在欺侮自己。他们凑在一起编织一个巨大的诈骗网，把自己塞入里面，让旁人看白戏，加以讪

① 有岛武郎．叶子[M]．谢宜鹏，卜国钧，译．长沙：湖南人民出版社，1984：443.

笑。阿冈也罢，古藤也罢，谁都靠不住。……叶子像一头负了伤的野猪，只能执拗地粗暴下去。

……

爱子不像平常那样冷静，她看准叶子的发作，敏捷地从叶子手边挤过去，把身子躲开。叶子步履蹒跚，把一只手直插到拉门的纸上，尽管如此，在刚倒下的那一刹那，她抓住了爱子衣服的袖口，叶子倒下时，把爱子的袖口往身边拉。姐妹之间这场丑恶的争吵，在哭闹的叫喊声中展开。爱子的脸和手被抓伤，尽管头发被抓得蓬乱，但她好不容易甩开叶子的手，向走廊飞奔而去，叶子迈着蹒跚的步子在后面追赶，当然她赶不上爱子的敏捷。于是，在扶梯下楼处，她被阿艳劝住了，叶子把身子扑在阿艳的肩上，像小孩一般哇哇大哭起来。①

正如上面交代的那样，叶子已不相信任何人。尤其对妹妹爱子更是变本加厉，由嫉妒、谩骂到厮打。这全是由于她身患歇斯底里症所致。

提到叶子的歇斯底里症，就必须要涉及《一个女人》的预备小说《石头下的小草》。它是一短篇小说，创作于1918年，讲述的是已有婚约的一对男女，在男子A去外国的过程中，女子M子与一位姓加藤的男子相恋。A回国后，M子招认了一切，A宽恕了M子，后来两人结合了。可是，在经过了半年多幸福恩爱的生活之后，A又一次亲眼看见了妻子和加藤从电车里下来的情景。A内心极度不平衡，一想到加藤那满不在乎的样子和妻子放纵的行为，A就忍不住要报复。在强烈的忌妒心驱使下，他想尽一切办法折磨妻子。比如，那位男主人公有施虐倾向，他对不守贞操的妻子，通过不与妻子同房等手段不断

① 有岛武郎. 叶子[M]. 谢宜鹏，卜国钧，译. 长沙：湖南人民出版社，1984:473-474.

折磨妻子，使得欲念很强的妻子由于性饥渴而陷入病理性歇斯底里症状，从而达到了复仇的目的。后来妻子M子不仅精神上遭到打击，而且得了肺病，悲惨死去。A最后也走向灭亡。

有岛在这部作品的广告文中写道：

它的题材是从他人的传言中得到的。我听到那个传言时对传言的主人公进行了深入的思考。而且体会到了将写《宣言》时的心情彻底颠倒，追问自己的必要。正确处理爱与不正确处理爱，我想努力看透来自两者之间可怕的隔阂。从题材的排列来说，也许有人会说这一篇过分造作。但是，从心理过程来看，我认为没有离开真实一步。①

这里所谓他人的传言指的是有岛从中村白叶那里听到的复仇故事。有岛将《宣言》中的思想彻底颠倒，写就了《石头下的小草》。《宣言》是有岛的书简体小说。它由A和B两人的来往书信构成。其讲述的核心内容即人要忠实于自己的本能冲动，要按照自己的意志行动，不要顾及他人的评价。在友情和爱情这种无法回避的问题之间做出抉择时，要忠实自己的内心要求。在《宣言》中，“爱”受到了正确对待。与此相对，《石头下的小草》却是“爱”没有受到正确对待的典型。它的主题与《宣言》截然不同，它更强调爱受到不正确对待时人的悲惨命运。

《石头下的小草》内容虽简单，但在有岛的创作史上却占据特殊位置。从1917年开始，有岛相继发表的作品都以人的个性与环境的相克为主题。在有岛看来，本能的自我虽然受环境和社会习俗的压制，但仍然要顽强地伸张自我。《该隐的后裔》《诞生的苦恼》是这样，《石头下的小草》更体现了这种思想。该作品的女主人公M子在社会

① 丹羽一彦. 有島武郎論[M]. 東京：風琳堂，1987:163.

习俗的压迫之下，郁郁寡欢，最后身患歇斯底里，成为时代的牺牲品。该作在理解有岛的代表作《一个女人》的前后篇联系方面具有特殊意义，被认为是《一个女人》后篇的母胎。当时有岛在文坛已名声大噪，正处于创作生涯的最盛期。《石头下的小草》发表后得到的评价基本上都是褒奖。比如菊池宽对此作曾大力褒扬。他认为该小说在创作手法上是以现实为基础的虚构。“整体上讲是虚构，是华丽的出色的虚构。虽然整体上是虚构，但每部分却极具真实性。而且整体上属于心理剖析。”①

之所以说《石头下的小草》是《一个女人》的习作，是它的预备小说，是因为它是连接《一个女人》前篇和后篇的纽带。时间上它处在《一个女人》前篇和后篇之间，内容是将《宣言》中坚持的本能生活论转变为对本能生活的否定态度。有岛在《一个女人》前篇主张的本能生活，到了后篇逐渐向叶子的破灭，怎样理解作者在前后2篇态度发生的巨大变化，《石头下的小草》是关键。

在《石头下的小草》中，有岛充分展示了他的想象力，展现了作为心理作家的资质。作品中女主人公M子的歇斯底里与《一个女人》后篇叶子的歇斯底里具有一致性，两部小说都有受埃利斯《性心理学研究》影响的痕迹。在构思叶子和仓地的破裂，使叶子从性饥渴跌入歇斯底里，最终走向消亡时，《石头下的小草》中M子的命运对安排叶子的命运具有很好的启示作用。作者也据此构建起《一个女人》后篇的骨架。所以，从某种意义上讲，《石头下的小草》是《一个女人》后篇的实践篇。

1916年，有岛开始阅读哈瓦洛克·埃利斯的《性心理学研究》

① 内田満．有島武郎—虚構と実像[M]．東京：有精堂，1996:54.

（*Studies in P.hychology of sex*）。他在《观想录》中记述了自己从中受到的影响："它给了我很多知识和暗示。我知道了女性关于性生活的心理，歇斯底里与性本能之间的关系等事实。如果将后者很好运用的话，或许会产生罕见的文学作品。我在改写《一个女人》前篇时得到了有用的东西。"[①]《性心理学研究》中关于歇斯底里的记述尤其吸引有岛。埃利斯和有岛一样，深受惠特曼、托尔斯泰、易卜生等影响，他具有人道主义思想，向往无政府主义，是一位妇女解放论者，是杰出的文学家、心理学家和医学家。埃利斯的大作《性心理学研究》不是单纯的科学书，而是将正确的科学知识和丰富的文学才能相结合的论著。其中"auto-erotism"[②]这一章最吸引有岛。埃利斯将auto-erotism定义为"没有直接或间接从别人那里受到特别的刺激而自然发生的性的感情。用于广义时，它与艺术和诗歌这种给人生增添色彩的表现一样，统称为有几分病态的受压抑的性表现"。因此，"性冲动不是艺术创作的唯一根源。在错综复杂的人类这一复合体中，将人类的行为表现归结为单纯的一个原因几乎不可能。但是，在进入人的感情深处时，我们知道了最深最强烈的、其他事物无法比拟的根本冲动，那就是"auto-erotism"。而且他对此举例进行了说明。比如性梦是被压抑的无意识的愿望满足，是自我陶醉，它是人类自然的"auto-erotism"，并非是罪恶。

从《石头下的小草》中M子的命运以及《一个女人》的叶子身患歇斯底里症走向毁灭的相似性来看，前者无异为后者的完成起了很好的铺垫作用。实际上，在阅读了《性心理学研究》之后，有岛的脑海

① 参见1916年3月28日有岛的《观想录》。

② 日本文学資料刊行会．日本文学研究资料叢書——白桦派文学[M]．東京：有精堂，1974:61.

中就已经开始着手准备《一个女人》的后篇了。使叶子和仓地的关系出现裂缝，让叶子从性饥渴的境地逐步走向病理性歇斯底里，这种想法自从阅读了《性心理学研究》之后就一直盘旋在有岛的脑海里。其间，有岛从中村白叶那里听的复仇故事正好符合这一主题，于是就有了作为《一个女人》实践篇的《石头下的小草》。

在近代日本文学，女子发疯或患歇斯底里的现象开始出现在文本中，始于20世纪10年代。和《一个女人》几乎同时写的日本小说中也出现了身患歇斯底里症的女主人公。比如，广津和郎的《神经病时代》（1917）描写了一位对身患歇斯底里症妻子感到厌烦的主人公。夏目漱石的《路边草》也描写了主人公妻子的歇斯底里。在这个时代作家们开始将歇斯底里症作为素材，与当时的女子道德规范——“贤妻良母”思想渗透到社会各阶层有直接关系。明治末年，日本帝国主义初步形成，形成了以男性为中心的国家。贤妻良母思想作为社会规范得到广泛受容。男人是理性的，女人是感性的，这种观念也渗透到社会中。在这个过程中，脱离了这个规范的女子往往被视为歇斯底里的女人或坏女人，被社会批判。他们认为这些女人会侵蚀日本的文明，是野蛮的。

歇斯底里在当时的社会是怎样一种文化符号呢？显然它是脱离了贤妻良母规范而胡乱行动的一种文化符号。《一个女人》的女主人公叶子自我觉醒，作为“新女性”（由坪内逍遥提出）追求自我解放，这的确值得称赞。但是，叶子作为人妻人母却是不合格的。她像易卜生的作品《玩偶之家》中所描写的娜拉一样，选择作为一个新女性生活，也像《海达·加布勒》中的海达那样努力忠实于自我。但这种新女性完全背离了贤妻良母的准则，与其说是她个性的觉醒，莫如说她抛夫弃子，逃离家庭，是不负责任的表现。比如叶子为了笼络仓地宁愿抛弃女儿定子就是脱离贤妻良母规范的行为。虽然反抗世俗，追求自我属于进步思想，但当时的舆论认为，因追求自我而脱离贤妻良母规范并不足取。

日本自古就有男为阳、女为阴的阴阳论思考。比如明治末期的杂志《女大学》[①]提出妻子服从丈夫为自然之理。虽然妻子也有自由，但必须要恪守妇道。由此可见，《女大学》认为女性劣于男性，女性应做贤妻良母。在贤妻良母文化占统治地位的时代，歇斯底里被认为是野蛮的，它违反了贤妻良母原则也就不足为奇了。

大正初期，日本社会强调了女子受教育的必要性。比如《女学杂志》[②]就有这样的主张。《女学杂志》以出身富裕，就读女子学校的女子为对象，谋求女性地位的提高和权利的扩大，强调使女人幸福的学问。但是《女学杂志》以基督教教义为基础，教导女性要负起照顾好家庭的责任。该杂志主编严本善治是虔诚的基督徒，虽然他提出了慈善事业、育儿法、废除娼妓问题，但他仍强调妇女应操持家务，把料理家务作为妇女的职业。而有岛对《女学杂志》的主张基本上持赞同态度，所以才有作者分身之一的古滕规劝叶子回到木村身边的一段。叶子虽然属于新女性，但古藤认为，作为人妻人母来生活才是女人的幸福。

在作者有岛看来，叶子感情行事，靠肉体来征服男人，所以她不被社会接纳，最后死亡。她的破灭也是由于她和传统文化对决而造成的。她向传统的贤妻良母传统挑战而碰得头破血流，走向毁灭。叶子

① 用平假名记述女子修身齐家心得的书籍。江户时代作为女子通用的修养书籍广为使用。

② 基于基督教信仰的女性杂志。1885年创刊，1904年停刊。主张女权的扩张，为《文学界》的母体。

患上歇斯底里症及子宫疾病，这种结局也可理解为作者对我行我素的叶子的惩罚。不肯接受贤妻良母观念的叶子通过身患具有女性符号特征的疾病——歇斯底里和子宫内膜炎而不得不回归到“女性”。

有岛武郎通过《一个女人》前篇的叶子形象展示了自己要求个性独立的决心，而在后篇则没有将叶子与社会为敌的形象深化，而是强调了心理疾病和生理疾病。叶子的悲惨结局在某种程度上也反映了作者思想的局限性。即生于封建家庭的有岛虽然一生在寻求个性的满足，但其内心仍然摆脱不了封建思想的束缚，在新旧思想的对立中，传统思想时常占据优势地位，这也导致了作者不赞同叶子抛夫弃子的行为，并通过作品对叶子进行了“惩罚”。

第四章　昭和初期的日本女性主义文学

《青鞜》杂志于1916年停刊之后直到《女人艺术》发刊，中间有约12年时间没有像样的女性创作。如果说《青鞜》是女性作家通往文艺界的第一个窗口，那么《女人艺术》便是窗口关闭后，为女性文学开启的另一扇门。《女人艺术》为广大女性尤其是具有女性解放思想的女性提供了发表园地，为日本的女性解放事业发挥了应有的作用。

第一节　杂志《女人艺术》与日本的女性解放运动

1910年，代表“新女性”的杂志《青鞜》在被前卫女性接受的同时，也受到来自传统势力的轻视与责难。在传统道德规范以及贤妻良母教育占主流的形势下，《青鞜》鼓励女性发挥文学天赋，追求女性解放的思想，被传统社会视为毒瘤。《青鞜》虽曾前后三次遭到禁售处分，但是，《青鞜》的创始人平塚雷鸟具有坚忍不拔的精神，她指出：“为了打破社会的、政治的顽固壁垒，妇女的政治、社会团体运动虽然受到冲击，但这阻挡不了女性前进的道路，我们心中有足够的勇气和毅力把我们的事业进行到底。”[①]1915年1月，伊藤野枝接任《青鞜》杂志主编，对杂志的办刊方针进行了改革，将《青鞜》由文学杂志转为探讨女性问题的阵地。但是，由于传统势力对《青鞜》杂志及其周围女性作家们的口诛笔伐不断，使得伊藤野枝感到身心疲惫，她在1916年2月停止了《青鞜》的发刊。

① 堀場清子．青鞜の時代——平塚雷鳥と新しい女たち[M]．東京：岩波书店，1988:43.

《青鞜》停刊后的12年间，女性失去了自己发表言论的阵地。尽管大正时期自由民主之风吹遍日本列岛，但根深蒂固的封建残余思想不允许女性按照自己的意愿来表现自我，加之贤妻良母思想作祟，绝大多数日本女性并没有觉醒，所以十多年里日本文艺界一直没有出现真正为日本女性呼吁的书刊，直到剧作家长谷川时雨于1928年7月发行《女人艺术》，日本文艺界才又出现一个不考虑商业利益的女性投稿园地。虽然日本文艺界自1916年到1928年也曾出现过几本由女性创刊的杂志，比如尾竹一枝的《番红花》、金井邦子、生田花世的《皮阿德里斯》、三宅靖子的《女人时事》，但这些杂志无论在规模和持续的时间方面，还是在影响力方面都无法跟《女人艺术》相比。

一、《女人艺术》的创刊及主要活动

《女人艺术》是由长谷川时雨的丈夫三上于菟吉出资2万日元创刊的杂志。在1928年创刊《女人艺术》之前，长谷川时雨与冈田八千代已经于1923年8月创刊过《女人艺术》，只是由于关东大地震的缘故，这个《女人艺术》不得不中途停刊。而且1923年创刊的《女人艺术》，其发刊人和撰稿人只有长谷川时雨与冈田八千代两人，其社会影响力远不及1928年重新创刊的《女人艺术》。杂志重新发刊后坚持了4年左右，发刊5卷，共48期。该杂志无论编辑还是执笔者均为女性，在读者方面也以女性为读者群。在它的周围聚集了女性评论家、女性诗人、女性作家和女性画家。《女人艺术》自始至终强调为女性提供能更好地发挥其能力的投稿园地。最初的编辑除了长谷川时雨外，还有生田花世、城夏子、堀江角江、素川娟子等人。“《女人艺术》不仅给私小说作家，还给新感觉派作家、无政府主义者和无产阶级作家提供了发表园地。”[①]

《女人艺术》以培养新人女性作家及女性评论家为目的，这对于鼓励女性的创作具有积极的促进作用。《女人艺术》的周围，聚集着以平塚雷鸟、神近市子、冈田八千代、生田花世、富本一枝为首的女性文艺家，这些人原先都是《青鞜》周边的作家或评论家。有她们的加盟，《女人艺术》在理念上自然会对《青鞜》的理念有所继承。她们实际上就是平塚雷鸟为首的“新女性”元老所期待的具有创作天赋的女性天才，她们在文坛纷纷崛起，并展现出女性的生命力，她们以小说、诗歌和散文的形式大胆地告白自己的生活体验，将《青鞜》创刊以来新女性在爱情与性、婚姻与家庭、自由与独立、堕胎与卖春等议题所提出的新爱情观、女性对于自由与自立的追求等理论化作实际行动，并且通过写作来实现自我，这些作品可谓《青鞜》的“新女性”思想培育出来的果实。

《女人艺术》清一色由女性成员构成。它不是一般性女性刊物，明显具有为女性解放而呼吁的色彩，这一点从创刊号三篇评论的标题即可以看出。这三篇评论分别是山川菊荣的《女性主义的探讨》、神近市子的《妇女与无产政党》、望月百合子的《妇女解放的道路》。其中核心议题就是“妇女解放”，也基本确立了《女人艺术》此后的执笔方向。20世纪30年代的日本社会已经与《青鞜》创刊之时大为不同，参与到《女人艺术》中的评论家或作家均是具有社会主义思想和女性解放思想的女性，她们不再只满足于拥有纯女性文艺创作空间，她们希冀的是借助该文学阵地使广大日本女性摆脱贤妻良母主义的枷锁，勇敢地解放自己。《女人艺术》在富有主见的新女性领导下，出

① シュリーディーヴィ・レッディ．雑誌『女人芸術』におけるジェンダー・言説・メディア[M]．東京：学術出版会，2010:25.

版和发展渐渐超出发行人长谷川时雨的预想，不仅延续了《青鞜》对男女相克、贞操、处女、堕胎、卖春等议题的各种论证与探讨，也为女性解放运动提供了一个实践舞台。在宣扬女性解放方面它更具策略性和组织性。从文学的阶级性与党派性出发，将批判的焦点放在大正末期及昭和初期日本奢靡繁华的都会风气上，后来逐渐成为社会主义女性作家发表作品的园地。《女人艺术》在对《青鞜》的继承过程中不断发展，杂志除了刊登女性解放的言论和作品之外，也有很多反映日本女性日常生活的作品。

除此之外，以《女人艺术》杂志为核心，杂志负责人还多次召开了座谈会和研讨会，就日本女性面临的诸问题进行探讨。比如，她们举办“多方面恋爱座谈会”和“异说恋爱座谈会”，针对人的嫉妒之情，恋爱的永久性，三角恋和多角恋等问题，特别是针对当时知名文人的异常恋爱事件进行讨论。大正时期，诗人北原白秋和人妻松下俊子恋爱，白秋被松下俊子丈夫状告入狱。后来，已婚的文艺评论家岛村抱月和女演员松井须磨子产生恋爱关系，被恩师坪内逍遥警告，要求抱月退出文艺协会。大正末期，作家有岛武郎和人妻波多野秋子在轻井泽自家别墅双双上吊自杀，引起极大的社会反响。该时期，在自由民主主义之风的影响下，文艺家纷纷通过作品表示对自由恋爱的推崇，这也迎合了人们对于自由恋爱的向往之情，所以像有岛武郎的《爱是恣意夺取》、仓田百三的《爱与认识的出发》成为当时的畅销书不足为奇。《女人艺术》的座谈会是在上述背景下召开的，神近市子、八木月子、望月百合子、林芙美子、生田花世、长谷川时雨、平林泰子等人参加了座谈会。《女人艺术》编辑部还举办了“公职人员腐败·监察谈话会”，主要围绕妇女的参政问题进行讨论，还涉及了公职人员的腐败及如何监督等问题。

1929年，在杂志《妇女俱乐部》的策划下，日本文坛召开“指摘妇女缺点座谈会”，座谈会主持人是长谷川时雨，但参加者主要是男性作家，有唐泽和郎、藤森成吉、谷崎精二、直木三十五、三上于菟吉等人，一些知名文人，像佐藤春夫、近松秋江、德田秋声、中村武罗夫、北原白秋等人也受到邀请，但由于各种原因没有参加。座谈会上既有对女性解放持赞赏态度的，也有冷嘲热讽的，总体而言他们认为女性在职业意识上有欠缺，在获取知识方面努力不够，已婚女性不需要参政权。座谈会的初衷是好的，想通过男性的眼光来找出妇女解放过程中的偏颇之处，但没有取得理想的效果。

二、《女人艺术》与日本的女性解放运动

1928年重新创刊的《女人艺术》从一开始就被赋予了为日本的女性解放摇旗呐喊的角色。之所以会这样，是因为参加者中有相当一部分是曾经活跃于《青鞜》的评论家和诗人。尽管长谷川时雨当初的设想只是为女性提供一个非商业性发表园地，但在其后的发展过程中《女人艺术》已经远远超出她最初的设想，不由自主地成为第二个《青鞜》，特别是一些无产阶级作家的加盟更使得该杂志慢慢向无产阶级思想靠拢。

《女人艺术》之所以渐渐成为富有社会主义色彩与新女性意识的文艺刊物，为女性解放而助威的文学阵地，是因为社会主义思想本身就是要破除封建思想，消灭阶级差别，谋求全人类解放的思想，自然也包括女性的解放。社会主义思想和《女人艺术》“追求女性独立，反映女性真实生活”的宗旨不仅不矛盾，很多方面还十分契合。20世纪二三十年代，随着资本家与工人之间贫富差距的扩大，知识分子开始讨论分配不公问题以及提倡社会主义理论，使得无产阶级势力逐步

壮大，在政治上促成了劳工运动的组织化，在文艺上则促成了无产阶级文学的产生，同时也影响了日本女性解放运动发展的方向。无产阶级文学运动的意义与特征主要体现在反对资产阶级统治，反对其超阶级性、超历史性的文学观方面。无产阶级文学主张文学的阶级性和党派性，并将文学运动跟阶级斗争紧密结合，以文学辅助社会主义的发展。而且，日本的无产阶级文学运动主张超越特权、强调人道主义精神，将整个日本文学界引向一个富有批判意识与社会关怀的新纪元，而这股社会主义风潮也影响了领导日本女性解放的前卫新女性。昭和时期，致力于妇女解放运动的山川菊荣在《女人艺术》的卷头文《女性主义的探讨》中，不仅从社会主义的角度，也从女性主义的角度提道："妇女解放不能脱离全人类的解放，我们是无法置身于全人类的文化之外而获得妇女自身的文化的。事实上，要提倡'女性文化'，非得先以女性的力量协助全人类的力量，集结起来后彻底从政治与经济层面跟全人类的传统文化进行斗争，非得先打破建筑在压迫和榨取之上的资本主义文化与少数特权的阶级文化后谈起。"①

这篇评论反映了大正末期及昭和初期日本妇女解放运动朝着社会主义路线发展的客观事实。此外，神近市子的《妇女和无产政党》及望月百合子的《妇人解放之道》也都明确地将妇女解放运动与社会主义思想结合，成为当时女性主义运动的最高指导原则，对当时前卫的女性知识分子影响极大。这时期由《女人艺术》领导的女性解放潮流与无产阶级思想相辅相成，《女人艺术》将身在莫斯科的中条百合子（即后来的宫本百合子）的照片与《女人艺术》的封面插图合并，也可以从一个侧面看出《女人艺术》与无产阶级文学的合流。

① 長谷川時雨．女人芸術七月号[M]．東京：女人芸術社，1928:2.

在《女人艺术》创刊号发表之后，日本社会马上有人对该杂志进行了批判。《妇人运动》杂志画了一幅把三位女评论家装在罐子里的漫画，把山川菊荣、神近市子、望月百合子在创刊号上写的妇女解放运动问题称为“装在罐子里的妇女解放”，该杂志称“叫嚣着禁止男性参加和蜜罐主义而创刊的《女人艺术》”。7月号上，山川菊荣发表了《女性主义的探讨》，神近市子发表了《妇女与无产政党》，望月百合子发表了《妇女解放的道路》。仔细想来，女性解放的意义，是和男性并肩前行。然而《女人艺术》所采取的道路是想要建立封建时代的“女性王国”。三位女性的论说就好比“在罐子中朝天上吐唾沫”。[①]针对此批评，山川菊荣在9月号上发表《妇女的言论机关与它的特殊使命》进行反驳。山川菊荣称：“《妇人运动》同人认为妇女解放的意义在于和异性并肩前行的意见是有道理的。但是，我还想补充如下：妇女解放的意义在于如今在实力上劣于男性的妇女力争能和男性并肩前行。”[②]

由于山川菊荣和神近市子等社会主义者和《青鞜》艺术家的存在，致使《女人艺术》不单纯是女性文学家发表作品的舞台，它也给女性提供了一个发表无产阶级文学作品的空间。无产阶级文学主张打破阶级界限，讲求平等，在这种背景下女性作家更能自由投稿与发表作品。另外，“1923年有岛武郎以及1927年芥川龙之介两位文坛巨星的相继自杀，宣布新理想主义时代正式终结，在文坛为失去两位巨星而黯然神伤之时，女性作家却也由于此时文坛失序而获得了自由发表大量具有实验性作品的机会。”[③]

① 尾形明子．女人芸術の世界[M]．東京：ドメス出版，1980:40.

② 尾形明子．女人芸術の世界[M]．東京：ドメス出版，1980:41.

③ 尾形明子．女人芸術の世界[M]．東京：ドメス出版，1980:238.

为扩大《女人艺术》的影响，其成员们不仅到街头散发宣传传单，还在全国许多县成立了支部。1930年1月，《女人艺术》开始征集歌曲，该歌曲要作为《女人艺术》全体成员人人会唱的歌曲。征集的结果，一等奖空缺，松田解子的《全女性进入社会行进曲》获得二等奖。也成为《女人艺术》杂志正式的志歌。其内容如下：

闭锁的乌云、撕裂的太阳啊
狂风暴雨啊
山脉和翻滚起伏的波涛啊
起来！请充满斗志前行！
伸出双臂
举起我们的火炬
我们可以生产
我们可以育人

今天，我们用力砸碎脚镣
用热血将其浸染
起来！请充满斗志前行！
今天是战斗之日
我们孕育了新的世界
我们是世界之母
我们是世界之母[①]（笔者译）

从这铿锵有力的歌词中可以体会到《女人艺术》周边的女艺术家们具有勇敢地解放自我的决心和意志，这是只有社会主义者才能吹响

① 尾形明子．女人芸術の人々[M]．東京：ドメス出版，1981:87-88.

的号角。松田解子写的歌曲能获奖，从一个侧面证明了该杂志的战斗精神。当然也不意外，因为松田解子是《战旗》派的成员，在1928年3月15日政府对日本共产党的镇压中，她和丈夫连同出生没多久的孩子一同被投入狱。因出身贫寒，最初参加歌曲募集的目的是为了挣到100日元奖金。她的悲惨经历还在小说《卖乳》中有具体体现。

《女人艺术》最初的宗旨是要发表女性同胞自己的文学作品，而女性同胞中不乏在思想上信仰无产阶级的女艺术家，她们借助《女人艺术》宣扬社会主义思想，同时也宣扬女性的解放。所以，不知不觉中《女人艺术》便成了宣扬女性解放的杂志。由于这个原因，该杂志还三次遭到禁止发行的处分。它和《青鞜》的命运一样，坚持了4年后便由于日本国内对无产阶级的残酷镇压而停刊了。

三、《女人艺术》的影响

《女人艺术》坚持了4年时间，虽然时间不长，但它对日本女性解放运动产生了巨大影响。其影响力主要体现在培养新人女性作家和宣扬女性解放方面。尤其是前者，更是它的主要功绩。在昭和初期的无产阶级文学运动中，女性作家平林泰子、佐多稻子等人都因善于表现资本主义社会的生活真实而相继在文坛崛起，从苏联旅居回国的宫本百合子，也在《女人艺术》发行之际发表了许多令人印象深刻的作品。由《女人艺术》培养或崛起于《女人艺术》的女性作家中，比较有名的有宫本百合子、平林泰子、圆地文子、林芙美子、佐多稻子（窪川稻子）和大田洋子。1928年，圆地文子以剧作家的身份在《女人艺术》上发表《晚春骚夜》，反响很大。同年，林芙美子的《放浪记》也开始在《女人艺术》上连载，林芙美子借此成为当红女性作家。

《女人艺术》的众多女性投稿者中，有不少女性为文坛所认可，有些甚至成为文坛的宠儿。长谷川时雨曾表示要把《女人艺术》当作“为好的女骑手提供的骏马”[①]。在她的号召下，各阶级出身的女性都踊跃投稿，所以它向文坛输送了众多新人。而这些跟《女人艺术》有着千丝万缕联系的女艺术家们以敏锐的观察力描写日本各种现象，她们对当时日本社会的描写，尤其是对一般市民生活层面的记录，成为人们日后研究昭和初期社会现状的最佳材料。

《女人艺术》的另一个重要影响即它积极宣扬妇女获得参政权的重要性。妇女参政的话题虽然在大正时期就已经被提起，但真正把它作为重要话题大张旗鼓进行探讨的当属《女人艺术》。妇女参政是近代女性解放的重要标志，二战以后，随着日本民主主义改革的实施，妇女参政才在制度上得到落实，而在20世纪二三十年代，妇女参政大多是口号、是进行抗争。《女人艺术》意识到妇女参政的重要性，于1928年的《女人艺术》8月号上刊登了赤松明子的《关于妇女参政权之我见》一文，明确表示拥护无产阶级政党提出的不管男女、20岁以上的成人皆有选举权和被选举权的主张，认为妇女参政全要靠妇女自己来争取。

在《女人艺术》创刊后约3年之际，曾围绕杂志是否更名为《女人大众》争论了近半年时间。由于《女人艺术》标题的超阶级性，使得出身于《战旗》派的原无产阶级作家对此不满，要求更名。1931年3月，青池桃子主张将《女人艺术》更名为《女人大众》，针对此种提议大家各执一词，主张更名者的理由是《女人艺术》这个标题不符合眼下的局势，不能代表杂志的性格和编辑方针。反对更名者则认为《女人艺术》是长谷川时雨亲手创办的杂志，就像是时雨亲手养大的

① 尾形明子．女人芸術の世界[M]．東京：ドメス出版，1980:45.

孩子一样，它已得到读者广泛的认可，没有必要更改。后来，连《读卖新闻》《东京日日新闻》《主妇之友》等报纸杂志和博文馆、讲谈社等出版社都卷入更名之争，由此可见《女人艺术》的影响之大。

剧作家长谷川时雨于1941年去世，时年62岁。她曾写过多部剧本，撰写过《近代美人传》。时雨谙熟日本的古典，琴棋书画样样精通，且气质高雅，如空谷幽兰。这样的人物本可以在家中做一个悠闲的阔太太，但时雨有自己的理想，她要让日本女性有自己的发言阵地。《青鞜》停刊后，日本的舆论环境严重恶化，尤其在针对女性解放的言论方面日本政府始终处于高度戒备状态。但是广大民众毕竟受到大正民主主义风潮的浸染，杂志《青鞜》宣扬的女性解放思想也深入人心，许多知识女性不满日本半封建社会的现状，欲借助杂志这个媒体为女性同胞提供发声的园地。毕竟创办杂志需要一定的经济基础，长谷川时雨在丈夫的资助下成功创刊《女人艺术》，说明当时部分知识分子已经对男女平等、女性解放持肯定和赞成态度。

当时的著名社会主义运动家山川菊荣曾高度评价《女人艺术》，认为“只要妇女解放运动以两性的平等为目标，那么就意味着一切妨碍妇女发展的主客观条件必须要去除。《女人艺术》的编辑们将执笔者限定为妇女，把它作为妇女独自的言论机关。对于男女的不平等，《女人艺术》为了机会均等只不过采取了特殊的方式。这是妇女解放上赋予《女人艺术》的重要使命”①。

《女人艺术》作为《青鞜》之后女性解放运动的阵地，其价值不言而喻。相比于舆论环境相对宽松的《青鞜》，活跃于昭和初期的

① シュリーディーヴィ・レッディ. 雑誌『女人芸術』におけるジェンダー・言説・メディア[M]. 東京：学術出版会，2010:107.

《女人艺术》要艰难得多。在汹涌澎湃的社会主义大潮面前，日本统治阶级深感恐惧。从宣布日本共产党为非法政党到后来的治安维持法的出台，无不表现出当时的日本政府对无产阶级运动和无产阶级文学的深恶痛绝。《女人艺术》能够在这种非常时期继续宣扬女性的解放，为无产阶级作家提供发表作品的舞台，这本身就是极其勇敢的行为。《女人艺术》的出现给由男作家统治的文坛添加了别样的色彩，尽管它只维持了4年时间，但它对于日本女性解放运动的推动作用巨大。

第二节　宫本百合子的女性主义作品——《伸子》

作为无产阶级文学代表作家，宫本百合子向我们显示了她作为坚定的无产阶级战士的坚强品格。虽多次被捕入狱，但她坚守自己的信仰，可谓无产阶级文学地地道道的捍卫者。宫本百合子生于东京，父亲中条精一郎是留学英国剑桥大学的著名工程师，母亲葭江出身优越，受过贵族学校的教育。母亲对百合子加以各种束缚，使百合子在家中感到极其不自由。1916年，百合子从日本女子大学退学，完成了她的处女作小说《贫穷的人们》，该小说发表于《中央公论》上，得到坪内逍遥的认可。宫本百合子19岁时前往美国哥伦比亚大学求学，在哥伦比亚大学与一位比自己大15岁的学者相识并相恋。这位学者名为荒木茂，在哥伦比亚大学研究古代东洋语言学。两人于1919年10月结婚。她们的婚姻遭到了周围人的强烈反对，特别是母亲葭江对夺走其掌上明珠的荒木茂更是没有好感。回到日本后，两人居住于百合子家里。在婚后的生活中，宫本百合子一方面苦于家人的极力反对，另一方面也因为和荒木茂的生活同自己的理想产生了偏离，最终于1924

年选择了离婚。1927年百合子和好友汤浅芳子一同赴苏联和欧洲留学。1930年百合子回国后加入了日本无产阶级作家联盟，次年加入当时非合法化的日本共产党。1932年和共产党领导人宫本显治结婚。

宫本百合子一生创作小说87篇，发表评论697篇，还有多篇报告文学、散文。在这些作品中，初期作品，例如《贫穷的人们》等多具有人道主义色彩，而战后的《播州平原》《风知草》《路标》等虽然也广为人知，但并不反映作者的女性主义思想，唯有《伸子》是这方面的代表作。该作品以宫本百合子的第一次婚姻经历为素材进行创作，具有半自传性质。这部作品最初的反响一般，到了战后，随着日本实施民主改革，女性地位的大幅提高，该作品作为女性解放的文本受到日本文坛重视。

《伸子》的主题思想即通过作者自身的婚姻来表达婚姻自由、离婚自由、婚后继续工作等女性独立自强的一面。下面，主要从作者提到的“工作与家庭的统一”“离婚的自由”“妇女解放”等方面着眼，来探究她的女性主义思想实质。此外，从男女主人公形象解析入手，对宫本百合子反对封建家长制等进步思想进行分析。

《伸子》于1924年至1926年写成，分十次发表于杂志《改造》上，每次标题不同，具体如下：《分不清的脚步声》（1924年9月）、《冬眠》（1924年11月）、《摇动的树木》（1925年1月）、《小云朵》（1925年4月）、《苏木花》（1925年6月）、《悬崖之上》（1925年10月）、《白雾（一）》（1926年1月）、《白雾（二）》（1926年2月）、《藓苔》（1926年4月）、《雨后》（1926年9月）。1928年3月，《伸子》以单行本的形式由日本改造社出版，是宫本百合子的第一部长篇小说。

百合子在《伸子》中所塑造的新女性代表——伸子在某种程度上就是宫本百合子本人的投影。由于小说中人物均在生活中有原型，而且小说情节和作者本人经历相一致，故日本文学评论界一致认为该小说是私小说。但《伸子》比起传统私小说来，它的内涵不仅丰富，而且表现主题深刻，具有广泛的社会性，故该小说不能简单地理解为单纯的私小说。

该小说与自然主义私小说有着本质的区别。自然主义私小说不强调是否用第一人称写成，而强调作品内容与作者经历的一致性。它着重强调将作者自身的丑事加以告白，可以说告白是自然主义私小说最大的特点。而《伸子》在本质上区别于自然主义私小说，《伸子》不仅有作者自身的亲身经历，更有广阔的社会背景，伸子反抗封建家长制、坚持婚姻自主、恋爱自由的勇气烘托出伸子既要事业又要家庭的新思想。该作品不是要告白作者的生活经历，而是通过塑造一位敢爱敢恨的新女性形象，表现作者的女性主义思想。

宫本百合子的女性主义思想在《伸子》中得到集中体现，这部作品着力刻画维护独立人格、渴望自立自强、坚持人生平等、主张自由婚姻、不向封建道德观念低头的新女性形象，这是宫本百合子女性主义思想的体现，也是宫本百合子本人对女性的新认识。

主人公伸子坚持自立主要体现在她要在婚姻与工作中保持自主权，她没有被爱情冲昏头脑，在和佃一郎结婚之前伸子提出了以下两个条件：一是婚后继续工作；二是婚后不打算要孩子。

关于结婚，伸子认为“人人都要结婚的，无论男人女人都是要结婚的。结婚就像人长着眼睛鼻子一样自然，是人生中当然的约定”。[1]伸子觉得相爱的双方要相互扶持，人的成长离不开爱人的帮助和成全。伸子找到了自我完善的两个途径，即继续写作和找到和自己相爱的人，在此基础上达到爱的互补和事业上的突破。但是，婚后跟丈夫一同生活的过程中，伸子开始对自己婚姻方面的选择和决定心生怀疑。这与作者百合子的经历有关。1923年，宫本百合子阅读了平塚雷鸟翻译的艾伦·凯的《母性的复兴》之后，在4月份的日记中写道：“建立幸福而健全的家庭，同时也要成就自己的事业，多数女性都希望两者能协调，这是她们共同的愿望，但是要实现这些非常困难。需要女性下决心去献身于其中之一。”[2]之后在5月7日的日记中写道：“如今，日本有无数女性受为人妻人母这种地位的限制，想做的工作只能做一半，嘴里还说对家庭和事业都很留恋。……而我不想找任何过这种不彻底生活的借口。”[3]

追求独立自主，追求相爱双方的对等，不仅是生活水平的对等，也包括思想方面的对等，这是许多新女性共有的特质。伸子对家庭和现实生活的反叛，尤其是对母亲的反叛是其女性解放思想的具体体现。在当时的社会环境下，女人自由恋爱，结婚后再离婚，这些都是士大夫阶层所无法接受的。婚后要继续工作，而且不要孩子，这在当时更是没有先例，不被一般人认同。伸子是超前于时代的女性，她身上具有超前的女性自立的精神。《伸子》展示给我们的不仅仅是女主人公对世俗社会的反抗，还有对自由生活的向往，为了追求梦想，伸子不畏人言，不惧世俗恶语，勇敢地追求自己的幸福。虽然伸子以离婚收场，但她追求自我解放的脚步没有停歇。

① 宫本百合子．伸子[M]．東京：日本改造社，1928:45.
② 山田洸．女性解放の思想家たち[M]．東京：青木書店，1987:203.
③ 同山田洸．女性解放の思想家たち[M]．東京：青木書店，1987:203.

伸子敢爱敢恨，当她发现自己喜欢上内敛而阴郁的佃一郎时，她顾不上女性的矜持而鼓起勇气向佃一郎做了爱的告白，并不顾家人反对，嫁给一个比自己大15岁的男人。但是伸子不想因结婚而放弃自己作家的事业，她对丈夫说“我真的很爱你，但是我也爱工作，工作不能丢，也许我一生也不会有所成就。但是，我不能放弃，万一一定要放弃的话，那么我只能放弃你”。[①]所以，伸子在婚后仍继续工作，尽管自己找的伴侣不理想，但是伸子在工作（即写作）中找到了乐趣，找到了自己的部分人生价值。

丈夫佃一郎很想有个自己的孩子，但是伸子以婚前的协议为由明确反对。这既有工作方面的原因，也有经济方面的思考。“我认为如果不能在一个愉快的适当的环境中培育孩子的话，绝不仅仅是对孩子，对任何一方都是不幸的。我不想成为那样的母亲。”[②]

由于伸子家境优越，她年纪轻轻就可以到美国著名高校求学。在大正时期能够接受这种教育的女性为数极少。当时的美国是世界最发达地区之一，思想上追求自由主义。像著名自由主义诗人惠特曼就是那个时代的人。身在美国，自然会受到美国自由主义思想的洗礼。伸子向往自由，有信心独力谋生。她不顾父母反对为自己挑选了夫婿，而且是比自己大15岁的气质忧郁的人。但是佃一郎并非自己的理想伴侣，当伸子意识到与佃一郎的矛盾难以调和时，敢于下决心离婚，开始自己新的人生。伸子追求幸福的手段主要体现在她三次从“家庭”中出走。

第一次从家庭挣脱显示了她追求自由的愿望。小说开篇处就已暗示出伸子是个非同寻常的女性，她不同于一般人想象中的望族淑女形

① 宮本百合子．伸子[M]．東京：日本改造社，1928；33．
② 宮本百合子．伸子[M]．東京：日本改造社，1928；39．

象。伸子出身富裕之家，立志当文学家。父母对于这位长女也寄予很高的期望，父亲为了让她在事业上成功而带她来纽约体验一下海外生活，以便为创作提供更多的素材。但是，伸子来纽约的目的跟父母所想大相径庭。至于伸子赴美的目的，小说中写道：

她跟随父亲来纽约，主要动机是为了得到一个按照自己所想来生活的机会。在佐佐家，伸子是长女，母亲多记代要强好胜，对伸子寄予了极大希望。伸子作为中产家庭的女儿，其家庭不允许她按照自己的想法行动。这样的话，自己只是活着，而不是生活。感觉自己的生活尚未开始的意识至少在过去3年一直折磨着她。①

大正时期的中产阶级虽然受到了自由主义之风的洗礼，但是日本社会毕竟是封建性根深蒂固的社会，所以母亲束缚伸子的自由也不难想象。而伸子作为一心向往自由生活，向往生命充实的年轻女子，她想挣脱家庭藩篱的愿望和决心异常强烈。因此，她来到美国后没有马上回日本，而是想在这里多待些日子，于是她进入哥伦比亚大学当了一名旁听生。这为她认识佃一郎并与之结婚埋下伏笔。

伸子第二次挣脱的家庭则是为了维护小家而离开了的大家庭。前面已交代过，伸子在哥伦比亚大学读书期间结识了佃一郎，并被佃一郎的忧郁的神情所吸引。之后由于伸子父亲跟佃一郎事务上的来往，伸子和佃一郎接触机会增多，伸子对佃一郎的好感度也增高。在那年冬天的世界性流感中，伸子父亲和伸子都患上流感。当伸子因高烧而神志不清时，前来探望伸子父亲的佃一郎将伸子送往医院。佃一郎吻了病床上精神恍惚的伸子。自此，他们两人的自由恋爱正式开始。

随着恋爱的深入，伸子开始认真考虑结婚事宜。伸子和当时绝大

① 宫本百合子．宮本百合子集[M]．東京：集英社，1967;103.

多数日本女性不同，她认为结婚可以使两个相爱的人共同进步，她对佃一郎提出的结婚条件不放弃工作和不要孩子，这两点无论对于当时的日本男性还是女性都是难以接受的，佃一郎能够接受伸子的条件，说明他的确爱恋伸子，思想也比较开化。但是，佃一郎比伸子大15岁，而且他未得到伸子母亲的首肯，所以他们的结合遭到以多记代为首的伸子家人的强烈反对。但伸子不顾众人的强烈反对，不顾客观上两人的地位、背景的悬殊差异，最终和佃一郎结婚。回到日本后寄宿于娘家，母亲对伸子寄予厚望，对女婿佃一郎从来没有正眼看过，只希望伸子早点和佃一郎离婚。伸子夫妇寄人篱下，刚开始处于忍耐的状态，后来伸子已无法忍受母亲的态度，只好搬出父母家租房生活。

第三次离开的家庭是伸子亲自建立的小家庭。本以为婚姻生活可以使自己的个性更加饱满，但是伸子在和佃一郎共同生活的过程中意识到丈夫自私、狭隘，不求上进，严重阻碍了自己的发展，残酷的现实把伸子具有理想主义色彩的婚姻观击得粉碎。“对于相爱的男女，结婚是唯一的归宿吗?男女之间的爱，就是要带有狭义的痛苦的性质吗?人生就没有其他的稍稍不同的形式吗?”①这种想法在伸子的心灵深处十分强烈。

在二人的生活中，伸子同佃一郎的人生追求的偏离日益明显。伸子毕生追求的是成为一个作家，渴望着充满活力、富于创造性的生活，而佃一郎追求的是安定的小市民生活，这使伸子对自己当初的选择产生了怀疑。但是，毕竟是自己亲自挑选的丈夫，而且由于自身的惰性，伸子实在难以下定决心去离婚，直到邂逅身为编辑的吉见素子，看到独身的吉见素子充分享受着自由，伸子终于迎来了决定性的

① 宮本百合子. 伸子[M]. 東京：日本改造社，1928:198.

转机。面临无可更改的离婚局面，佃一郎绝望地说：“即便是放出去的鸟也会回来的。”①而伸子则认为“变成笼中鸟怎受得了？”②

伸子离婚后会回到娘家吗？答案是不会。伸子个性饱满，不会轻易屈就，她不会再次回到曾经受到过屈辱的娘家生活。伸子立志成为杰出作家，她欲通过文学创作为女性代言，所以传统的妇德观念在她这里已被视为阻碍个性发展的巨大麻烦，她要在社会上寻找自己的坐标，实现自己的远大抱负。离婚后的伸子并没有颓废，而是继续为自己的梦想努力，最终伸子成功了，她终于成了著名作家。婚姻的失败反而成就了伸子事业上的成功。

百合子的女性主义思想体现在追求女性的自立等方面，具体讲就是追求工作和家庭的统一，追求恋爱结婚和离婚的自由。在大正末期，这些思想领先于时代，作品的意义正在于此。那么，宫本百合子的女性主义思想是怎样形成的呢？经过考察发现，百合子的女性主义思想和她的成长环境、当时文坛的状况以及大正初期的女性杂志《青鞜》的影响等因素分不开。

首先，百合子的成长环境和她女性意识的形成有直接关系。其父中条精一郎是知名建筑家，是当时社会的头面人物，母亲毕业于贵族学校。可以说百合子生在一个有教养的富裕家庭。在这个家里，百合子养成了乐观向上和独立的性情。百合子从女子大学退学就很好地说明了她追求独立和自由的思想。上学时自己想到了一种独特的梳发髻方式，由于有的学生对此干涉，百合子心生厌倦就中途退了学。此外，学校的教育方式全都是基于儒教思想的妇德教育，百合子对此心

① 宫本百合子・小林多喜二．現代日本文学大系55　宫本百合子・小林多喜二集[M]．東京：筑摩書房，1977:132.

② 同上。

生厌倦。

其次，百合子登上文坛之时正是自然主义文学开始退潮之际。文坛高举反自然主义的大旗，坚决摈弃自然主义的“没有理想，不求解决”的创作态度。白桦派和唯美派开始活跃于文坛。尤其是白桦派，他们认为，与其顺应纯客观的观照，倒不如重视生活本身，尊重主观权威远胜过对客观世界的屈从。他们相信人的创造力，认为作品中只有融入作家的感情和主观思想，文学才能对社会和人生产生影响。他们对唯美派的逃离实际生活，追求颓废之美的自我消极性也深感不满，坚定地认为，应当将自我消极性转变为彻底的自我积极性。他们确信，人的生命具有灵妙的神秘性，会生发出无限的创造力，所以要尊重自我。白桦派这种全新的思想给沉闷的文坛带来一缕清风，令人心清气爽。

百合子的初期创作受白桦派影响颇深，像《贫穷的人们》，人们在谈起它时，无人不提及白桦派的人道主义思想。百合子也承认自己所受到影响。“日本是人道主义时代，‘白桦’派作家频繁介绍托尔斯泰、罗曼·罗兰和罗丹，这是一个整个艺术界充溢着人类、正义、爱的时代。当然，18岁的我也受了其影响。”[①]出身于富裕而安定的家庭，使得百合子能够呼吸到自由的空气，在大正中期，在社会上广泛要求自由民主之时，百合子受乐观理想主义和人道主义影响很深。这也造就了百合子追求自由和独立的性情。

第三，百合子除了受白桦派影响之外，大正初期的女性主义杂志《青鞜》对她产生的影响更加深远。大正时期，日本社会不仅强调男性的独立和自由，同时强调妇女的独立和自由。“妇女解放”是当

① 日本文学研究資料刊行会．中野重治・宮本百合子[M]．東京：筑摩書房，1981:214.

时的一大关键词。虽然宫本百合子没有直接参与到《青鞜》的运动中，但是《青鞜》的影响已深入人心，百合子有形无形中受到了它的影响。也就是说，《青鞜》埋下的种子在百合子心中开始生根发芽。1920年，平塚雷鸟和市川房枝等人结成“新妇女协会”，要求修正明治以来禁止妇女参政的一系列不平等制度，多次进行请愿活动，但是收效甚微。百合子一直关注着她们的活动。当报纸上报道该协会解散的消息时，百合子为日本女性的力量单薄而痛心。但她没有灰心，而是用自己的笔来创作，为日本女性的解放事业贡献着力量。

《伸子》的中心人物是伸子，但是如果单纯讲述伸子而没有男主人公，那么伸子从赴美到离婚的7年间的喜怒哀乐不就失去了意义？因此男主人公在小说中的地位不亚于伸子。因为男主人公的烘托，方显出女主人公追求自立、自强的可贵。小说中主人公给人的总体印象是女主人公敢爱敢恨，男主人公懦弱卑怯。

伸子一直认为，要自由就要有经济基础，所以她要工作，而不希望靠丈夫养活自己。伸子的工作是写作，经济来源是稿酬。当时很多女性作家都是靠稿酬维持生计的，比如与谢野晶子和田村俊子，晶子甚至靠稿酬养活一家十几口人。所以不难想象，伸子坚持写作，其经济基础会十分牢固。而经济上自立是女性解放的重要条件，甚至是先决条件。这与伍尔芙强调的经济自立的重要性和伸子婚后要继续工作完全一致。伸子追求经济独立和人格独立的思想在那个时代比较超前。

伸子的强烈个性还体现在婚后不要孩子这一方面。按照日本社会传统，女人结婚生子，天经地义。可伸子为了事业宁可不要孩子。她对丈夫说：“我认为在还不能在较好的境遇里养育孩子的时候，孩子对我们双方都不是幸福。……不能让孩子接受好的教育，我不喜欢这样的家长。”[①]从这一点也可看出，伸子完全按照自己的意愿行事，是典型的自由主义者。在当时情况下，且不说女人主动不要孩子，即使婚后由于生理因素不能生育孩子也要受到舆论责备。伸子认为自己不是丈夫的附属物，她有权力决定要不要孩子。她的主张和几十年后女性解放的主张[②]惊人地一致。由此可以看出《伸子》的作者宫本百合子先于时代的女性主义思想。

伸子个性自由的主张还体现在主动向佃一郎提出离婚这件事上。婚后的生活并非伸子所期望的快乐、满足的生活，而是没有激情的不快乐的生活。她感觉自己就像被关在笼子中的野兽，十分痛苦。而丈夫由于在美国苦苦求学15年，开始想过安逸的生活。这和伸子的理想发生冲突，于是在经历了4年的“泥沼”般生活后，伸子主动和佃一郎解除了婚约。

一般来讲，提起男性的优良品质来，“理性、高雅、宽容、坚韧”等是必定要提到的。但《伸子》的男主人公佃一郎跟这些美德似乎绝缘，他给伸子的第一印象是：充满感伤和忧郁，穷酸而可怜。伸子之所以跟这个不起眼的穷书生结合，主要还是出于对社会习俗的反抗。因为当时在婚姻方面强调男女双方的门当户对，而伸子和佃一郎的结合，显然不是门当户对的婚姻，所以招致母亲和朋友的强烈反对。

伸子刚看到佃一郎时，对他的形象是这样描述的：“朴素、感伤，感情轻易不外露，这些印象变为荫翳弥漫在他那下嘴唇紧绷的苍

① 宫本百合子．宮本百合子集[M]．東京：集英社，1967:134.

② 20世纪70年代，日本掀起第二次女性主义浪潮，“生不生孩子由女性决定”是其中一个主要口号。

白的侧脸。伸子回头看了两下。她的好奇心停留在那个阴郁的侧脸上。他的脸上绝没有大多数男子的洋洋自得，也没有威武勇猛。”①而他忧郁的面庞在作品中反复出现，也说明他在生理上不甚健康。伸子母亲看到佃一郎经常患肠炎，食欲不佳，脸色也不好时，加深了对佃一郎的反感。

和伸子一同回国后，佃一郎在大学找到一份教书的工作。但是，佃一郎不是一位优秀的学者，跟长期搞创作、在文坛已崭露头角的伸子相比，佃一郎做学问搞研究的能力实在不敢恭维。而且作为教师，不善言辞的佃一郎也是不合格的。作为学者，佃一郎著的《波斯文学概论》在伸子看来简直是一部凡庸的小册子，套话连篇，啰唆，伸子看着就不由得感到悲痛和气愤。自此，对丈夫做学问能力抱有希望的伸子彻底失望了。

由于佃一郎在美国生活了15年，生活清苦，所以他打算回到日本后过安稳的生活。佃一郎和伸子结婚后，刚开始时按照伸子的要求，让伸子继续工作，给了伸子相当的自由。随着时间的流逝，他伪善的一面开始显露。主要体现在三件事上，一是他将伸子视为私有财产，伸子的朋友来访时，佃一郎根本不予接待。二是他不顾妻子的感受，完全按自己意愿行事。登那须山回来的路上碰到下大雨，伸子左脚受伤且浑身淋湿，想到附近的温泉歇息，可佃一郎不予应允，含含糊糊地说了声“接着走吧”。三是当伸子觉得两人之间的鸿沟越来越深，终于下决心向佃一郎提出离婚时，佃一郎首先考虑的是自己的脸面，他说：“离婚是不可能的。你想想，我一个大学老师，要是离婚了，我怎么有脸见人？”②从上述内容可以看出，佃一郎只考虑自己的感

① 宫本百合子. 宫本百合子集[M]. 東京：集英社，1967:84.
② 宫本百合子. 宫本百合子集[M]. 東京：集英社，1967:252.

受，他嘴上说爱伸子，支持伸子的事业，实际上言行不一，伸子看穿了他的伪善本性后，几经痛苦、悲哀和绝望，终于下决心离开了他。佃一郎原来不是坏人，但他有他性格的缺陷，对于追求饱满个性和圆满爱情的伸子来说，他不是理想伴侣。

《伸子》对日本女性文学的贡献在于：一是提出婚后继续工作，这在传统的日本社会实施起来有一定的难度。女主人公的举动对于当时的社会制度和婚姻制度具有一定的挑战性。二是婚后不要孩子。伸子认为生孩子需要为孩子准备好良好的物质条件，而且生孩子会耽误自己的写作时间。伸子认为事业是第一位的，爱情、母爱是第二位的。为了实现小说家的梦想，爱情、母爱都可以放弃。在大正时期，女性生儿育女被视为天经地义，所以伸子的举动在当时又可以说具有一定的超前性。婚后要不要孩子？这个问题即便是在21世纪的今天仍然是个难以解决的社会问题。宫本百合子在《伸子》中提起的问题，在一个世纪之后的今天，仍未得到很好的解决。

第三节　野上弥生子《真知子》中的女性形象

野上弥生子（1885—1985），生于大分县，在故乡上完小学和初中后，15岁时前往东京求学，在明治女校求学6年。1906年毕业后不久嫁给同乡的英文学者野上丰一郎，夫妇二人都得到夏目漱石的庇护。之后，野上弥生子作为夏目漱石的门生之一，在厚重的西欧古典教养熏陶下发表了众多具有现实主义特色的作品。其作品溢满知性，观察细致入微。在其百年生涯中除发表小说外，还从事翻译、戏剧创作，写了大量随笔。尤其是她的几部长篇作品规模宏大，内容深刻，受到极高的赞誉。“像她这样长寿且越活创作越丰产的作家，放眼全世界都极少见。”[①]

其实，提起野上弥生子，会有许多人马上想起她的长篇小说《真知子》和《迷途》来。但是，若说起跟女性解放有关的作品来，可能只有《真知子》一篇了。当时作者已经四十余岁，正是思想达到圆熟之时。《真知子》可以真正称得上作者的代表作，“这部小说不愧是作者将20年的文学经历搭上而创作的长篇，小说技法纯熟，对人的观察和理解深刻到位，对社会构造的把握确切而明白，是充满力量感的代表作。……是描写现代年轻女性生活的最高杰作。”[②]

因为《真知子》富含思想性，这部小说也被称作思想小说。同时它也是野上弥生子的第一部长篇小说。创作的素材主要来源于丈夫和丈夫学生的事迹。作品出版之前正赶上日本政治和社会的激烈动荡期，也正是无产阶级文学运动最盛期，对无产阶级文学心生向往的知识分子大有人在。无产阶级文学的迅速发展冲击着年轻作家，比如梶井基次郎、片冈铁兵等人就十分赞同社会主义思想。野上弥生子作为日本知识分子的一员，对于现实问题进行了深入思考，她虽然受无产阶级运动的影响很深，却从马克思主义意识形态中独立出来，形成了自己独特的思维方式。在这种形势下，出身于资产阶级的女性作家野上弥生子开始产生对资产阶级的不满和失望，这种情绪在《真知子》中有充分的体现。

《真知子》发表之初正是无产阶级文学、私小说和现代派文学三派鼎立之时。《真知子》因提出了这三派都不涉及的主题——中产阶级出身的女性接近马克思主义社会运动的动机、过程及结果，所以作品不受重视，评论界更是无人理睬。但是，后来当处境和《真知子》

① 和泉あき・江種満子・渡辺澄子．現代文学[M]．東京：学術図書出版社，1994:83.
② 篠田一士．日本文学全集34——野上弥生子集[M]．東京：集英社，1978:449.

的主人公相同的年轻人越来越多时，《真知子》才真正引起人们的关注。

主人公真知子聪明、漂亮，善于独立思考。他的哥哥嫂子没有远大志向，只求凡事有利可图，具有典型的资产阶级志向。父亲曾是高官，任过县知事，父亲去世后真知子一家在经济上陷入困境，母亲爱慕虚荣，想和经济宽裕的亲戚们平起平坐。和母亲不同，真知子认为那是浪费时间。她专科学校毕业后在东大文学部继续学习社会学。她想从置身的环境中挣脱出来，就拜托关三郎。关三郎出身贫寒，是一位革命家。他声称除非是无产阶级出身，不然不会明白无产阶级的痛苦，所以他说像真知子这种富家小姐终归不可能摆脱原有阶级。关三郎还认为建立一个全人类公平生活的社会是人类社会的必然结果，真知子对关三郎的信念十分感动，无意中对他开始产生爱慕之情。以此为契机，她开始希望摆脱自己所属的虚伪阶级。

真知子的理想受同学大庭米子的影响很大。米子是东北地区没落地主之女，通过米子得知，日本农村的地主生活也很苦，当然佃农更苦。这时的资本大多积聚在资本家手中。米子打算自食其力，这使真知子感到震动。看到米子的行动，她明白了经济独立无比重要，唯有经济独立，才能打破不自由的现状。真知子是通过米子结识关三郎的。她爱上关三郎并决定和关三郎结婚，勇敢地逃离家庭时，米子说关三郎是自己男朋友，关三郎已使自己怀孕。此事件之后，真知子已不再爱关三郎，她明白了自己爱的不是关三郎，爱的是他的思想。作品的结尾处，真知子对诚实的河井产生了好感。河井放弃了全部不动产，将公司交与职工管理，自己专心致志于考古学研究。当河井要前往苏联考古时，真知子说自己也想见识一下新的世界，于是跟着河井一同前往。

小说的开头就交代说：关于结婚问题母亲最近突然着急起来，真知子将这些看在眼里。这一句可谓奠定了全文的基调，即它将围绕真知子婚姻而展开。作品在这个问题上也确实着笔很多。关于真知子的恋爱和婚姻问题，小说主要从三个阶段来展开叙述。

第一阶段是真知子对自己所属的中产阶级以及与之相联系的上流社会生活感到无聊、滑稽和丑陋，围绕着她的婚姻问题，周围的人们都很用心，纷纷行动。在当时的日本社会，比起结婚当事人的想法来，人们往往会注重门当户对，也往往按照这个标准来介绍对象。这是真知子不认可的方法。真知子认为婚姻一定要建立在爱的基础上。她多次拒绝别人的提亲，她认为婚姻的内容比形式更重要，只有有真爱的婚姻才是自己追求的。

第二个阶段，真知子通过大庭米子认识了贫农出身的革命家关三郎，并被关三郎吸引，决意和关三郎结婚，从而摆脱自己身处的生活环境而投身到新生活中去。当她得知关三郎已和自己好友大庭米子有肉体关系时，她开始责难自己被关三郎的柯伦泰主义①所毒害，于是离开关三郎前往日本东北。在此阶段，真知子的恋爱和结婚问题和革命认识相关联。真知子认为女性应获得独立自主，妇女也有经济独立的必要性，所以她很羡慕能自食其力的米子。当恋爱成功时，真知子感受到恋爱和革命的一致，当恋爱遭受挫折时，她再一次认定了两者密不可分的事实。恋爱和革命者两者对于真知子来说是不可切割的一个整体。作者这种将恋爱与革命等价描写的做法也反映出作者野上弥生子认识上的局限性。

野上弥生子在《真知子》中以革命运动为主题展开叙述，但对

① 柯伦泰主义：苏联女政治家柯伦泰所主张的母子保护和性解放主张。

于革命运动的实际情况没有介绍。弥生子将包含于作品内的社会变革、人类解放等问题归结为马克思主义者的性道德问题。导致作品在阶级斗争问题上态度不坚决，具有阶级局限性。日本学者安川定男评价说："通过将关三郎设定为主人公，使真知子离开他，最后笔锋一转，使得真知子与有良心的资产阶级知识分子河井结合，这个设想有一种虚构故事一样的观念性，感觉革命运动只能靠头脑来理解。"①

第三阶段亦即作品的结尾部分，寄居于东北的异母兄长家的真知子，很偶然地和前来拜访的河井辉彦再次见面。河井对学问的热情以及待人之真诚打动了真知子，而且当河井的公司发生罢工之时，河井将公司交与工友共同经营，自己一心想着考古研究，将所有不动产全部放弃。得知这一情况，真知子终于意识到自己对河井的爱原来一直隐藏于内心。这种内心变化对于真知子来说具有划时代意义。"之前一直占据她内心的想法是某个人是不是革命人，是一种只靠外表来判定人的想法。那里只有盲目的意识形态信仰、偶像崇拜和对权威的依靠。但是现在的真知子得到了自由和理性。"②

真知子追求恋爱自由，崇尚有爱的婚姻。在昭和初期，这种思想已远远超越绝大多数日本女性。能够主动接触并理解社会主义思想，这对于资产阶级出身的真知子来说难能可贵。真知子认为自己的命运自己做主，要做到恋爱与婚姻相统一。

昭和初期的社会情况比较混乱，虽然由于无产阶级文学的勃兴而初显出一定的进步性，但是日本社会的封建残余依旧强大。比如，当真知子的亲戚朋友们听说她正在学习社会学时，纷纷说像她这样的

① 安川定男．「評伝的解説」——現代日本の文学　有島武郎・野上弥生子集[M]．東京：学習研究社，1977:476.

② 逆井尚子．野上弥生子[M]．東京：未来社，1994:209.

美丽姑娘不适合学习社会学，仿佛一谈起社会学就好像在学习什么危险思想。实际上，正是因为真知子对周围的中上层社会产生怀疑和厌恶感，所以她才决心在东大学习社会学。反对封建家庭，反抗封建婚姻，从这些特点来看，真知子确是一位具有进步思想的新女性。

真知子对于女性在腐败的资本主义社会中的弱势地位感到反感，于是她决意挣脱旧家庭，追求新生活，并和社会主义者关三郎相爱。和关三郎的相爱对于真知子来说就是跟自己所属阶级的告别。她为关三郎对待革命运动的高涨热情而感动，欲通过使恋爱与革命完美结合而达到自我解放的目的。后来，当得知米子是关三郎的女友并怀有关三郎的孩子时，真知子仍然认为恋爱与革命不可分。

在现实生活中，野上弥生子也是位崇尚恋爱和婚姻自由的女性作家，从主人公真知子的身上可以看到野上弥生子的影子。真知子最后与河井的结合实际上是两位志趣相投的“亲爱的同路人”的结合。1906年，作者野上弥生子在明治女校高等科毕业后也以继续在京学习的名义和东大学生野上丰一郎自由恋爱并结婚。弥生子对于自己的婚姻相当满意，致使其满足感和婚姻观念也在《真知子》中有具体体现。

野上弥生子曾经给杂志《青鞜》投稿，是支持女性解放运动的拥有进步思想的女性作家。她反对束缚女性的因循观念，赞扬尊重女性的思想，对于在旧道德下呻吟的女性寄予同情。她的作品虽然取材于身边事，但也具有广阔的社会视野。就《真知子》而言，女主人公是一位超越了阶级观念，寻找到新生活方式的新型女性。

弥生子因厌倦资产阶级家庭，15岁时为了学习先进知识和追求进步思想而来到东京的明治女校。明治女校崇尚文学，这给弥生子后来走上文学道路打下基础。此外，明治女校对于她的思想形成以及女性认识也产生了重大影响。

弥生子在明治女校学到的根本性思想即“基督教人道主义思想”。人道主义是女性主义的基础，换言之，女性观以人性观为基础。她在明治女校形成了人道主义的女性观。后来，弥生子师从夏目漱石，从夏目漱石那里又学到了尊重人性的思维。尤其是夏目漱石的《我的个人主义》更是颇受弥生子推崇。她主张新的历史主体归根结底是人，特别强调个人的主体性，“在参加运动和组织之前，首先要对自己的行动负责。”[①]弥生子提倡女性解放，同时又墨守“贤妻良母主义”。在明治女校就学期间，学校的教师中有《女学杂志》的主编严本善治，《女学杂志》极力宣扬女性要成为贤妻良母。在明治女校上了6年学的弥生子受其影响不浅。

作品虽然以确立人的主体性为主题，但主人公真知子却没能完全实现自我的完成。作者虽然描写了女性的成长，但也有局限性。真知子对于充满虚饰的资产阶级持批判态度，但她在理想和现实之间彷徨，最后和资产阶级知识分子结合，又重新回归到资产阶级行列。作者野上弥生子虽然同情因为遵从旧道德观念而痛苦的女性们，但她没有很好地理解无产阶级解放和女性解放的关系。她虽然主张女性的独立自尊，却没有给出一个明确的道路。这可以说是作者的局限性所在。宫本百合子评价说：“《真知子》用一支铅笔画了个很大的圆，其终点又归结到开始画圆的第一点上。”[②]

① 篠田一士．日本文学全集 34野上弥生子集[M]．東京：集英社，1978:429.

② 宮本百合子．合わせ鏡[J]．文芸，1940-04.

第四节　侵略战争的帮凶——新女性对侵略战争的参与

在日本侵华时期，日本一些新女性参与了侵略战争，为侵略战争充当吹鼓手，其中最为典型的是林芙美子、吉屋信子和佐多稻子。这些人曾积极主张女性解放，纷纷发表小说、评论，为女性的权利获得而斗争。但是她们身上有严重的民族主义倾向，林芙美子出身贫寒，为了博取功名而不择手段。吉屋信子曾因作品《丈夫的贞操》而成为文坛宠儿，但她也选择了到战地充当吹鼓手的角色，佐多稻子到前线慰问日本士兵，说是无奈之举，实则内心有为侵略战争助力之嫌。

战后，关于战争期间作家的战争责任问题首先由“新日本文学会”和《近代文学》的同仁们提起，之后也被反复论及。可分三个阶段。第一阶段是1945年以新日本文学会的小田切秀雄为中心展开的批判；第二阶段是1955年到1960年，以吉本隆明、武井昭夫的批判和鹤见俊辅的转向研究为中心展开；第三阶段是1971年至1980年以高崎隆雄和樱井富雄的研究为中心。不同的研究阶段涉及作家不同，其中尤以第一阶段的批判为甚，因为当时的环境利于肃清战争流毒，这种清算时间上衔接密切，也是追究作家战争责任的最好时机。后两个阶段的研究批判意味减弱，更倾向于研究。

一、对战争狂热的林芙美子

林芙美子出身贫寒，她作为女性作家主动阐发了都市女性的生活际遇，“以自己独特的女性视角成功地塑造了非传统的‘家庭外’女性形象。”[①]并通过对非传统女性的描写彰显了她的女性意识。但

① 王麦巧、雷红珍．林芙美子与林海音的女性意识比较[J]．小说评论，2014(2):204.

是，林芙美子不具有人类爱观点，她从狭隘的民族主义出发，对日本发动的侵略战争没有任何反省和辨别，以开路先锋的姿态到战地报道，回日本宣讲，为侵略战争起到了煽风点火的作用。

1937年12月，林芙美子受《每日新闻》的指派，为报道南京沦陷情况而来到南京和上海。作为女性作家前往战场进行报道，她的举动引起世人关注。她的从军活动在女性作家中格外显眼，《每日新闻》将林芙美子的“成功”和奔赴前线渲染为“打头阵的女性”。次年，林芙美子又积极参加“笔部队”，成为陆军报道班的一员，参与了武汉会战的报道。日本国内民众想知道日本兵在战场上过着怎样的生活，是如何战斗的，所以他们非常关心从军作家的报道。林芙美子作为女性从军作家，她在武汉“打了头阵”，获得日本舆论界的“喝彩”。

林芙美子回到日本后在全国各地进行巡回演讲。林芙美子于1938年10月30日乘军用飞机从汉口飞往南京，当天下午前往上海，次日乘飞机经由福冈飞往大阪。据说，林芙美子乘坐的飞机抵达福冈机场时，“可以将其娇小身体掩起来的巨大花束在等待着她，来了很多欢迎者，甚至从群众中穿行都很困难。”[①]第二天林芙美子在大阪做了演讲，当晚乘火车返回东京。11月2日在东京日比谷会堂和军人会馆进行演讲，会场人山人海，简直可以用“无立锥之地”来形容爆满程度。后来又到熊本、名古屋等地演讲。林芙美子在日本的人气达到顶点，成为时代“宠儿”。从林芙美子当时在日本受欢迎的程度可以看出，当时日本民众对战争是多么狂热。

对于当时林芙美子受欢迎的程度，宇野千代在回想录《活下去的

① 板垣直子．婦人作家評伝[M]．東京：日本図書センター，1954：107.

我》中如下写道："在中日战争中，林芙美子令人难忘，在战争之初她打了头阵，先到达武汉，其人气之盛，现在仍记忆犹新。当时，几乎所有的女性作家都欲效仿林芙美子前往战场。新闻和电影也多次披露林芙美子从军的'勇武'姿态。她背着旅行背包，用布包着头，满脸微笑地登上飞机。简直是得意到家了。"①

作为从军作家，林芙美子为日本军部充当了吹鼓手。比如她在大阪的演讲中讲道："特别希望日本的年轻女性更加接近战地，做些只有女性能做的照顾伤兵和慰问士兵等活动，在国家的重大时刻，希望大家更加充满爱国热情。"②很显然，林芙美子所言"爱国热情"在本质上属于颠倒是非的扭曲的"爱国热情"，其讲演的目的在于以"爱国"的名义驱使日本国民参与非正义战争。

1941年，林芙美子和大佛次郎、佐多稻子、横山隆一等一起，以战地慰问的名义来到中国东北进行讲演。1942年8月，林芙美子作为文艺报国运动演讲会北海道班的讲师，从11日至17日在北海道多地以"美丽的圣战"为题进行巡回演讲。10月份又应陆军报道部的征用，作为报道员被派往南方。在东南亚爪哇岛等地进行巡回演讲或召开各类座谈会，1943年5月才回到日本。

林芙美子追随日本军国主义的侵略政策，有意歪曲战争真相。林芙美子宣扬"爱国精神"，强调"民族意识"，但她这种民族意识是极其狭隘的。为了唆使民众为侵略战争卖命，林芙美子只描写对军部有利的内容，而没有触及战争的本质。她积极拥护日本的侵略战争，可悲地成了军国主义政府的宣传工具。

描写林芙美子从军体验的两部报告文学中，《战线》出版于1938

① 川本三郎. 林芙美子の昭和[M]. 東京：新書館，2003:239.
② 横山恵一. 北岸部隊[M]. 東京：中央公論新社，2002:239.

年2月25日，以通信的形式，收录了23封信。还有《汉口战从军通信》《从汉口归来》两篇文章。《北岸部队》发表于1939年1月1日，采取日记体的形式，描写了“9月19日，雨”至“10月28日，雨”的从军经历。两篇报告文学都是以林芙美子离开“笔部队”，独自一人前往前线的一周体验为中心描写的，因此两部作品有重叠部分。

林芙美子作为“笔部队”一员来到中国，她是应内阁情报局的要求，为报道日军在前线的情况而来的。所以她笔下的中国士兵和日本士兵肯定不一样，她以迥异的态度来描写两国士兵。她所描写的日本士兵所向披靡，而中国军队的士兵则望风逃窜。战场上见不到一具日本兵尸体，所见全是中国士兵的尸体。而且她看见中国士兵的尸体时不仅没有任何同情心，甚至会给以恶骂。这无疑要归于她那狭隘的“民族意识”。

林芙美子的从军记录中描写的中国大陆充满了悲惨和荒芜。但她在《战线》和《北岸部队》中赞美日本兵的话语却随处可见。“大家这样忍受困苦。虽然未能亲眼所见，但是士兵们这一年为了我们民族所流的大量的血会在中国大陆结出怎样的果实呢？……我想去前线看一看。虽然以非战斗人员，而且是女性的身份，但是我作为日本女性，想亲眼看一看日本士兵的战斗姿态。……眼前所发生的事，正在发生的事，我以令人惊讶的眼光凝视着我内心爱国热情的迸发。即使身中炮弹倒下也无所谓。这种爱国热情对我来说是一种燃烧的青春。”①她对日本军队感到无比自信和自豪。她一味地强调日本兵在前线的艰难，却没认清日本军队的侵略本质。

林芙美子甚至叫嚣要把中国的美丽大地据为己有。在《战线》中

① 林芙美子．北岸部隊[M]．東京：中央公論新社，2002:45.

有这样的内容："汉口是仅次于北京的美丽都市。高大建筑物突然更换看板和国旗，成为外国人管理的地方。我心里不快。回到日本后想到一些事情，即付出如此牺牲的日本没必要对外国那么客气。真想把武汉的棉花大平原据为日本所有。"[①]上述内容已将林芙美子欲掠夺中国的土地与财产的野心暴露无遗。她歪曲战争事实，唆使日本国民奔赴前线成为侵略战争的牺牲品，林芙美子确是法西斯军国主义政府的帮凶。

林芙美子作为"笔部队"的一员，来到中国报道日本侵略军的战况，后来又到东南亚进行"皇民化教育"。她极力鼓吹战争，为日本士兵唱赞歌，从而获得日本民众的认同和赞扬。她故意歪曲事实，将侵略战争美化为伟大的战争，是不折不扣的战争帮凶。

二、性格温婉的吉屋信子

吉屋信子于二战前写了《花物语》《丈夫的贞操》等少女小说和家庭小说，因而成为受读者喜欢的流行作家，拥有广大女性读者，后成为《妇女之友》和《东京日日·大阪每日新闻》的专属作家。她的作品具有一定的女性解放思想，告诉妇女阅读通俗小说的快乐和真谛，人气达到顶峰。

吉屋信子于1937年8月25日到9月3日期间在中国北部停留，将这近十天的见闻以《战祸的北支现地行》的名称发表于《主妇之友》1937年10月号上，之后又将9月20日至10月3日上海之行取材的内容以《战祸的上海决死行》的名称发表于1937年《主妇之友》的11月号上。这两部战记文学马上以单行本形式由新潮社出版。1938年9月，

① 林芙美子．北岸部隊[M]．東京：中央公論新社，2002:199.

日本军部组成了“笔部队”，吉屋信子作为海军班的一员来到汉口执行战地报道任务，之后又来往于中国东北、印尼、越南、泰国等地，持续为《主妇之友》发表报告文学。

吉屋信子在《战祸的上海决死行》中这样写道“上海之行的印象是不卫生的、肮脏的……中国的土是黄的，水也是黄的。船逆行在流着泥水的黄浦江里”①“拉黄包车的中国人看到我们是日本人，说着什么。应该是什么坏话吧，我们不懂中国语，也不生气。但是从他厌恶的眼神中感觉不舒服”②，“等到恢复和平之后，我要重游上海，那时候我要把黄包车夫背后的‘打倒东洋鬼子’字换成‘亲爱的东阳女神’字样”③。

吉屋信子发表两部战地文学之时已经是名闻日本的畅销作家。所以她的两部战地文学在日本引起极大的反响，为动员“后方”女性起到的作用可谓巨大。她的战地文学紧跟战争时局，对于侵略战争没有任何的反思。渡边澄子认为吉屋信子对于自己的战地文学没有任何疑问和后怕，她“从一开始就认为这是圣战，对于尊敬她敬仰她的女性大众起到了诱导和先导作用”。④由于作家的公众人性质，其一言一行都会影响读者。吉屋信子的流行作家属性对日本本土女性的影响深刻，她们会在吉屋信子的战地文学鼓动下，相信侵略战争就是“圣战”，并热情高涨地送丈夫、弟弟甚至是孩子到侵略战争的前线，并积极参与战争的后勤保障。由于明治时期对日本女性实施的“贤妻良母主义”教育中包含着为国捐躯的思想教育，所以日本本土的女性们

① 長谷川啓编．戦時下の女性文学1[M]．東京：ゆまに書房，2002:107.

② 長谷川啓编．戦時下の女性文学1[M]．東京：ゆまに書房，2002:178-181.

③ 同上。

④ 渡辺澄子．戦争と女—吉屋信子を視座として[J]．大東文化大学紀要38号，2000.

几乎毫不怀疑地支持她们的亲人参加“圣战”。女性作家的文学为这种气氛起到煽风点火的作用。

1939年，吉屋信子写了《女人的教室》。1937年吉屋信子经历过天津、通州之行和上海之行，之后于1938年参加了“笔部队”。《女人的教室》以七位个性鲜明的女性为主人公，是吉屋信子开始创作以来篇幅最长的作品，是之前作品的集大成之作。该作品由“学校卷”“人生卷”“战争卷”三部分构成。时间跨度从1936年到1937年南京沦陷，讲述了女子医专的七位女同学克服职业与恋爱的苦恼而成长的故事。作品看似情节简单，但作者潜藏于背后的用心极其险恶。

《女人的教室》虽然不是战争小说，但是它以所谓的“圣战”为背景，描写了医专的学生在当时战时的情况下如何成才的。吉屋信子不是单纯地叙述医专女学生如何成才，而是强调这些学生是如何在日本人的帮助下成才的。在作者眼里，日本人是高高在上的施舍者，而旧满洲贫穷落后，中国人应该感谢日本人的施舍，共同在“大东亚秩序”中进步。吉屋信子深受日本军部“大东亚共荣圈”思想的影响，在该作中虽然没有口号般的呐喊，但它的破坏力十足。

三、到战地慰问，成为历史污点的佐多稻子

佐多稻子曾经是左翼作家，是为劳动大众创作的社会主义者。社会主义主张全人类的平等，所以在某种意义上讲，佐多稻子也是“新女性”。但是，身为社会主义者的佐多稻子不辨是非，在二战期间前往战地慰问日本士兵，间接地成了侵略者的帮凶，她也因此被日本共产党除名，战后新成立的以战前左翼作家为基础的“新日本文学会”也拒绝吸纳她为会员。关于战争责任问题，佐多稻子虽认识到当时的做法是错误的，但多数发言仍是为自己做辩解。她在随笔《关于我自

己》中这样写道："战争结束后，我刚开始没有感到任何困惑。只是有一种解放感和今后对占领军的应付。我对自己在战争中的行为并没有感到羞愧。这究竟是怎么一回事？所以，当我被告知没有能够加入'新日本文学会'时，我卧床数日，在疑问和羞耻中翻腾着，并责问着自己。"①

1942年3月到4月期间，佐多稻子因为文艺讲演的事情，与浜本浩、丰岛与志雄、村松梢风等一起在台湾转了一圈，回到日本后，作为新潮社《日之出》杂志的特别派遣人员，在南京、苏州、杭州、上海、汉口、当阳、鸦鹊岭、宜昌等地对日本士兵进行了战地慰问。同行人员有作家真杉静枝和《日之出》杂志的摄影记者长沼辰雄。他们此行的目的就是为了纪念"七七事变五周年"，在大本营的怂恿下，他们来视察战线和中国重要地区的情况，报告给后方，以昂扬国民的战争意志。佐多稻子以这次慰问体验为基础写了随笔《最前线的人们》。在这部随笔中，佐多稻子表露出将日本兵无比神圣化的倾向，对自己身为女性不能参战表现出自卑。比如"今天南京雨很大，这半个月，我所见到的将士们，特别是前线的将士，他们是如何在这雨中度过的。仅仅想起他们一个个的面庞，身为女人的我就不由得满眶热泪。我想把将士们辛苦的情形转告给后方的人们。这时，我又哭了。将士们不辞辛苦，不分昼夜在各个地方参加了不同的战斗，我的女人气质会不会对他们的英勇造成损害呢？"②佐多稻子担心自己会成为前线日本兵的绊脚石。在当阳前线，佐多稻子把将校比喻成慈父一样的存在，温和慈祥。"士兵们不顾生死，说战场就是自己的坟墓，挖着用作掩体的石头，每晚和敌人对战。对于这些士兵来说，他们想打

① 北川秋雄．佐多稲子研究[M]，東京：双文社，1993:7.
② 北川秋雄．佐多稲子研究[M]．東京：双文社，1993:259.

听日本内地的事情也理所应当。只有日本内地安宁，在前方的士兵每天才能心安。……他们都是年轻人，一个士兵家里发生的事，大家都会愤慨，这也能理解。因为将校们和士兵们是在野外作战，他们心中拥有爱情的火焰。”[①]像这样，佐多稻子将日本士兵视为无比神圣的人。

宫本百合子在《妇女与文学》一文中，就进行战地慰问的女性作家的报告进行如下评述：“有那么多女性作家，那么长时间地被派遣到各地，但没有创作出一篇真正的文学作品。这直接说明了现实压制着这些女性作家。……即使是报告风格的文章，也包含着一种对士兵的独特感伤和对指挥者难以置信的服从。敬语以及拙劣的表达充斥于所有妇女作家的报告文学之中。”[②]的确，在佐多稻子的文章中，敬语以及拙劣的表达比较常见。

1942年10月，佐多稻子又作为大本营陆军报道部的成员，与林芙美子、小山伊都子、水木洋子前往马来西亚、爪哇、苏门答腊等地，并将这次的从军体验写成小说《虚伪》。主人公年枝明知这场战争的性质，却对于结果很不满意，始终以一种表面服从，心中不服的形式参与了战场慰问。年枝在中国前线与日本士兵心灵相通是因为她之前去过中国中部地区。在宜昌的长江对面，她沿着小山头往里走，在黑夜里走到一个称作馒头山的阵地战壕里，这段经历使她经常陷入伤感之中。在前线紧张的气氛中，年枝感受到这场战争的真正性质。但是她的理性被战争场面所吞噬，从而失去了正确的判断力。作品中的年枝实际上就是现实生活中的佐多稻子，佐多稻子借助女主人公年枝的言行表达了自己对战场慰问欲止又行，最后又受到战场氛围的感染的

① 北川秋雄．佐多稲子研究[M]．東京：双文社，1993:261.

② 宫本百合子写的评论“妇女与文学”，刊登于《妇人日本》1942年12月号上。

复杂心境。

不管佐多稻子是通过小说形式对自己的行为辩解还是通过日记形式进行辩解，其作为无产阶级作家到战场慰问侵略者的事实都无法改变。所以“新日本文学会”成立时不把她作为发起人的做法无可厚非，在战后日本文学界对战争罪犯（战争协力者）进行清算之时，日本无产阶级大多数作家和评论家们对佐多稻子的慰问之行相当不满，认为一个无产阶级作家没有气节地跑到前线为侵略者唱赞歌，是不能饶恕的行为。

四、女性作家成为侵略战争帮凶的原因

之所以这些新女性们积极参与侵略战争，是由当时的舆论环境造成的，当然每个人的原因各不相同。当时的大众杂志在宣传和美化侵略战争方面表现得最积极，这些杂志中不乏女性杂志，比如《主妇之友》和《妇人俱乐部》鼓吹所谓的“圣战”，大肆宣传日本士兵在前线的“英勇壮举”以及后方民众如何节衣缩食来支援前线。对于各杂志而言，这样的宣传有些是不得已而为之，有些是受战时政府的蛊惑而进行宣传的，也有些右翼杂志积极主动地宣扬“圣战”，生怕民众不热心支持这场侵略战争。日本政府以保护亚洲各国免受西方殖民国家的侵略为幌子，大力鼓吹民族主义，以此来抵制急剧的西方化，同时宣扬日本天皇的神圣不可侵犯。由于当时的社会环境如此，女性作家无疑也受到环境影响。

林芙美子之所以会协助战争，原因主要有二：首先是社会大变动，可称之为外部原因。人是社会性动物，离开外部环境谁也无法生存。在战争这种非常时期，人们都不由自主地卷入其中。林芙美子作为贫苦出身的作家对社会变动十分敏感。

1937年卢沟桥事变之后，日本对中国侵略加剧，随着战线扩大，战争规模越来越大，逐渐演变为全面战争。日本军队仅靠现役兵员已显严重不足，从广大民众中征兵已司空见惯，人们安稳的生活遭到破坏。1938年5月，日本实施全国总动员法，形成了举国战争体制。有些人奔赴前线属于自愿甘当侵略者炮灰，有些人是被迫参军，林芙美子属于前者，其丈夫绿敏也接到召集令，被迫赶赴前线，属于后者。在战意高涨的那个年代，在无比重视集体意识的日本，大家都参军了，若自己向后缩，鄙视的眼光都会将自己杀死。

第二个外部原因是军部要求作家们参与到战争中来，协助侵略战争。社会大变动也反映到文学界。对华侵略的战争全面爆发之后，许多作家作为报纸和杂志的特别报道人员前往战场，争先进行现地报道。军部当局决定派遣更多文学家前往战场进行现地观察，并以战地文学的形式把日本士兵的“勇武”姿态描写出来。林芙美子作为当时已成名的作家，在文坛有一定的影响力。看到时局变化，她觉得“遇见写关于战争的优秀文章，我自己都很受触动——这是最好的证据，现在已经不是写那种无聊的恋爱文章的时代了”。[①]她第一时间决定改变文学创作的主题，后来，在武汉会战之际，日本内阁情报部发表了“文坛动员计划”，决定“从文坛挑选二十名笔战士，派往攻陷不久的汉口最前线”。[②]跟之前的单个派遣不同，这次具有公众性质，林芙美子注意到这一点，决定积极从军。8月27日，内阁情报部决定派遣菊池宽、久米正雄、白井乔二、吉川英治、佐藤春夫、尾崎士郎、小岛政二郎、片冈铁兵、丹羽文雄、北岛小松、吉屋信子、川口松太郎、浅野晃、岸田国士、泷井孝作、中古孝雄、深田久弥、佐藤

① 関川夏央，女流—林芙美子と有吉佐和子[M]．集英社，2006:61.
② 横山恵一．『北岸部隊』解説—北岸部隊[M]．中央公論新社，2002:223.

惣之助、富泽有为男、林芙美子、杉山平助、浜本浩共计22人作为从军作家奔赴前线，这就是所谓的“笔部队”。他们又分为陆军班和海军班，陆军班责任人是久米正雄、海军班责任人是菊池宽，林芙美子和吉屋信子作为女性作家参加“笔部队”，在当时格外显眼。

性格上的不服输和虚荣心是其内部原因。林芙美子1931年通过发表《放浪记》而一跃成名。成名后，在她的策划下，井伏鳟二、横山美智子等文坛大家参加了她的文艺演讲会，这次演讲会其实很牵强，想要衣锦还乡的意念一览无遗。从这个事情中可以看出林芙美子具有极强的虚荣心。1935年，林芙美子的作品《牡蛎》获得好评，她借此机会召开出版纪念会，在纪念会上“跳起了摸泥鳅舞，成为人们的谈资。被嘲笑为‘文坛家雀’①。林芙美子对于自己从一位行商的女儿成长为流行作家十分自负。所以在军部挑选“笔部队”成员时，原先只确定吉屋信子参加，林芙美子得知此情，自愿报名，表示自费也要前往。当时，吉屋信子在《每日新闻》上连载《丈夫的贞操》，大获好评。林芙美子为了保住自己流行作家的地位，为了不输给吉屋信子而充满斗志。“一定要去，自费也要去。中国中部的生活有‘动’的感觉，很有兴趣。我想必须由女人来写的东西很多。一遇到描写关于战争的优秀的文章，我就会被打动。”②而且，林芙美子在战场上获得的“打头阵的女性”这个称号也是由她的不服输性格致使其单独行动而获得的。

跟林芙美子不同，吉屋信子到前线是因为她是报社的专属作家，到前线报道战事情况属于被命令的形式。因为吉屋信子当时已经是文坛宠儿，在日本妇女儿童界有着极高的人气。所以报社派遣她到前线

① 磯貝英夫．新潮日本文学アルバム　林芙美子[M]．新潮社，1986:66.
② 横山恵一．『北岸部隊』解説—北岸部隊[M]．中央公論新社，2002:223.

写报告文学意图十分明显，即利用她的人气来为侵略战争做宣传。尽管吉屋信子没有林芙美子式的叫嚣，但她写的作品同样是站在侵略者的立场上为军部的侵略政策服务的。

关于佐多稻子协助战争之举的原因，佐多稻子自己是这样评价的。“第一是夫妻关系的不正常；第二，自己的生活依存于报纸杂志，受它们的煽动；第三，邻居们的疏远感，对于邻居们战死和征召的悲剧不关心的一种自责之念；第四，战地慰问是受丈夫的教唆以及自己的软弱；第五，是出于自己想在战场上亲眼看一看的心情；第六是对士兵以及目送士兵赴前线的日本民众的哀愁表示同情，并与之一体化的自己的心情。”①还有一个重要原因，即在战死和被征召成为日常的当时情况下，佐多稻子的丈夫漥川鹤太郎没有应征入伍，对此，周围的邻居均向佐多稻子一家投去鄙夷的目光。为了缓解自己的“窘境”，佐多稻子决定前往战场进行慰问。

战地文学应该本着负责的态度，客观、真实地描写和记录战争。从客观的历史角度出发，以追求真实、自由为己任。日本战争文学的现状是，很多作品描述战争给日本国民带来的痛苦，关于被侵略方的描写却是一笔带过。在新闻媒体的严厉控制下，若不是御用文人就不能发表作品，此时靠资产阶级出版社的出版收入生存的“知名女性作家”，她们为了保住自己在新闻媒体的形象，同时也为了不被读者忘记，要参加华丽的场面以保持存在感。也就是说，处于极度不安的女性作家为了保住经济的自主性，她们败给了她们自己也感到困惑的法西斯式的处世术。这是值得我们关注和思考的问题。

① 北川秋雄．佐多稲子研究[M]．東京：双文社，1993:8.

第五节　《浮云》中虚无的主人公形象

林芙美子是一位经历复杂的女性作家，导致她在思想方面也十分复杂。《放浪记》表现了出身贫穷的女性在都市生活的艰难，也表现出女性的自立。而参加“笔部队”的行为则是女性主义者与战争侵略行为的合流。战后的林芙美子在《晚菊》中仍然表达了男女对等的思想。但是，被多位论者称为女性主义作品的战后代表作《浮云》则更多表现出虚无的一面。

从中国战场回到日本后，林芙美子在日本巡回演讲，随着人气的跃升，她越来越飘飘然，俨然一种日本第一女性作家的感觉。然而，她的这种优越感没有维持多久，随着1945年日本的战败而消失。与战争时期为军国主义摇旗呐喊的其他作家一样，随着日本的战败，林芙美子必须在思想上接受这一现实，也必须在现实生活中面对日本战败的事实。于是，林芙美子在战争时期的狂热劲头随着联合国军进驻日本而消失殆尽。曾经的“光辉与荣耀”离她而去，她在思想上陷入虚无。在她二战后的作品中，没有对日本未来憧憬的作品，而是以二战后日本人的悲惨处境作为主题来创作，可以看出她对于日本战败这一事实的不甘。她的作品《浮云》中充斥着难以救赎的黑暗面，虚无主义思想表露无遗。

关于《浮云》的研究，国内外主要围绕两个侧面进行研究，一是把《浮云》定性为爱情小说，主要探讨男女主人公富冈和雪子的悲恋故事。二是把《浮云》作为反战作品，主要探讨战争对人性的摧毁。把林芙美子的《浮云》定性为爱情小说自然没有问题，但把它定性为反战作品则多少有些牵强。因为作品中虽然描写了战败后日本社会的悲惨状况，但它并不能说明该作品就是反战作品。实际上，《浮云》中男女主人公都是典型的虚无形象。

二战结束后，伴随着国家意识形态的崩塌，林芙美子心理落差巨大，在思想上陷入虚无主义。她否定一切，觉得生存本身是无意义的。随着日本的战败，她之前所有的努力都化为泡影。曾经宣称“必胜”的战争非但没有给日本人民带来荣誉与财富，反而使日本国民陷入前所未有的痛苦之中。广岛和长崎的人民因原子弹爆炸之祸生不如死，在战后的社会无秩序状况下，人民大众生活在水深火热之中。目睹这样的场景，曾经站在荣誉的塔尖无比自豪的林芙美子心里落差极大，战败是林芙美子无法接受的严酷事实，因为林芙美子在战争期间获得的荣誉以及其在文坛的地位也随着日本战败而消失或减退。因此推想，林芙美子在思想上陷入虚无完全可以理解。

《浮云》于1949年11月开始在同人杂志《风雪》上连载。第二年因该杂志停刊而改为在《文学界》继续发表，1951年4月连载完毕。并由六兴出版社出版了单行本。两个月后林芙美子因心脏停博而突然去世。《浮云》是继《放浪记》之后林芙美子最具代表性的作品。小说的社会背景是满目疮痍的战后日本社会，林芙美子用细致而抒情的笔调描写了男女主人公富冈和雪子凄美的爱情故事。雪子从静冈女校毕业后在神田一家培养打字员的学校学习打字。1945年之前，打字员是女性中少有的技术工，雪子希望通过打字来养活自己。她在学习打字期间住在亲戚伊庭杉夫家中。有天夜里，她被看似老实的伊庭强暴。伊庭强暴雪子后没有给雪子一个交代，他们没有就将来如何发展有任何交流，伊庭像对待娼妇一般对待雪子，他们这种不正当关系持续了3年。雪子人生的第一步由于伊庭而蹉跎。她离开伊庭到外地去就是为了重新振作，在越南大叻，雪子遇见农技师富冈，两人陷入热恋，这也是他们孽缘的开始。在大叻的生活幸福而甜蜜，终生难忘。但是这种生活是短暂的，伴随着日本的战败，幸福生活一去不返。

回到日本后，面对战后的废墟，他们无可奈何，昔日的爱意也不复存在。富冈先雪子一步回到日本，雪子回到日本后马上去寻找富冈，想延续昔日恋情，富冈加以拒绝，说自己不可能再像在大叻时那样过不负责任的生活。但实际上他对雪子情丝未断，回到日本后富冈精神空虚，面对战后日本社会的混乱现状，他和雪子深感无能为力，在虚无中两人产生了情死的想法。富冈约雪子前往伊香保情死时雪子毫不犹豫。出乎意料的是，富冈在伊香保悄悄养了情人阿清，情死之事早搁置脑后。雪子在伊香保和富冈生活了几日并怀孕。后来当雪子得知富冈和阿清的关系时，她深感爱情的不可靠，对富冈渐渐不满，对被富冈玩弄的阿清渐渐同情起来。雪子想要生下富冈的孩子，自己独力抚养，但她缺乏独立生活的能力，因金钱所困，雪子不得已再次找到伊庭，依靠自己的美色来迷惑伊庭，使伊庭成为自己的靠山。后来，穷困潦倒的富冈找到雪子。两人再次相见时，雪子内心一度熄灭的爱情之火再次燃烧起来。雪子带着从教会偷出的一笔巨款，和富冈前往屋久岛生活，最后命丧于此。

雪子在日本战败后回到日本，无法过正常人的生活，沦为娼妓。最后她追随富冈前往屋久岛，在那里悲惨地死去。富冈在越南时十分强悍，战败回到日本后则马上失去从前的光芒，陷入极度的虚无。

在二战之前，跟女性相比，男性更多参与国家大事。富冈前往越南是由于背负着国家的使命。1940年6月，因法国被德国占领，日本也因此进驻了法属印度支那（越南）。富冈把大叻的森林资源看作是日本的资源，作为农技师前去管理，他的任务实际上是日本政府赋予的，不是个人行为。战争期间富冈坚信日本会获得战争的胜利。然而现实是残酷的，1945年日本战败后富冈作为战败国的一员无法继续在越南工作，他回到日本，目睹了战后日本的荒凉景象后心灰意冷，对于在越南期间热恋的雪子也失去兴趣。“富冈对于自己内心的变化不由得感觉到幻灭。人的精神实在靠不住，人的精神会因为每时每刻的环境培养菌而导致变化。富冈对于自己而失望”。①

从上述心理描写可以看出富冈由于日本战败而陷入绝望和虚无。在富冈从农林省辞官后，为养家糊口，他和朋友开始倒卖木材。但是，战败后日本经济崩溃，通货膨胀严重，许多人因粮食短缺而饿死。富冈经营困难，最后将妻子送回老家，把东京的房子也卖掉。他在这种“一无所有”的孤独中感受到难以忍受的寂寞，他甚至想到了自杀。通过上述描写可以看出，曾经坚强的富冈因战败而被彻底击垮。

回到日本，富冈看不到希望，甚至对自己存在的意义都产生怀疑，陷入彷徨状态。他沉浸于战败带来的虚无之中，根本顾不上自己伤害过的女人。他从越南回到日本后，疏远了原先从朋友那里夺来的妻子，致使其食不果腹而饿死。他曾想起留在越南的情人尼乌及其孩子，却丝毫没有罪恶感。跟他同居的阿清被其丈夫杀害，他却没有丝毫自责之念。对于曾为他打掉两个孩子的雪子也丝毫不觉得内疚。富冈犹如一个行尸走肉，只是稀里糊涂地聊以度日。在越南期间轻松愉快的富冈一回到战后的日本马上枯萎，只拘泥于家庭和家人，对此，雪子虽然极为不满，但也无能为力。

高峰秀子曾在成濑巳喜男导演的电影《浮云》中扮演雪子这一角色。秀子在其自传《我的度世日记》中这样写道：“男人们战败了，

① 林芙美子．日本文学全集57林芙美子集[M]．東京：新潮社，1961:340.

男人们什么也不做，只在黑市徘徊，过着空虚的日子。”[①]这里说的男人主要是指富冈。

在作品的最后，幸田雪子在前往屋久岛途中身患肺结核，最后在屋久岛悲惨死去。此时，富冈回顾过去，感叹道：“阿清也是的，就那么轻易地死去了。尼乌终究没有从越南跟来，邦子败给了贫穷。只有雪子虽然在和病魔斗争，却一直跟随在自己左右。”[②]这个勇敢的女子死去了，富冈不由得发出感叹：“人究竟是什么，人究竟要成为什么？”[③]富冈觉得自己就像那浮云一般，不知何时就会消失到某个地方。这不仅是富冈的心情，也可视为作者林芙美子心境的表露。或许在作者眼中，爱情并不可靠，甚至有些虚无。所以，战后林芙美子笔下的男性大都是因战败而丧失生活能力的“废人”。通过对富冈的刻画，林芙美子揭示了战后初期日本男性的生活状态及其内心的虚无。

女主人公雪子和《放浪记》中的女主人公“我”一样是生活于家族制度之外的女性。她们虽然有爱恋的男人，但却未能步入婚姻的殿堂。熊坂敦子曾指出：“《放浪记》中，作者虽然描写了因穷困潦倒而放浪的孤独的悲哀，但在其根底却闪烁着健康而明朗的一面。可是，在《浮云》中，作者描写的雪子虽然同样孤独悲哀，但其悲哀更多表现为对爱的饥渴方面，其中绝望的阴影难以拭去。”[④]雪子的虚无状态反映了战后不久日本社会的实际情况。物资严重贫乏，社会上有许多人居无定所，人们失去生活目标，雪子只不过是众多精神虚无

① 川本三郎．林芙美子の昭和[M]．東京：新書館．2003:306.

② 林芙美子．日本文学全集57林芙美子集[M]．東京：新潮社，1961:498.

③ 林芙美子．日本文学全集57林芙美子集[M]．東京：新潮社，1961:498.

④ 熊坂敦子．国文学解釈と教材の研究特集　現代女流文学の魅力[M]．東京：学燈社，1968:76.

者中的一员罢了。文章全篇没有提到她的家人，偶有伊庭杉夫对她的生活进行照料，但伊庭并没有把她当家人看待，而是把她当作发泄性欲的工具。文章利用大环境的描写对回到战后日本社会的雪子的不适应进行了渲染。

雪子先后被伊庭和富冈抛弃后仍要找他们二人，和他们一起生活，可以说雪子的生活毫无女性尊严。如果说跟富冈在一起是出于对富冈爱恋的话，那么跟伊庭在一起生活完全是由于生活所迫。没有独立经济能力使她的生活经常处于居无定所的窘境。在爱的名义下，她跟随富冈到了屋久岛，在那里悲惨地死去。对她的死亡命运的安排也可视作林芙美子虚无主义的体现。因为虚无主义者最典型的特征就是对死亡的向往，他们在孤独彷徨之后找不到精神出路，最后会产生失望，继而变得绝望，最后会走向死亡。

二战结束后，天皇法西斯体制崩塌，对日本国民而言，长时间统治其思想的意识形态突然崩塌，这不啻是一个巨大冲击。之前日本国民把天皇当作神格崇拜，他们愿为天皇而战，出于武士道精神觉得为天皇战死“无上光荣”。他们不惜把亲人送往侵略战争的前线。然而，日本发动的非正义战争最终免不了失败的命运，随着天皇的人格宣言的发布，天皇已非“现人神”，和普通国民一样是人，这样的宣言致使日本国民失去了心灵支柱。随着二战后日本社会混乱局面的出现，日本国民内心也陷入不安。

《浮云》作为林芙美子的战后代表作，其中必然隐含着林芙美子的思想。可以说《浮云》中表现出的虚无思想跟林芙美子的思想状况关系密切，而林芙美子的思想变化跟她的身世和处境又有直接关系。林芙美子是母亲林菊和行商宫田麻太郎的私生子，林菊虽然身材娇小，但生性活泼，且敢爱敢恨。在明治年代，林菊的身上具有一些新女性的特质。她不是循规蹈矩之人，极具个性。她作为婚姻制度外的女性，先后跟不同的男人同居，生下三个私生子，因林菊无力抚养，几个私生子都归了男方抚养。林芙美子作为林菊的第四个私生子，她的姓氏没有跟随父亲宫田，而是用了母亲的姓氏。因为在和林菊生活的过程中，宫田麻太郎喜欢上一名艺伎，从而把林菊和女儿林芙美子一同逐出家门。由这些经历可以看出当时女性地位的低下。丈夫或情人随时可以翻脸将她们抛弃。林菊属于生活中不能没有男性的女性，在被宫田抛弃之后，她又与一名行商相好，此男比林菊小20岁。为了生计，二人带着林芙美子辗转于日本西南各地，历经世间辛酸，最后定居在广岛县尾道市。林菊虽然没有成为婚姻制度内的“合法妻子”，但是她无比向往爱情，并且有一颗为了爱情随时做出牺牲的奉献之心，在那个时代，她始终摆脱不了被男人抛弃的命运。母亲林菊的坎坷命运对于林芙美子的世界观、爱情观产生了巨大影响，以至于林芙美子不再相信男人。

林芙美子本人的爱情也进展不顺，据林芙美子自传作品《放浪记》记载，在东京生活期间，林芙美子曾遭到三个男人的背叛和抛弃。通过目睹母亲的爱情经历，林芙美子本就对男人的薄情有所了解。在自己亲身经历之后，她对男性的不信任感与日俱增。林芙美子认为女人的爱可以做到真心奉献，而男人的爱往往受社会上各种利益和条件的制约，所以林芙美子对爱情不再抱有任何幻想。

但是，林芙美子天生具有不服输的性格。近代社会按道理应是以确立自我为主要目标，追求功名作为封建遗俗应受到排斥。但是，对于作为穷人家孩子的林芙美子而言，虽为女性，她头脑中博取功名、出人头地的思想仍根深蒂固。20世纪30年代，日本国内矛盾激化，经济萧条，为转嫁危机，日本军部铤而走险，悍然发动了侵略战争。林芙美子在当时的大势之下，通过选择当战地记者为自己为家人扬了名，她成为时代的宠儿。但那毕竟是特殊时期的特殊情况，不可能永远红下去。所以，当日本战败后，在思想上难以接受战败事实的她通过《浮云》表达了对时局的不安，对爱情的幻灭。正如《浮云》中的富冈和雪子一样，颓废、自暴自弃成了她唯一能做的事情。

《浮云》中的雪子想在社会上立足，但是她从踏入社会第一步便受到巨大挫折。这和《放浪记》的女主人公在命运上有相似之处。但是《放浪记》中女主人公保留着遇到困难决不气馁的冲劲和韧劲。《浮云》中女主人公雪子则不然，被富冈抛弃仍然痴迷于富冈，为了追求来自富冈的爱，她忘记了女性要自立这一立场，无论在恋爱方面还是命运方面都毫无主张，成了依附男性生活的附属品。她和富冈一样在思想方面陷入虚无。正如大久保典夫指出的那样："估计没有一部作品能跟这部小说相比，它深刻地刻画了战后日本人的虚无感和当时混乱的社会景象。"[①]《浮云》中描绘的世界是个看不到光明的黑暗世界，是否定现实生活的世界，全篇流露出幻灭的悲哀，充斥着虚无感。而既像浮萍又像浮云一样雪子的人生和林芙美子的人生何其相像，它可以说是林芙美子人生观的凝缩。

① 大久保典夫．"戦後文学史のなかの女流文学——林芙美子『浮雲』の位置"，国文学解釋と鑑賞　近代女流の文学第37卷3月号[J]．東京：至文堂，1972:48.

第五章　战后日本女性主义文学

第一节　有吉佐和子《纪之川》中的女性叙事

在日本战后文坛上，有吉佐和子和曾野绫子等女性作家都被称作才女。有吉佐和子阅历丰富，知识广博，作品题材内容广泛，大致可分三类：一类是描写传统艺人生活的“艺道小说”，如《地歌》《黑衣》《人形净琉璃》等；第二类是描写旧的封建体系中家族的作品，比如《纪之川》《香华》《华冈青州之妻》《有田川》等，也称“家系小说”；第三类是社会小说，主要描写了种族歧视、老人问题和环境污染等一系列社会问题，比如《非色》《波多黎各日记》《恍惚的人》《复合污染》《我无法忘记》等作品。有吉佐和子的作品内容健康向上，视野开阔，读者可以感受到作者的正义感和对社会的关心。下面着重对其第二类代表作之一的《纪之川》进行分析。

《纪之川》曾风靡日本，拥有广大的读者群，被誉为展示20世纪日本女性史的优秀作品。战后，日本文学一直处于自由竞争的创作状态。女性文学以其独特的震撼力，在反抗封建家长制以及追求自我解放的过程中发挥了非常重要的先锋作用。在女性主义风行世界的今天，通过解读女性文学作品来对女性叙事的特异性进行考察，这对于了解女性的生存状态以及女性意识的流变具有十分重要的意义。

“作者基于不同的性别体验，自觉或不自觉地将自己的性别观念投射到文本中。在某种程度上影响文本的梗概、人物形象和叙述方式。因此，文本形成了不同的性别内容，”[①]以上介绍鲜明地指出女性叙事和传统叙事的不同。

《纪之川》以阿花为中心展开，配以其他三代女性进行描写，分别是阿花的祖母丰乃、阿花的女儿文绪、阿花的外孙女华子等。在丰乃到华子这祖孙四代的家庭中，男性的身影很模糊，只是从侧面依稀可以看到。男性在《纪之川》这部长篇小说中远没有女性地位重要，只能算作女性人物的点缀。对于他们的言语、思想、感情乃至内心世界的复杂变化等都描写得极其简单。当堤坝快要决口时，阿花的丈夫敬策率领村民与洪水决战时不畏灾难的勇气，以及他被选为众议院议员时的洋洋自得在文中没能得以表露。此外，敬策的弟弟浩策总是在阿花的身旁默默地支持阿花，其内心的痛苦以及英二奔走于职场时的疲惫等等，这些关乎男性情感的内容都没进行描写。这些男性们只是为了维持文本的连贯性、合理性以及现实性而配置的。《纪之川》以女性为中心展开，以女性的心理描写为写作重点，是为了颂扬具有伟大传统的女性而倾心创作的代表作。在这个故事中男性可有可无，丈夫和父亲消失，只剩下被生活锤炼的成熟女性们。

但是，这种写法过于强调性别差异，故远离了探求女性解放的初衷，使得两性间的对立越发尖锐。巴巴拉·约翰逊评价说：“在能够彻底拒绝一切恶性合作之前，男人和女人都是半人。”[②]《纪之川》中的男性形象过于平面化，不够丰满，他们的感情体验展示不足。这是由女性不具有直面两性间应有差异的勇气造成的。在某种意义上，“女性写作最终目标应当指向人类和谐生存与发展远景的建构，而非仅仅停留于两性对峙局面的永恒描绘与虚构，更非以虚拟的女性强权

① 刘思谦．性别理论与女流文学研究的学科化[J]．文艺理论研究，2003(1):15.
② 张京媛．当代女权主义批评[M]．北京：北京大学出版社，1992:88.

取代男性压抑。”[①]今后，女性作家究竟站在怎样的立场来描写自己与“他者”的故事，这是女性作家们必须直面的难题之一。

“男性作家所描写的女性形象只出现在男性对女性世界的想象和价值判断中，”[②]所以他们很少触及女性的本质。传统文学的女性形象中只有“天使”和“妖妇”两种类型。与此不同，女性作家作为创作主体时，她与女主人公之间是主体与主体，或者“我与你”的关系，她们对同性自然会保持亲和力，为此她们肯定会给人物注入作为女性主体的复杂情感。像这样，“两性性别价值的差异导致了两性叙事的差异。”[③]《纪之川》的女性形象最鲜明地表现了作者有吉佐和子的女性意识。

丰乃、阿花、文绪以及华子这四代女性随着时代的变迁而呈现了不同的生活方式。她们都是充满魅力的女性。作者在作品中反复暗示四位女性斩不断的血缘关系。“阿花突然想到，自己真想亲手将这个孙女抚养大。或许她想起了在遥远的过去自己靠祖母丰乃抚养长大的事情来。”[④]而且，“华子转校到和歌山女子高中，每天早晨都是右肩扛着急救袋，左肩拎着防空头巾前往和歌山市。华子作为第三代人也上了阿花和文绪毕业的女子高中。50年前，阿花将头发梳成裂桃式顶髻，身着长袖和服前往和歌山女子高中就学。20年前，文绪穿着有白线的和服裙裤去上学，现在华子穿着劳动用裙裤上学。”[⑤]她们生活方式虽不同，但作品中所见的女性微妙心理变化以及爱情意识等都

① 陈娇华．女性写作：从情感倾诉到多声部合唱[J]．当代文坛，2006(2):73.

② 于东晔．女性视域－西方女性主义与中国文学女性话语[M]．北京：中国社会科学出版社，2006:102.

③ 沈红芳．女性叙事的共性和个性：王安忆，铁凝小说创作比较谈[M]．郑州：河南大学出版社，2005:16.

④ 有吉佐和子．紀ノ川[M]．東京：新潮社，1964:165.

⑤ 有吉佐和子．紀ノ川[M]．東京：新潮社，1964:183.

是男性作家难以把握的。这些女性形象更加真实生动，打动着读者的心。读完整个小说，感觉《纪之川》就像是与真谷家密切相连的女性命运的镇魂歌。

女性与女性的交往总是那么微妙，到处都充满内心的斗争。但是她们却被命运之绳紧紧相连。母亲希望女儿过更好的生活，却认为儿孙自有儿孙福。成熟的女儿必定会背离家庭，但这是出于对“新生命”和“光明”的向往而产生的背离。有吉将母女关系刻画得细致入微。特别是阿花的命运，从女儿文绪到外孙女华子，以一种不可思议的方式传递，作者对此特别关注。作者跟作品的关系可以说等于此时华子对阿花的关系。阿花的影子不断地闪现在华子身上，这种场景在强烈暗示母女、祖孙的生活方式。母亲的影子不断地在女儿身旁复活，从而再现了漫长历史。这就是从女性视角看到的历史。

有吉佐和子充分意识到女性文化有可能被男性文化所埋没，同时也强烈感受到保持女子独立性的必要性。她尝试以自己的方式进行个性化创作，出于对男权文化的无声反抗而对女性自身进行凝视。作者那追求精神独立的创作潜能在作品中得到空前的释放。

文学作品容易受作者自身的主观感受左右，所以它能够在某种程度上反映作者的女性意识。一般认为，作者设定主人公的命运往往与作者的亲身经历有直接关系。明治维新以后欧美的女性解放理论流入日本，提倡男女平等的人们纷纷登场，当然也包括已经觉醒的女性们。自由民权运动时期和大正民主主义时期，女性问题被提上日程，许多觉醒的女性主张女性权利的扩张。但是，她们的言行受到政府镇压，直到1945年以后女性的权利才在法律上得到承认。1945年日本战败后在美军占领下实施了民主改革，建立了民主主义国家，与此相伴的是日本女性得到解放。1946年改正的现行民法彻底废除了“家族制度”。户主权和长子继承制等也被废除，结婚和离婚的自由得到保障，夫妇具有同等权利和义务，夫妇都有坚守贞操的义务，丈夫的不忠行为也可导致离婚。新民法虽然有不完善之处，但它对于女性给予了足够尊重。

上面分析了作品形成的历史和社会环境，在这种环境下生存的女性作家都有各自不同的经历。个人的经历与历史环境相配合，从而产生了作品。

有吉佐和子年少时由于父亲工作调动曾前往东京和印度尼西亚。1945年回到和歌山，就学于县立和歌山女子高中。有吉自幼喜欢读书，“通过读书，可以亲近过去的人，防止传统的断绝。”①她喜爱的作家有夏目漱石和有岛武郎等人。而且，有吉还非常喜欢日本传统戏剧——歌舞伎，为它那优雅而安静的气氛所熏染。在外国的数年生活使她“没有阴湿的性情，有一种使人感觉不同于日本式情绪的健康明朗的男性特征。这是日本女性所不具备的”②。有吉对日本传统的继承和在外国的生活体验导致她的创作更加明朗、成熟和理性化。

静静流淌的清澈的纪之川给有吉佐和子以非常鲜明的印象。作者在谈到这部作品时说道：“主人公阿花是以我最敬爱的祖母形象为基础创作的……我在书写过程中切实感到是祖母将生命传递与我。”③而且，她还在自传中写道：“母亲和我们兄妹几人都在和歌山的祖母家生活。在这里迎来战争结束，回东京是在两年之后，此前我是彻头彻尾的穿着劳动裙裤劳动的乡间女学生……在农村的生活中我还有如下收获：我对于祖母和我，母亲和我，我和祖母，我和母亲这三代女

① 宮内淳子．作家の自伝109——有吉佐和子[M]．東京：日本図書センター，2000:18.
② 武田友寿．印象——最后の青踏派[J]．面白半分7月臨時増刊号．第41頁.
③ 宮内淳子．作家の自伝109——有吉佐和子[M]．東京：日本図書センター，2000:10.

人的关系开始了饶有兴味的考察。”[①]在此基础上创作的《纪之川》可谓有吉佐和子对传统的优雅扬弃。

有吉对家族小说非常关心，总是以“温暖与爱”为主题展开创作。在《纪之川》中，两性没有尖锐的冲突，女性在追求独立的同时也以饱含爱的姿态存在于家庭之中。在小说的最后，有吉将女性的希望托付给文中的第四代——华子，希望她能完成祖辈未竟的心愿，探求女性解放的道路。

《纪之川》的成功之处在于它将几代女性的痛苦全面而生动地展现在读者面前。《纪之川》正如它的名字一样，静静地流淌，将日本百年女性史呈现在读者面前。

第二节　一家四代女人的生活记录
——试比较《无字》和《纪之川》中的女性形象

张洁是我国当代著名作家，曾两度获得茅盾文学奖。代表作《无字》是其潜心创作的鸿篇巨制。该作品的主人公是位女性作家，名曰吴为。吴为的人生经历构成了作品的主线，辅之以吴为家族的其他三代女性，作品气势恢宏，人物形象复杂，对于了解近百年的中国女性史而言，具有一定的参考意义。而在日本，文坛才女有吉佐和子也有一部恢宏力著《纪之川》，它以佐和子的故乡纪州为舞台，描写了明治19世纪末至20世纪50年代中期，近六十年间和歌山县一望族家庭四代女人的生活。该作品出版后风靡日本，拥有众多读者，是展现20世纪日本女性史的优秀作品。作品以流经故乡的纪之川为背景，以年代记的方式，分别描写了性格迥异的一家四代女性。她们分别代表了日

① 宮内淳子. 作家の自伝109——有吉佐和子[M]. 東京：日本図書センター，2000:11.

本明治、大正跟昭和三个时代，从她们身上可以看出日本近现代女性的思想形成史。

一、四代女人的相似性

《无字》和《纪之川》都是以祖孙四代女性的生活为中心开始描写。两部作品中所涉及的年代也大致相同。两部作品在人物形象方面有相似性。

《无字》是张洁策划多年、反复构思而出版的力作。全书80万字，由三部分构成。以女性作家吴为的人生体验为核心，主要围绕其祖母墨荷、母亲叶莲子、吴为及其女儿禅月等四代人的命运展开。通过描写社会变革中人生的荣衰，再现了中国社会百年的风云变幻，讲述了一个说不尽的年代。

《纪之川》从1959年1月至5月在《妇人画报》上连载，同年6月作为单行本发行。它是有吉佐和子创作的值得纪念的长篇。有吉佐和子在《纪之川》中成功塑造了四代女性形象：威严的祖母丰乃，温柔贤淑、忍耐顺从的阿花，聪颖伶俐、觉醒彷徨的文绪，善解人意、独立自主的华子。小说共分三部，第一部主要描写祖母丰乃和阿花的生活。养育了阿花的祖母丰乃出生于明治维新之前。她按照古式方法教育孙女阿花。阿花接受的教育是“若违反天意，就会受到老天的惩罚。女子只有服从”。成为“贤妻良母”是当时最高的目标和道德准则。但是《纪之川》中透露出丰乃和阿花身上都具有“新女性”的气质。丰乃很早以前就阅读了陀思妥耶夫斯基的作品，阿花则通过当时的女性主义杂志《青鞜》受到新女性的感染，成长为具有独立人格的女性。

1. 墨荷与丰乃

吴为的外祖母墨荷，是典型的封建妇女形象，但她身上有反叛的因子。墨荷的父亲善于舞文弄墨，“墨荷”这个名字便是借助谐音“墨盒”而得来的。墨荷的家风注重诗书礼仪，所以墨荷自小就受到了良好的家庭教育。但是，当时的社会以“三从四德”为美，所以墨荷嫁人后，秉持传统的妇女道德，不仅对上侍奉奶奶和婆婆，对下还要看小姑子的脸色。可以说，进入叶家门，墨荷就成了长工一般的存在。墨荷承受着无爱的婚姻，成为家庭和丈夫的奴隶。墨荷认为自己只是叶家传宗接代的工具，与恩爱无关。墨荷并不是不懂得爱，只不过她一生都在想象的爱情中度过。不论多苦多累，只要想象着心中的那个“他”，就能得到莫大的满足。如果不是因生育而死，恐怕她还会依靠这种爱情幻想的支撑继续过活下去。墨荷的丈夫根本不懂得什么是爱，他有的只是性本能，不仅逛窑子，还把墨荷作为发泄的工具，墨荷每年都会怀孕，但生下的孩子要么早产，要么夭折，以至于她的身心遭受严重摧残，最终因为产后流血不止而早亡。

《纪之川》的第一代女性丰乃出生在江户时代，她不是女主人公阿花的母亲，而是祖母。阿花年幼时母亲水尾已去世，所以阿花是在祖母丰乃的一手培养下成长起来的。丰乃虽为女性，但在当地颇有身份，具有威严感，掌握着一家的大权。阿花曾想象着如果自己的母亲活得更久，她肯定会受这位婆婆的气。但是丰乃对待自己的孙女阿花可谓倾其所有，毫不吝啬。不仅教会阿花琴棋书画，而且教导阿花要相夫教子，并亲自为阿花挑选丈夫，风风光光地将阿花嫁入真谷家。就这样，阿花与24岁就当了村主任的大学毕业生真谷敬策结为夫妇。丰乃坚信自己的选择，认为自己所做的一切都是为了孙女。可以说，丰乃是旧时代的女强人。

2. 叶莲子与阿花

叶莲子是吴为的母亲，有着顽强的生命力。母亲死后她跟随父亲到锦州上了小学。她生活在社会动荡的年代，将自己的一生托付给了一个连养活自己都困难的东北军兵痞子顾秋水。从西安事变到抗日战争，顾秋水四处颠簸。战火纷飞的岁月里，叶莲子带着女儿吴为几次追随丈夫都被赶走，万般无奈的情况下只好被迫在香港自谋生计，差点被火烧死。1942年，由于香港被日军占领，他们被迫回到内地。叶莲子完全靠自己含辛茹苦地支撑，通过在农村当代课老师才能勉强维持生活和抚养女儿。叶莲子的一生几乎总是在艰难困苦中挣扎求生。不幸的婚姻留给她的只有痛苦回忆，而那个年代的种种束缚使她做了从一而终观念的牺牲品。叶莲子作为第二代女性，因接受了一些教育，所以敢于冲破家庭的反对。她自以为选择了有爱的婚姻，但仍摆脱不了悲剧的宿命，遭到丈夫抛弃的叶莲子独自抚养着女儿吴为，最后在迷茫中孤独死去。

叶莲子的一生是苦难的一生。她自幼丧母，受尽人们的欺侮。结婚后又被丈夫抛弃，无处安身。她对于女儿的不幸婚姻只能旁观而无能为力。在19世纪末20世纪初世纪交替的时期，叶莲子身上的封建女性的烙印，也形成了她矛盾的人格。她虽然受过短时间的正式教育，在经济上也完全独立，但是在精神上仍停留于“只有男人是家庭的主人”这个层面。叶莲子为了爱用一生等待顾秋水。但顾秋水已非现实中的顾秋水。叶莲子继承了母亲墨荷的热衷于幻想的性格。唯一的区别就是母亲很轻易就爱上幻想的对象，而叶莲子把现实中存在的顾秋水当作爱的对象。

阿花貌美如花，天资聪颖，按照祖母丰乃的愿望顺利成长，琴棋书画样样精通且彬彬有礼。嫁给真谷敬策之初感到无所适从，觉得家中没有自由呼吸的空气。但她遵从妇德，孝敬婆婆，相夫教子，得到村中所有人的尊敬。丈夫敬策最后成为县议员。作为其妻子，阿花除了广泛的社交之外还要收拾屋子，教育孩子，在家中是顶梁柱一般的存在。但是阿花相信精神恋爱，发现丈夫跟县里官员们一起出入妓院之后，她对于精神恋爱更加痴迷。她明白小叔子浩策对自己有好感，也相信那就是精神恋爱。她内心掀起小小的涟漪，但她对自身境遇非常清楚，不可能公开接纳浩策的示爱。浩策认为阿花就像纪之川，悠悠地流动，虽然表面看似平静，异常美丽，但却有一种将小河全部包容的气势。阿花就像一族的女族长一样，有威严有魔力。

3. 吴为与文绪

吴为和胡秉宸的爱情和婚姻从一开始就埋下了悲剧的种子，他们的婚姻不是志同道合的爱情的必然结果。胡秉宸身为老干部，感情长期受到压抑，他的目的就是要找个年轻漂亮的对象。对吴为而言，他们的婚姻是理想与浪漫的结晶，是盲目崇拜的苦果，她满脑子只有崇拜和爱，吴为觉得为爱人献出自己的所有是爱情的最高境界。她把幸福寄托在男人那里，以争夺一个男人为光彩。而她得到的是什么呢？胡秉宸冷酷、自私，把政治上的手腕运用到家庭生活中，并且要维护他在家里的绝对权威。吴为原以为他们的爱情与众不同，但共同的生活让她彻底失望，胡秉宸对于她，在心态和模式上和任何一个男人对任何一个女人别无二致。

阿花的女儿文绪的成长过程时值大正民主主义风潮之际，文绪是当时东京女子大学的进步女学生，她作为新时代女性，跟母亲阿花对抗，性格反叛。大学毕业后不久结婚成家，做了母亲。文绪没像大部分日本女性一样，结婚生子后便做起家庭主妇，而是继续工作。她因公司事务到了国外工作，一副洋派头，但是在她的幼儿夭折后，她又对日本传统的贤妻良母角色有所依恋。当时的女学生如果认真观察社会诸相，会很容易知道女性是如何受到歧视的，很容易明白她们的母亲乃至祖母、外祖母在家庭中忍受了怎样的痛苦。受过高等教育的女性，她们对女性所受歧视知道越多，她们对其母亲及祖母的愚钝、柔顺理解越深。也由于这样的原因，她们会首先在家庭中反抗封建家长制度。

通过文绪自出生到后来在杂志社工作的经历，我们可以感受到时代发展之快。战后，联合国军对日本实行民主主义改革，实现了名义上的男女平等。进步女性当然会对此欢欣鼓舞，她们停止了对女性的本质、意义及其能力极限的追问。日本的多数国民欣然接受这种赏赐的民主，导致战后民主主义的虚妄化和空洞化。

4. 禅月与华子

因为吴为的丈夫胡秉宸在禅月幼小时便跟吴为离婚，所以禅月的成长过程中父亲的影子是稀薄的，母亲和外祖母的悲惨经历使她对婚姻有种不信任感，禅月感觉自己不是为了嫁人才活着的。结不结婚也不一定。生活这么富裕，根本无暇去爱。禅月具有独立自主的意识，她不依靠任何人，自己把握自己的人生。她不把爱情视为人生中的最重要目标，所以找到了外祖母和母亲一生难以得到的幸福。作者把自己美好的愿望寄托给禅月，将其描绘成理想女性。

文绪的女儿华子生于战后，回国后她跟外祖母一起生活，她和母亲文绪性格截然相反，对日本传统的东西显示出浓厚兴趣。华子在东京大学就学期间，经常和外祖母通信。信中反复强调自己对传统东西的眷恋。华子的身上可以看到外祖母和母亲两种性格的结合。

二、母爱的赞歌——两部作品中母女关系的相似性

两千多年的父权制社会中，父权更多地存在于私人的家庭生活中。男性是一家之主，具有无与伦比的权威，对家庭内部的控制便体现了父权的权威。在男性文本中，为了突出强调男性的重要性，女性之间的关系总是从男性的立场出发被进行简单化地处理。由于在家庭场景中，只有父亲才是整个家族的支柱，母亲往往是缺席的或者缺乏力量的。因此母女亲情很少被正面表现过，父权制文化正是要通过系统性地消解女性之间的深厚而强大的情谊，进而将她们带入到男性世界，成为男性的“他者”。由于洞察了男权中心文化许诺的永久幸福的欺骗性，露丝·依利格瑞在解构父权逻辑和肯定“同性爱文化”的基础上，提出建立“女性谱系”理论，主张“重建类似于前俄狄浦斯阶段中的女性联系，恢复一种新型的母女认同而不是俄狄浦斯阶段的恋父情结”[①]。至亲的血缘关系、相同的生命体验，都将母亲和女儿紧紧地牵绊在一起，那种剪不断、扯不开的深厚感情是身为男性的父亲、丈夫所不能理解和感悟的。

两部作品母女关系贯穿全篇。“父亲”一词在这两个文本中从未显得如此柔弱，以至于它只是个象征性的词汇：“‘父亲的名字’这一能指，更加清楚地表达出父亲只是一种象征功能，只是一种法或规范的代表，它既不是现实生活中的权威父亲，也不是现实生活中经常不在家的父亲。”[②]两个文本中，母女关系的纽带继而延伸升华为“女性——女性”的关系。“母亲之于女儿的爱，已经超越了传统意义上的伟大无私，她是世间另一种血缘的相续相接，是‘我们’身体

① 沈红芳．女性叙事的共性与个性：王安忆、铁凝小说创作比较谈［M］．开封：河南大学出版社，2005:18.

② 黄作：不思之说——拉康主体理论研究［M］．北京：人民出版社，2005:29.

的源泉，亦是‘我们’身体未来归处的指向。”[①]女人之间的相处方式中，内心争斗是避免不了的，但她们又是命运共同体，命运之手将她们紧密相连。一方面“母亲总是希望女儿过得好”，一方面又“儿孙自有儿孙命”。长大后的女儿注定会背叛家庭，而这种背叛又出于对“新生”和光明的向往。

“当女性作为一个性别群体浮出历史地表，经历了性别的觉醒——争取男女平等——承认性别差异——承认性别群体内部的个体差异的过程之后，必然通过表现自己不同于男性的，也不同于其他女性的独特的个体经验来表达自己独特的主体意识。”[②]因此，在考察女性叙事中的女性性别经验时，既要注意到文本中所表现的女性经验的共性，也要充分考虑到那些独特的个人特质，全面注意女性作家在自己的创作中受哪些因素影响创作出形似神异的作品。

三、两部作品的相异性

虽然两部作品的四代女主人公按照辈分几乎可以对应起来，时代背景也有相似之处，但毕竟是不同国度的女性作家，她们所受教育和家庭环境等各方面都有差异，所以比起相似性，两部作品的不同之处也不少。

1. 作品主题的相异性

《无字》——逃离爱情

张洁在《无字》中通过描写四代女性的爱情生活，讲述了女性

① ［法］埃莱娜·西苏：《美杜莎的笑声》，张京媛主编．当代女性主义文学批评[M]．北京：北京大学出版社，1995:199.

② 沈红芳．女性叙事的共性与个性：王安忆、铁凝小说创作比较谈[M]．开封：河南大学出版社，2005:30.

的历史就是“无言”“无爱”的奴隶史。祖母墨荷加入叶家之后便成了家庭和丈夫的奴隶。不得不忍受无爱的婚姻。墨荷对婚姻有自己的解释。她把婚姻比作进入牢笼，一旦进入牢笼，不管夫妻之间有无爱情都没有拒绝丈夫的权利。墨荷并非不明白什么是爱情。只是一生在想象着什么是爱。无论多么痛苦和劳累，只要能想象着心中的那个“他”就满足了。

受过一些教育的叶莲子也没能逃脱悲惨的命运。她被丈夫抛弃，独自一人养育女儿吴为，最后悲惨地死去。而她的女儿吴为跟胡秉宸的爱情从一开始就埋下悲剧的种子。这个婚姻对胡秉宸来说是长时间压抑的感情释放。他们的结合是老干部和名作家的结合。对于吴为来说，是理想和浪漫的结晶，是盲目崇拜的恶果。她的头脑中满是崇拜和爱，认为为恋人献出自己的一切是爱的最高境界。她把自己的幸福托给冷酷无情、利己自私的胡秉宸。吴为曾认为自己的爱情不一般，但最后她以彻底失望告终。

不管是叶莲子那样的旧式女性还是吴为那样的自由恋爱的新女性，她们的婚姻都没有爱情可言，她们只是传宗接代的工具。《无字》中的三代女性都成了性工具的化身。她们失去了对神圣爱情的呼唤，留下的只有对爱的怀疑。

《纪之川》——温暖与爱

有吉佐和子以“温暖和爱”为主题展开创作，在《纪之川》中没有两性的剧烈冲突，女性在追寻独立的同时总是以充满爱的姿态出现。最后她们把女性的希望寄托在第四代女性华子身上，为探索女性解放的道路做出了努力。总之，《纪之川》中既有对女性自立的希求，也有对男权社会的批判。

女性由于分娩等生物学原因，她们对子女倾注了更多的母爱。男性作家为了强调男性的重要性，总是将母女关系简单化处理。在《纪之川》中，对母爱的憧憬构成小说的中心主题。有吉佐和子细致地描写了母女关系，特别是以阿花为中心描写了她与女儿华子，外孙女文绪的各种纠葛。阿花时常在女儿身上看到自己的影子，这是一种血脉的传承，命运的链条。母女关系不断沉淀，得到有力的继承。

2. 女性形象的相异性——其他女性形象塑造方面

“对比具有反衬作用，使得泾渭分明，产生强烈的艺术效果，因而在文学作品中屡见不鲜。”[①]《无字》中为了衬托出坚忍不拔、追求独立的女性形象，还塑造了一些反面女性形象，更加深刻地提醒我们，女性的痛苦不仅仅来源于男性，有时也来源于女性。比如生活在旧时代的墨荷像绝大多数旧时代女性一样，嫁到婆家后虽然任劳任怨，不停地劳作，但仍然备受婆婆和小姑子的欺凌，还要忍气吞声，死后草草掩埋；“文革”中韩木林的同事鄂百灵对吴为落井下石，揭露吴为有私生女。由此可见《无字》在对男性的描写或者批判中，往往夹杂了对站在父权制社会中“恶女人”的怨恨，这使文章的指向变得模糊。作者或许认为男人之所以会变得如此不堪，很大程度上应该怪罪于“恶女人”。这也说明作者在无意识或者潜意识里仍怀有对男性的期待。从这个层面上说，《无字》倾入了太多作者的个人情感。相比而言，《纪之川》中没有类似的恶女人形象。

① 蓝泰凯．有吉佐和子和她的社会问题小说[J]．贵阳师范高等专科学校学报（社会科学版），2004(4):34.

3．叙事方法的不同

《纪之川》以一种线状结构统领全篇。它不仅按照时间顺序来设定故事顺序，而且人物关系相对简单。故事情节上没有太大的起伏，人物塑造上基本保持着这样一种图式：传统的母亲、激烈反抗的女儿、对两人的特点都有继承的外孙女。跟注重小说叙述理论的有吉佐和子不同，张洁更注重小说的内在关系。在角色意识的支配下描写复杂的社会场面和复杂的人际关系、人物性格，从而揭示人物的内心。张洁的小说具有网状结构。两条主线同时展开，一条描写离婚后住进精神病院的吴为的惨状以及吴为、白帆和胡秉宸的三角关系。另一条主线则和第一条主线交叉进行描写墨荷、叶莲子和吴为婚姻的失败以及她们的悲惨命运。作者不仅涉及爱情，也涉及人性，将人物命运和心理变化置于广阔的社会背景下。《无字》在叙事上文字简练，构思精妙富于变化，宛若一曲雄壮的交响乐紧扣人们心弦。

四、两部作品相似和相异的原因

1．女性意识及女性主义接受方面的差异

中国于1954年就颁布的宪法中规定女性在政治、经济、文化方面和男性享有同等权利。这一变化开创了中国女性史上新的一页。新中国的成立一举解决了困扰女性多年的如何生存的问题。许多女性走出家门，高举女性解放的大旗，在社会上独立劳动。“娜拉”终于走出家门。这无疑是社会的进步。但是，“娜拉”走出家门后又怎么样呢？在男人眼中，成为女强人或者成为“男装丽人”或许更符合“娜拉”走向社会后的归宿。时代变了，男女都一样。这样的女性解放足以使广大女性狂热。但是如果冷静观察的话，这种解放需要女性迎合以男性为标准的社会结构，要求女性和男性同样生活同样工作，从而掩盖了女性和男性在生理、心理方面的不同这个事实。要求女性和男性一样建功立业，归根结底是男性的一种幻想。这样的女性革命意味着解放的同时也意味着追放。

日本在明治维新后，引入欧美的女性解放理论，倡导男女平等者开始登场，觉醒的女性越来越多。但是，女性的解放没有给社会和家庭形态造成太大影响，1898年颁布的民法中强调了封建家长制的权威性。1921年开始，女性参政权运动得以推进，但是在法律上承认女性的社会权利则是在1945年联合国军占领日本之后。《日本国宪法》第24条规定两性要在本质上平等，宣布家族体制的解体，在此基础上许多法律得以修正。后来，女性地位越来越高。在整个战后的经济复苏期和经济高速增长时期，女性作为家庭的辅助者进行劳动，家务和养育孩子由妻子一人承担。家庭中主妇作用异常重要，这是日本特有的现象。即便是现在，主妇的作用，婆媳关系等问题作为家族制度的一环仍然存在。日本的家庭中母子关系所占比重要远比父子关系大，这也说明女性在家庭中的重要性。

在女性主义的接受方面，纵观日本近代女性文学发展史可以发现，女性作家所反映的社会现实和人际关系越来越复杂。这归功于她们对女性主义思想的接受和理解有巨大进步。战后日本社会变化巨大。战败使得之前以天皇为核心的绝对价值观瓦解，新宪法保障了女性的各种权利。日本各大学取消了禁止女性入学的规定，实现了男女同校教育，各种民主运动促使了女性的进一步觉醒。许多女性从家务劳动中解放出来，获得了自我表现的时间。在战后这种相对自由的氛围中，以前就受过女性主义思想影响的女性作家们创作欲望再次爆发。她们出于女性意识认真思考家庭、婚姻、性爱等问题，作品精彩纷呈，杰作不断。其中，对家长制的批判是其高扬女性解放大旗的具体实践。

2. 文学传统的不同

任何文学都离不开本国的文学传统，离不开合适的土壤。张洁的《无字》和有吉佐和子的《纪之川》也不例外。若说起中日两国文学传统，众所周知，中国文学属于豪言壮语型，日本文学属于窃窃私语型。中国文学的原始形态是诗歌，自古就有“诗言志、歌永言”的名句，可见文学和政治关系十分密切。这样的文学创作中多少会带有政治色彩。相反，日本的文学传统以“物哀”等文学理念为基础，体现了一种永物兴叹的特征，并重视抒情，政治色彩较弱。

《无字》与《纪之川》分别作为张洁和有吉佐和子的代表作之一，为读者刻画了一家四代女性的不同命运。由于两部作品时间上相近，作品中的人物作为近现代有代表性的女性，体现了不同时代女性的生存价值。相比较而言，张洁的《无字》更像是对男性的控诉书，尤其是墨荷、叶莲子和吴为的遭遇，令人同情。而丰乃、阿花虽然也是旧时代的牺牲者，但她们活得还算有些尊严。至于文绪，她是新女性的代表，做事有主见，生活幸福，跟吴为的命运截然不同。禅月对外祖母和母亲的悲惨命运十分同情，决心走自己的路，是新时代女性的代表，而华子作为新女性文绪的女儿，她反而对日本的传统文化十分感兴趣。所以，《吴字》和《纪之川》虽然都描写了近现代四代女性的日常，但是由于两国国情和作者的经历不同，导致两部作品所倡导的主题也不相同。

第三节　《无字》和《纪之川》的男性形象比较

当下，有别于传统文学的女性文学方兴未艾，作为一股新兴的势力对文学界造成一定程度的冲击。由于社会、学术条件尚未成熟，中日两国女性文学的比较研究才刚刚起步，因此从对比的角度研究中日两国女性文学意义重大。长久以来女性一直在历史边缘存在着，以女性个体的经验来体验历史，书写人生。女性作家们通过女性特有的敏锐感触，向人们诉说着被忽视被遗忘的女性生存体验，阅读这些作品时，就像是在跟书中的主人公对话，常常能引起人们尤其是女性读者内心的共鸣。在中日两国女性文学的众多作品中，《无字》和《纪之川》不论在题材还是主题上都有很多相似之处。两部作品都是以描写一个家族四代女性的日常生活变迁为主线，并将20世纪的历史风云变幻作为背景穿插其间。然而生存环境与性格的不同，使得每一代女性的命运都各不相同。而两位作者本身女性意识的差异也在男性人物形象的塑造中彰显出来。

张洁的《无字》是历时12载，潜心撰写的一部茅盾文学奖获奖作品。全书分三部，计80余万字。这部凝重恢宏、空灵隽永的长篇力作讲述了女性作家吴为一家四代女性的故事。有吉佐和子的创作生涯开始于1955年，比张洁早了20多年。由于日本文学界受西方女性主义思潮的影响先于中国，因此她们女性意识的觉醒也先于中国的女性作家。《纪之川》是一部长篇家族小说，以有吉佐和子的故乡纪州为舞台，反映旧家族中女性的生活状况。

在论述有吉佐和子的女性意识时，我们着重分析了《纪之川》中的女性形象，并没有涉及作品中的男性形象。下面从《无字》和《纪之川》出发，通过对两部作品中男性形象的对比分析，旨在阐明作品中所反映出的女性叙事的共性和特性。

“性别与文学的关系通过有性别的（主要是社会性别）作者功能这个媒介来实现。性别不同的男性作家或女性作家基于不同的性别经验的心理功能，一般来说会将他（她）的性别观念或性别无意识自觉不自觉地投射到文学文本中，在一定程度上影响到文本的结构因素和人物塑造、情节设计、人物关系、话语方式等，构成文学文本中不同的性别内涵。”[①]不同的文学文本，其中隐含的性别意识也不相同。在封建社会乃至资本主义社会，女性一直受到压抑、遭到否定，陷入集体性别无意识之中。进入近代，当人们开始重视女权，女性可以为自己代言时，她们会通过文学这种人们喜闻乐见的媒介将自己的人生经验和人生价值进行描述，这就使得女性叙事在本质上区别于以往的传统叙事模式。其中一个明显的特征就是对传统男性形象的解构。

在父权制文化下的男性文本中，男性形象更加高大，作用超凡。这是体现着集体的、社会的功利价值观的男性叙事。另外，当男主人公出现违反道德的行为时，男性叙事文本为其进行辩解，使之合理化，从而获得读者对人物的同情。相反，在女性作家的文本中，男性形象通常会被放置在私人性的家庭生活场景中，而“家庭人际关系是一种首属群体关系，由关系密切的人组成，在日常生活的相处中，往往涉及作为个体的全部人格”[②]，与男性朝夕相处的女性自然会发现他许多不为人知的阴暗面，因此她们对于文学中人为拔高的男性形象有着自己独特的思考。可以说从女性用自己的笔开始书写的那一刻

① 刘思谦．性别理论与女性文学研究的学科化[J]．文艺理论研究．2003(1):15.

② 沈红芳．女性叙事的共性与个性：王安忆、铁凝小说创作比较谈[M]．开封：河南大学出版社，2005:14.

起，她们就通过揭示男性内在的精神孱弱和人格缺陷，来完成对传统男性形象的颠覆并建构自己心中的男性形象。一般说来，女性文本中的女性形象常常呈现出一种相对独立的姿态，男性形象相对来说则显得平庸、懦弱甚至猥琐。这是女性作家们自我意识觉醒的必然结果。传统的价值观念受到质疑，在女性作家眼中男性不再优越。张洁和有吉佐和子正是站在女性价值的立场上，消解了男主人公身上炫目的光环。她们或者以女主人公的视点表达她们的所思所见，或者通过交叉视点的运用从不同角度反映人物的处境与内心情感。

早期作品中，张洁所呈现出的典型的爱情或婚姻模式是“老夫少妇”式的。男性年长、深沉、有丰富的阅历和一定的地位，用无言的爱庇护着年轻的女性；女性年轻、柔弱、典雅、知书达理。然而现实情况下的张洁经历过大的挫折，她不再相信那种纯真的爱情，只好以文学的方式再现了寻找男性，求而不得，继而撕开温情的面纱，与男性决裂的全过程。“在《无字》中，张洁决绝地撕下了她心仪的男性的长者虚假、冷酷的“绅士”风度，完成了对早期作品的颠覆和超越。”①

中国传统父权制社会要求女性压制自己作为人的正常欲望，宣扬自我牺牲、克己敛欲，从一而终。可是现实中的男人们又是如何来“约束”自我的呢？《无字》给了我们答案。《无字》中吴为的外祖父，也就是外婆墨荷的丈夫叶志清，自墨荷进门那时起，就没有尽过些许做丈夫的责任。他在外学做生意，常年不回家，偶尔回家也只是发泄自己的欲望，对墨荷根本无夫妻感情可言。墨荷因难产去世后，他更是没有丝毫难过悔改之意，很快另娶一位来填充墨荷的空缺。对

① 张华．寻寻觅觅——中国女性文学爱情叙事研究[M]．乌鲁木齐：新疆人民出版社，2004:244.

他而言，妻子只不过是传宗接代的工具而已。

顾秋水是叶莲子一生所期待、守候的男人，可他让妻子一生都生活在他的阴影中，至死不忘。顾秋水为了自己的前途追随包天剑离开叶莲子母女时是那样的决绝，头也不回。分离后的顾秋水根本不顾叶莲子母女的死活，把她们母女二人留在天津。生活无助的母女二人靠叶莲子给别人当女佣来维持生活，而顾秋水却在香港逍遥快活，过着所谓“体面人”的生活。当叶莲子母女不远千里跑去香港找他时，他非但不感动，居然问道“你怎么来了？”在香港顾秋水强迫叶莲子母女和自己的情人阿苏共处一室，并当着她们的面与阿苏肆无忌惮地做爱，摧残伤害叶莲子和幼小的吴为。顾秋水仅仅把女性作为一种可有可无的玩物，始乱终弃。

吴为的丈夫胡秉宸是一位投机型的“革命家”，凡事都谨小慎微。他是自私自利的代名词，为了自己的仕途他无所不用其极。他跟第一任妻子白帆结婚主要是为了互相利用。他也真心爱过吴为，但这种爱的前提是不能影响自己的仕途。当组织上让他离休时，他再也不可能在仕途上有所建树了，他再也不必为了仕途顾及面子，便决定和白帆打官司离婚。当历经千辛万苦与吴为结合走在一起时，他突然感到在自己光辉的历史上可能被套上花心的恶名时，他便狠心抛弃了吴为，逼吴为离婚。可以说胡秉宸是一个玩弄女性却又不留痕迹的职业“革命”家。

从以上分析中可以看出，社会的黑暗与落后是造成墨荷悲惨命运的直接诱因，而叶志清作为一个卑微蒙昧的社会下层人物，对妻子的苦难或许既无所谓也无可奈何。但是“叶莲子的丈夫顾秋水、吴为苦恋的情人胡秉宸，一个作为革命的同路人，一个作为职业的革命家，他们在历史风云中历经劫难，顽强拼搏，或被动或自觉地展示了无畏忘我的气概，而在婚姻、情感方面却有意无意地扮演了人性扭曲的可悲角色”[①]。

比起中国女性文学的“寻找男人”，日本女性文学在表现女性的觉醒方面往往表现出对男权传统的怀疑、讥讽与抨击。“在传统文学的男性视角看来，刚勇、坚忍是男人的本色，拈花惹草是男人的潇洒，居高临下是男人的天赋权利。”[②]但是，在新的时代男性的这些特点不再是优点，反而变得怯懦、狭隘、易妒。“日本近代女性文学开始改变这一视角，将男性的怯懦、狭隘与善妒表现于作品之中，揭示出男人本色的复杂性，这无疑是对源远流长的男权传统的挑战与消解，从而为女性文学的创作开辟了空间。”[③]对男性不抱有希望，就不会失望。因此日本女性文学作品中对男性形象的塑造要相对温和、冷静和理智。

有吉佐和子在《纪之川》中成功塑造了几代女性形象：性情果敢的丰乃，温柔贤淑、忍耐顺从的阿花，聪颖伶俐、觉醒彷徨的文绪，善解人意、独立自主的华子。对比这些栩栩如生的女性形象，《纪之川》中的男性形象可谓苍白而单薄。

阿花的丈夫真谷敬策，毕业于东京专科学校，受“文明开化”教育的影响，不拘泥于封建传统的制约，卓尔不群、冷静稳重。24岁即投身政界，当选为九度山村村主任，被称为和歌山县政界第一人。可以说光耀门楣、彪炳千古是他一生孜孜以求的目标。当得知阿花怀孕后，敬策就为了未出世的孩子设计好了宏伟蓝图，取名政一郎，意在让孩子同自己一样能够在政坛上叱咤风云。在自身的努力下，在妻子

① 李云．从《无字》看张洁的创作[D]，苏州大学硕士毕业论文，第26页．
② 秦弓．日本近代文学中的女权主义色彩[J]．日本研究，1997(2):57.
③ 秦弓．日本近代文学中的女权主义色彩[J]．日本研究，1997(2):59.

阿花的支持下，敬策由县议员、议长逐步升为众议院议员，地位不断提高，在社会上享有极高声誉。思想相对开明的敬策，在家中和妻子相敬如宾，偶尔也会和妻子讨论一下工作上的事情。可就是这样一个外表体面的政治家，在事业有成之后，竟然瞒着妻子在外面包养了情人。对于把一生都奉献给家庭的阿花来说，丈夫是她幸福的源泉、稳定的支柱。可对于敬策来说，阿花只不过是一种家庭存在的象征，他对阿花的关心也仅仅是出于一种责任和义务。他并没有真正从男女对等的层面上，把阿花作为女性个体去对待，了解她的内心世界。

真谷敬策的弟弟真谷浩策跟哥哥是截然相反的类型。一心只读圣贤书的他整日蜗居于家中，对外面的世界不闻不问。对文学共同的热爱使浩策对嫂子阿花产生了爱慕之情。但生性柔弱的他被这段违背传统伦理道德的感情折磨得痛苦不堪。他想尽各种办法来压抑自己，在埋首于书中仍得不到解决的情况下，毅然靠分家来逃避自己的情感。分家后的浩策娶了自己的女仆为妻，在妻子的精心照顾下过着悠闲自在的田园生活。然而时间的流逝并没有带走他对阿花的爱恋，真谷家每遭变故，比如阿花的女儿文绪离家出走时，阿花的丈夫敬策去世时，他都会赶来默默陪在阿花的身边，直到迟暮之年。温文尔雅、对感情忠贞不渝的浩策可能是作者眼中比较理想的男性形象，但对爱情的逃避却是他致命的弱点。

另外还有文绪的丈夫英二，这是作者着墨很少的一个人物。他由于供职于银行，常常因工作需要被派遣到海外，文绪和孩子也不得不跟随其后、四处奔波。英二的妻子是一个有头脑、有思想、热爱自由的人，上中学时就组织全校罢课，后又与观念陈旧的家庭闹翻，两个人的婚姻也是自由恋爱的结果。但是结婚之后由于英二整日忙于工作，夫妻之间很少交流，感情生活日益黯淡。英二作为一个典型的日本职员形象，为了家庭而奔波，称得上是一个称职的丈夫和父亲，但他仍然没能摆脱父权制社会中男权本位的思想，不了解妻子的真正需要，也没有帮助妻子实现她追求自由的愿望。

在《纪之川》中，祖孙四代女人的形象清晰可辨，而几个男性形象则相对模糊，仅仅通过他们的妻子或女儿从侧面衬托出他们黯淡的身影。这些在家庭中起主导地位，甚至能决定一个家庭命运的男性，都被作者当作背景性人物般介绍。他们的语言、思想、情感、内心世界的复杂变化等等都被简单几笔代过，比起有血有肉的女性人物，他们就像一个平面模型般被作者放置在任何需要他们出场的地方。敬策带领村民与决堤的洪水做斗争时的无畏；参加种种竞选最终当选为众议院议员时的志得意满；浩策每每面对痛苦的阿花只能选择沉默时的无奈；英二奔波于职场的疲倦等各种男性情感都没有在文本中得以宣泄。我们不难想象，他们仅仅是为了作品的连贯性、合理性和现实性而存在的。我们甚至可以把《纪之川》理解为一个女人所讲述的关于女人世界，尤其是内心世界的故事。男性形象在这个文本中被极度弱化。

“当女性作为一个性别群体浮出历史，经历了性别的觉醒——争取男女平等——承认性别差异——承认性别群体内部的个体差异的过程之后，必然通过表现自己不同于男性的，也不同于其他女性的独特的个体经验来表达自己独特的主体意识。”[①]因此，我们在考察女性叙事中的女性性别经验时，既要注意到文本中所表现的女性经验的共性，也要充分考虑到那些独特的个人特质，全面注意女性作家在自己的创作中受哪些因素影响创作出形似神异的作品。女性作家创作风格

① 沈红芳．女性叙事的共性与个性：王安忆、铁凝小说创作比较谈［M］．开封：河南大学出版社，2005:30.

的差异除了受国籍、政治地位、经济收入、年龄、婚姻状况和成长经历等多方面影响之外，还有一个重要因素就是作家本身对女性价值的不同体认。

从前面的分析中不难看出《无字》中的男性形象大多是负面的，这是中国当代女性文学的一个普遍特征。然而更多的还是和作者自身经历有关。幼年被父亲抛弃和成年离婚的经历，使得张洁不停地在作品中编织美好的梦。对欠缺情感的渴望，从她的笔尖流向作品。因此“张洁笔下的理想丈夫无不按照情人－慈父－理想人性的形象轨迹呈现”①。但是现实生活中张洁始终都没有遇到过这样的理想男性。《无字》便成了张洁在苦苦寻找“男人”不得的情况下，转而对男性进行的彻底批判。在某种角度上来说，这甚至可以称为新的性别歧视。可以说它“痛快淋漓地以女性个性化表达穿梭在半个多世纪的历史中，以个人生命史的丰富性表征出大历史叙事的偶然性，这是一次成功的对父权制阉割人性的戳穿与批判”②。

与《无字》不同，《纪之川》中的男性形象虽然模糊难辨，但都不是被作者强烈抨击的对象。因为父亲工作的关系，有吉佐和子年幼多在国外生活，但她对故乡有着难以割舍的思念，故乡的物和故乡的人都是美好的。因此以穿越故乡的河流纪川为舞台的《纪之川》，通篇都是用温和平缓的语调叙述。又由于受多国文化教育的影响，有吉佐和子对问题的思考也更加成熟和理性。在她看来男女之间的平等不是依靠对抗就能得来的，两性之间需要更好地沟通与理解。

芭芭拉·约翰逊曾指出：“在我们足以断拒一切恶性协作之前，

① 许文郁．张洁的小说世界[M]．北京：人民文学出版社，1991:172．
② 郭力．女性历史叙事与性别定位[J]．河南大学学报，2006(2):7.

男人和女人都将是半人类、畸形的。”[①]我们读张洁的小说会发现，她作品中的男主人公形象或把女人作为发泄对象，或对妻子不管不顾，只顾自己享乐，或为了自己的仕途不惜牺牲爱人的利益。作品中只看到了男性的丑陋面。有吉小说中的男主人公形象是不丰满的、扁平的，缺乏具体的活的个性，缺乏对他们内心真实生命欲望的展示。其实这些都是女性不敢正视男女之间应有差异的结果。女性究竟应该站在怎样的立场来书写自己和“他者”的故事，这将是女性文学面临的又一难题。

第四节　津岛佑子早期作品中的女性形象

津岛佑子1947年出生于东京，原名津岛里子，是日本战后无赖派代表作家太宰治的次女。1948年太宰治在东京玉川水渠投渠自尽时津岛佑子只有一岁。父亲的自杀给佑子幼小的心灵留下难以消去的阴影，对佑子此后的人生及思想形成产生了巨大影响，以至于在津岛佑子的大部分作品中都难以抹去父亲的影子。津岛佑子1965年考上白百合女子大学，学习英语专业。大学期间，津岛佑子以笔名发表了短篇《安魂曲——为了狗和大人》，得到文坛认可，从此踏上专职文学创作的道路。津岛佑子发表作品众多，去世之前共发表了长篇小说近二十部，短篇小说百余篇。津岛佑子的作品以赞扬女性的母性与孕育性为主要创作基调，1974年以《葎草似的母亲》获田村俊子奖，其后连续获得泉镜花文学奖、野间文艺新人奖、女流文学奖、平林泰子奖、川端康成文学奖等多种奖项。津岛作为女性作家，她在小说中展现了女性平凡而细腻的生活场景，执着于对女人生命存在的价值及其

① 张京媛．当代女权主义批评[M]．北京：北京大学出版社，1992:88.

方式的探索，凸显了女性意识。

一、关注母性和孕育性的女性形象

津岛佑子作为女性，比起当时的反“母性”作家来，她更加关注女性的“母性”和“孕育性”，表现女性特有的生理感觉，这也是津岛佑子认为女人之所以为女人的根本所在。她作品的女主人公有时甚至幻想孕育了其他动物的孩子。比如在她的作品《孕狐》（1972）中主要描写了女主人公、姐姐和白痴弟弟三人的共生关系。作品中女主人公腹中孕育着一只小狐狸。1978年发表的《宠儿》描写了“想象妊娠”，以女性独有的存在感表现了女性的存在意义。1983年发表的作品《伏姬》中，她在描写男女主人公交合的快乐感觉时，写出了“感觉要生出长着狗脸的六个婴儿”这种表达。在她看来，身为女性同时身为母亲是一种无上的荣耀。所以津岛佑子在作品中尽情地描写作为女性的骄傲和作为母亲的快乐。比如在《动物聚集的家》这部作品中，作者对怀孕生产有一种无比向往的心情：“男人的热流像小河一样注入留都的体内，留都感到子宫仿佛听到了少女的歌唱。……留都祈盼着，就在这里和这个固定的男人重新一起生活，生养孩子，孩子又生养孩子，孩子再生出更多的孩子。求上天保佑，但愿心想事成，至死都不要离开这里。”①

在其前期代表作《宠儿》中，女主人公水野高子与畑中结婚，婚后育有一女夏野子。结婚3年之后，高子和丈夫离婚。等到女儿长到12岁快要上初中时，高子感觉自己身体有怀孕症状。她陷入了“想象妊娠”的幻想状态。在这里，女主人公水野高子的“想象妊娠”实际

① 津島佑子．生き物の集まる家[M]．東京：新潮社，1973：132.

上是作者对“母性”和“孕育性”的赞扬和憧憬。

在《葎草似的母亲》中，借助对女主人公的描写，我们可以看到母性的伟大：“婴儿重要，我不由得站起来。总之，我想要婴儿。事到如今无论如何也不能失去孩子。……我非常想看孩子的脸。他在我这薄薄的皮肤底下侧卧着。我不得不等待，十分焦急。我受想见孩子的心情所驱使，哪怕把孩子硬拽出来也想见到他。”①这段描写把母亲对即将出生的婴孩的爱进行了深入刻画。

无论是狐狸、狗，还是不存在的“宠儿”，能够孕育他们的女性生理结构是女性存在的象征。津岛佑子积极地抓住了作为女性生育机能的孕育性。与20世纪60年代许多作家对母性的憎恶眼光相比，津岛佑子的作品有着本质区别，显得更加积极。同时，她所塑造的女主人公对自身存在有着种种思考。

20世纪六七十年代，世界范围内掀起第二次女性解放浪潮，此次运动后，“生不生孩子是女性的自由”这种观念深深扎根于日本女性心中。特别是一些女性主义作家，她们的言论过激，在作品中多次提及对母性的厌恶。跟津岛佑子同时代的女性作家当中，要杀死腹中的婴儿或者说厌恶女性生产则是常见的言论。比如，大庭美奈子在作品中说道：“女人呀，最好放弃生育。至少在40岁之前，应该把年轻有朝气的肉体仅用来享乐。到了40岁再用尽全身力气生一个孩子。高龄生产很危险，母子都不安全的概率会很高吧。把自己的性命赌在这高危险率上。婴儿从女人的双腿之间露出半个头，此时母子双双气绝，这种光景才叫庄严的美！”②

女性作家对“母性”的憎恶更多体现在对孕妇的嫌弃和对腹中婴

① 津島佑子．葎の家[M]．東京：河出書房新書，1982:37.
② 与那覇恵子．現代女流作家論[M]．東京：審美社，1986:124-125.

儿的憎恶。这里对母性的憎恶实际上是对于作为男人眼里的“他者”的憎恶，是对男权制度的一种讽刺。

二、具有独立女性意识的女性形象

女性和女性意识，一直是人们比较关注的热门话题。“在女性文学研究领域，对女性意识的研究和探讨已成为一个不可回避的重大问题。女性群体意识的觉醒，即女性要从个体的自尊、自信、自立，最终走向女性群体的自强、自为，坚持男女平等，而非男尊女卑、男强女弱，也非女性至上。”①

什么是女性意识？女性意识是指女性觉醒后认识到自己是客观世界中的重要组成部分，对自己的性别有认同感，将自己定位成具有独立人格和独立思考能力的人。具有女性意识的人不再屈从于男性，凡事有自己的主见，对自身的长处有明确的认识，对自己应当承担的义务和履行的使命也有清醒的认识。

通过阅读津岛佑子的文学，我们发现她的文学最大的特点便是带有明显的女性意识。在津岛佑子的前期作品中，她关注母性，赞扬母性。按照常识来判断，她应该属于贤妻良母类型。其实不然，津岛佑子是良母，但不是贤妻。现实生活中，她结过婚，育有一子，但儿子夭折，她和丈夫离婚，之后与其他男性同居，但没有再婚。

在她的作品中，女性的独立与自强是其着力渲染的内容。但是她的渲染方法不是通过口号来宣扬母性伟大，而是通过对作品中男主人公的矮化来达到她颂扬母性、歌颂女性的目的。比如在她的作品中，女主人公多数都是婚姻制度以外的单身母亲，有自己的孩子，但是对

① 杨希，津岛佑子小说中的女性意识[J]. 黑龙江教育学院学报，2008(9):119.

于孩子来讲，父亲的存在可有可无，甚至换成其他动物来承担父亲的角色也无所谓。因为这些女人往往都要独自承担孕育或养育孩子的重任，她们表面上似乎显得无助，但内心无比坚强。她们以找到心灵相通的伴侣为出发点，如果婚姻达不到心灵相通，他们宁可丈夫或者说孩子的父亲缺场，而不会向传统式的婚姻低头。即便和某男性之间有了实质性交往，生出孩子，她们也会根据自身的感觉而选择是否跟他继续生活下去。离婚后的她们会感到不安和孤独，但是却因为孕育了新的生命而内心充满了希望和阳光。她们肯定女人的生育，却拒绝血缘关系上的“父亲”，也排斥社会制度下的“父亲”。津岛只是从不同的角度体现了她的女性主义思想。

津岛佑子的作品中，男主人公大多是残疾人，或存在智力问题或行动不便。这些男性的存在使得女主人公不可能指望他们来生活，只好独力前行。

津岛佑子的前期作品中，有许多作品出现了残疾男。具体如下表所示。

作品名	男主人公	女主人公
《诞生》	弟弟（阿健）3岁	雅子，6岁
《安魂曲——为了狗和大人》	哥哥（阿高）12岁	由纪，小学生
《摇篮》	弟弟（阿登）21岁	阿幸，24岁，单身
《孕狐》	弟弟（阿登）8岁	阿幸，11岁
《童子的影子》	弟弟（阿登）死亡	阿幸，27岁，和一男子同居，是一个孩子的母亲
《葎草似的母亲》	哥哥，9岁，死亡	我，跟哥哥差3岁，和一男子同居，孕妇

续表

《林间学校》	哥哥，16岁，死亡	妹妹，和哥哥差3岁，28岁，跟妈妈同住
《草中卧房》	哥哥，16岁，死亡	我，31岁，离婚，跟妈妈同住
作品名	**男主人公**	**女主人公**
《不一样的人》	哥哥，死亡	阳子，哥哥死后经过数年
《宠儿》	哥哥，12岁，死亡	高子，和哥哥差2岁，36岁
《幻想》	哥哥，15岁，死亡	我，三十多岁，和哥哥差3岁
《一片原野》	哥哥，15岁，死亡	我，三十多岁，未婚，是两个孩子的母亲
《鸟》	哥哥，死亡	妹妹
《球》	哥哥，死亡	我，三十多岁，离婚，是两个孩子的母亲
《那个房子》	哥哥，15岁，死亡	我，34岁，未婚，是两个孩子的母亲
《水府》	哥哥，死亡	我，三十多岁，未婚，是两个孩子的母亲
《浴室》	哥哥，十五六岁，死亡	我，三十多岁，未婚，是两个孩子的母亲

再比如，在代表作《葎草似的母亲》中，女主人公“我”为了使自己的生命注入新鲜的血液，选择了与雪夫交往。在交往3个月后，“我”怀孕了，雪夫希望自己能成为社会认可的父亲，而“我”却对肚子里的孩子说道：“小宝宝，怎么办？这个人做你的父亲行吗？还不能决定吧。什么？你说不需要老爸？不过，还是看一眼再做决定怎

么样？那时也不迟……”①“我”与肚子里孩子的对话，体现了孩子仅属于女人，而社会意义上的“父亲”这一角色却是可以拒绝的。这一思想同样贯穿在《草中卧房》等作品中。

津岛佑子的女性意识还表现在另一部代表作《跑山的女人》之中。作品中女主人公小高多喜子未婚先孕，父亲对她又打又骂。多喜子对着一家之长的残疾父亲也毫不客气，说父亲除了发脾气什么也做不成。“我有了孩子。真是遭报应！和你的户籍没有任何关系。是的，这个孩子是私生子。那又有什么不可以的？”②在这里，小高多喜子对无能的父亲尽情揶揄，表达了她不接受家中资助，自己单独一人将孩子养大的意志。

三、似是而非的“私小说”描写方法

津岛佑子的许多作品中有一个共同的背景，即女主人公身边的事情跟作者自身的亲身经历有部分重叠。比如女主人公性情刚强，匆匆结婚，育有一子，之后离婚，紧接着和有家室的男人恋爱，又育有一子，然后独自一人养育孩子，孩子突然夭折等等。小说中出现的女主人公有三到四个住处，女主人公出生后一直住在旧房子里，之后该房子改建翻新成为新家，离开母亲家后女主人公独自住公寓，多次返回母亲一人住的房子。女主人公幼时失去父亲，不知道有父亲的家庭应该有的氛围，母亲溺爱有智力障碍的哥哥，自己和哥哥关系亲密。哥哥十几岁时因心脏病去世，这彻底改变了女主人公的生活。所有这些内容跟作者的经历都很相似。

津岛佑子在一次对谈中说起自己的父亲和哥哥与自己的文学作品

① 津島佑子．葎の家[M]．東京：河出書房新書，1982:39-40.

② 津島佑子．山を走る女[M]．東京：講談社，1980:129.

的关系时说道："这是非常难以启齿的丑闻。所以我觉得必须要保持沉默。虽然不是罪犯的孩子，但还是有这种感觉。在某种意义上，我的孩提时代令人苦闷，本想不考虑这些事情，但总是会萦绕在身旁。为了摆脱这种状况必须要想个办法。……我认为总是有一种罪犯孩子的感觉是很无聊的，于是决定通过写作把萦绕在身旁的秘密创作为不是固定在某某人身上的秘密。"①

"不是固定在某某人"，其中的某某人实际上指的是父亲太宰治，表达了津岛佑子对父亲的失望。众所周知，太宰治的自杀在媒体看来是意志薄弱的表现，不是正常人所为。关于父亲与哥哥，津岛佑子回忆道："我1岁时父亲去世，12岁时，我的玩伴哥哥去世。哥哥智力有障碍，没有职业也没有留下任何东西。母亲辛苦养育哥哥，只留下悲伤。哥哥为何生下来又死亡？至少我作为妹妹对哥哥的事情保留着记忆。后来我也经历了儿子的夭折。我认为人生在生命中拥抱着死亡。"②津岛佑子在代表作《宠儿》中通过女主人公水野高子之口表达了对父亲和哥哥的怀念。《宠儿》中，比高子大两岁的智障哥哥因患肺炎死去。"看到并触摸到哥哥的遗体，看到骨头发生变化，虽然不是马上就意识到，但还是慢慢地悟到了死亡的意义。高子第一次体会到强烈的丧失感。哥哥和父亲不会再从阴暗的森林中回来了。再也不会再次遇到死亡了。……如果自己是个更加可爱的婴儿，父亲就不会死去了。如果自己更听哥哥的话就好了。可为什么当时没能使哥哥更加高兴些呢？"③

① 津岛佑子和小川国夫的对谈，对谈的题目为"关于地缘"，刊载于1973年8月号《文艺》杂志上。

② 津岛佑子，第12回読売読書　芦屋サロン．読売新聞，2005-06-07.

③ 津島佑子．寵児[M]．東京：河出書房，1980:192.

在津岛佑子的作品中，她表现出一种对于“水”的无比的执着。这可能跟父亲投水自尽这件事有直接联系。她的作品中，频繁出现没有父亲、一位寡母带着姐妹两人，母女互相依靠过日子的场景，或者出现跟有妇之夫的恋爱场景。总之，津岛佑子之前所经历的一切在小说中都有投影。

津岛佑子小说的构思很容易使人联想到私小说。将自身体验表现在文学作品中，这是私小说的创作手法。如果单独看作品中人物形象和故事构架，津岛佑子的小说确实具有私小说性质。父亲早死，母亲独自一人养大三个孩子，自己有个白痴哥哥（或弟弟），结婚后又离婚、生产与育儿、离家出走等等都是津岛佑子亲身经历的事情。虽说它具有私小说性质，但它不同于私小说之处在于，津岛佑子不是以固定的形式把这些内容体现在私小说之中，而是自由自在地在故事中变换着表现形式。虽说小说中包含着作家亲身体验的要素，但不是其生活本身的具体再现。比如，津岛佑子父亲早逝，但在作品中作者设定的是父亲因事故而亡。作品中母亲的形象比较凄惨，丈夫在外花天酒地，甚至跟别的女子有了孩子，即便如此母亲对父亲也不离不弃。这里的父亲形象似乎让人看到了太宰治的形象。但类似这种形象不仅仅是太宰治特有的，是大部分男子身上都可能出现的现象。

津岛佑子作品看似是作者自身体验的再现，看似是私小说，但她的小说绝非私小说。其证据就是她的作品中有大量的虚构。津岛佑子的作品中固然有自身家庭成员的影子，但其作品有大量的梦想与幻想的交织。也就是大胆地虚构故事。这并不意味着她的创作会荒诞无稽。有人说她的作品中有些人物生活在虚构和幻想之中，但现实社会中不也有许多人生活在虚构和幻想中。在现实和虚构中纵横驰骋，这是津岛佑子小说技法的最大特点。

津岛佑子的小说具有强烈的方法意识。在津岛佑子的作品中，进行心理描写时使用假名，或者使客观描写和独白体相互交错。津岛佑子在各个章节的分配上下足了功夫。使梦想与现实交织进行，这种创作手法体现在下面的场景：比如使死者登场，或者在房间里和幻影对话。她的这种文学冒险精神成为她开辟文学创作的源泉。

津岛佑子作为女性，她对日本女性在社会中的低下地位感触颇深，她要在小说中通过对女性的“母性”和“孕育性”的描述来彰显女性的伟大。事实上，这个世界没有女性人类则无法繁衍，我们每一个人都是母亲带到这个世界上的。所以透过津岛佑子的作品，我们可以看到她作为女性作家对自己身为女性所表现出来的骄傲。津岛佑子初期创作所处的时代正好处于第二次女性解放浪潮正盛之时，所以她通过对男主人公形象的弱化来达到追求男女平等、追求女性独立的目的。尽管她作品中的女主人公形象大都是离婚后独自养育孩子的女性，但这些女性坚持自我，认为自己完全有能力应付生活的各种困难，即使家中没有男性来支撑，依然可以做到生活井井有条。津岛佑子本人就是这样的人，所以她创作的女主人公大都属于此种类型。

第五节　母爱的赞歌
——《跑山的女人》中的未婚妈妈形象

津岛佑子是战后日本女性文学的代表作家，2016年2月18日因肺癌溘然长逝，享年68岁。纵观津岛佑子的一生，幼时因父爱的缺失，心里一直留有阴影，加之哥哥的残疾、孩子的夭折、跟丈夫离婚，在普通人看来，她是不折不扣的生活失意者。但是津岛佑子性格刚强，她通过文学创作表达了女人不要因为生活的挫折而向生活屈服的意念，彰显了其自强、独立和自尊的一面。在其追悼会上，作家黑井千次在致辞中评价津岛佑子“作品规模宏大，在日本女性作家中是个独特的存在”①，法国诺贝尔文学奖得主勒·克莱齐奥称津岛佑子的去世就像自己失去了妹妹，中国作家莫言也发去唁电称“她是许多中国作家的朋友，对于津岛的去世深表悲痛”②。

津岛佑子一生发表小说百余篇，还有12篇随笔集问世。她获得世界文坛的高度评价，她的一些代表作被译成英文、法文、中文、德文、意大利文、荷兰文、阿拉伯文、韩文等多种文字，其国际影响力可见一斑。与20世纪60年代日本一些女性作家的“反母性”主题相反，津岛佑子肯定女性的“母性”和“孕育性”，认为女性具有崇高的“母性”和“孕育性”，这一女性天然的使命更凸显女性的伟大。

目前我国关于津岛佑子的研究主要集中在《宠儿》《光的领域》《微笑的狼》《默市》》等几部作品上，对于长篇小说《跑山的女人》的研究远远不够。比如我国学者中，只有杨希、林涛、周萍萍等几位学者做过关于津岛佑子及其《跑山的女人》的研究。杨希认为津岛佑子“从关注女性、母性开始，进而反观男性，通过表现母性，赞扬母性等，最终明确地褒奖了女性世界里特有的希望和温暖，充满了信心和勇气，充满了坚强和智慧。批判了男性的不可信任等，将女性意识深入其作品，与社会现实相联系，很具现实意义”③，林涛认为《跑山的女人》的女主人公“没有什么‘爱’的幻想，有的只是女人的性欲，就和吃饭一样是人的天然本能。一个不为传统道德约束，完全遵从原始本能而生存的自由、奔放的女性形象被津岛刻画得淋

① 《朝日新闻》. 2016-05-24.

② 《朝日新闻》. 2016-05-24.

③ 杨希. 津岛佑子小说中的女性意识[J]. 黑龙江教育学院学报，2008(9):121.

漓尽致”。[①]周萍萍认为《跑山的女人》“绘制超越婚姻之外的性及生育，揭示现代不合理的家庭结构，对男权社会的男女不平等提出挑战”[②]。上述几位学者关于《跑山的女人》的研究仅停留在介绍层面，没有从文本细读的角度对作品进行深入探讨。

一、由疯丫头到未婚妈妈

《跑山的女人》于1980年在报纸上连载，后作为单行本出版发行。小说主要描写了女主人公小高多喜子从一名喜欢在外游玩、空虚寂寞的少女逐渐成长为坚强的未婚妈妈的经历。在世人看来，小高多喜子是社会的异类，整日不着家，回到家里不做家务，还和父亲顶撞，父亲训斥她时，她会跟父亲厮打，放浪形骸，是典型的不孝女。但她在生育孩子之后，逐渐感受到肩上的责任，想尽一切办法为孩子创造良好条件，变得越发坚强，活出了自己精彩的人生。

小高多喜子是公司职员，她曾因为工作关系与一位叫前田的已婚银行职员相识，后来两人发生一夜情导致多喜子怀孕。在多喜子知道自己怀孕之时，前田已经换了工作搬了家，两人失去联系。多喜子没有把怀孕的事告诉任何人，在犹豫彷徨之际错过了打胎的良机，不得已她只好把孩子保住。多喜子在同事们的纷纷议论声中无奈辞掉了工作。弟弟发现其怀孕真相后告知母亲，母亲接受不了这残酷的现实，整日以泪洗面。父亲对于多喜子更是变本加厉，整日谩骂。面对这一切，多喜子决心不依靠任何人。生产前夜，伴随着越来越清晰的阵痛，她独自打车到医院，清晨她听到了孩子的第一声啼哭。此后她和孩子在医院度过了几天前所未有的无忧无虑的日子。“在医院的日

① 林涛．日本当代女作家津岛佑子[J]．外国文学，2000(2):27.
② 周萍萍．日本女性文学的发展历程：从哀愁、抗争到反叛[J]．国外文学，2014(2):36.

子对多喜子来说，是最安稳的日子……多喜子甚至希望自己身上出现异常。希望婴儿身上出现异常，但是一切都很顺利。出院单下来了，多喜子有些失落。多喜子觉得，自己一生之中这5天是休息最好的5天。”[①]出院后多喜子从家人、邻里，甚至是朋友的目光中感受到了世俗的压力，她决心带着孩子另立门户。但无奈囊中羞涩，只得安顿好孩子后开始找工作。多喜子在工作上经历了两次失败，同时又发现孩子小高晶患上了疝气，需要手术，生活的压力与日俱增。但她时刻都能感受到孩子带给她新生的力量，一直激励着她努力生活。直到她在一家叫作三泽花园的店里找到了一份搬运与养护植物的工作，一切才似乎步入了正轨。

多喜子在三泽花园遇到了一位叫神林的男子，神林的孩子因智力不足，已满10岁却不会说话。多喜子每天都期待与神林交流关于孩子的点点滴滴，两人的孩子同样是社会的异类，这无形中拉近了多喜子与神林的关系，似乎只有在神林面前她才能毫无顾忌地笑谈孩子带给自己的喜悦。“今天能否见到神林呢？哪怕是不交谈，看上一眼就行。”[②]既是一位父亲，又有相似的困窘，神林引起了多喜子巨大的兴趣。后来，等到终于攒够了钱可以为孩子做手术时，多喜子和孩子一同住进医院，似乎又回到了刚生产的那段时间，漫长而沉静。孩子痊愈后，多喜子再次抱着孩子走出医院大门，走入夏日的艳阳中，此时的多喜子已完成了蜕变，成长为一位坚强独立的女性。小说描写了多喜子由于孕育而导致的心灵孤独，同时也描写了多喜子由于孕育而带来的成长。女主人公从不认为自己与其他普通的母亲们有什么不同，她不依靠任何男性，勇敢地追求独立与自由。全文没有过多离奇

① 津島佑子．山を走る女[M]．東京：講談社，2006:72-73.
② 津島佑子．山を走る女[M]．東京：講談社，2006:280.

怪诞的情节描述，却能在读者心中留下声声回响。

二、未婚妈妈群体的苦楚

进入近代以后，未婚妈妈这个群体一直存在于社会中。近年来，日本这个群体的数量呈上升趋势。据统计，2000年日本的未婚妈妈数量为6.3万人，到了2010年，日本的未婚妈妈数量激增，达13.2万人。我们应该如何看待这一现象，如何对待未婚妈妈这一群体，这是必须认真思考的问题。《跑山的女人》通过对女主人公生活和心理的细致描写，让读者感受到未婚妈妈内心最真实的想法，看到她们最真实的生活状态。在社会逐渐进步与开放的今天，这部小说的时代价值与社会价值尤为凸显。

众所周知，未婚妈妈群体是指未经过法定婚姻就已经生育婴孩的群体。未婚妈妈不仅要承受社会舆论的压力，遭受被传统观念所影响的社会人的唾弃，大多还存在金钱上的困窘，在生下宝宝的那一刻，经济压力就如巨石一般。但是这个“违背”了伦理的群体不得不隐蔽起来，她们想要依靠，却无法依靠，她们缺少经济来源，缺少情感关怀。未婚妈妈群体为了生存只能孤军奋战，苦苦挣扎。“生活的压力、周围人异样的眼光、教育问题……每当想到这许许多多的问题会在不知不觉中影响到孩子的心灵与成长，就会不寒而栗。”[①]对她们而言，能与孩子的父亲一同抚养孩子固然最好，但由于种种原因迫使她们不得不独自承担。孩子带来的是新生，未婚妈妈与普通的母亲一样期待未来，她们为保护孩子而奉献所有。但社会却无法轻易接受她们。正如《跑山的女人》中的小高多喜子一样，她像绿色植物一般坚

① 张美蕊．浅谈未婚母亲的生存现状与援助策略[J]．学理论，2014(20):56.

韧，生孩子对她来说就像长出了新的枝蔓，她顺着枝蔓开始探索拥有孩子的意义，感受着自己的变化，但现实并不容许她的伸展。作为社会的异类，她没有意识到自己的特殊，由此产生出了无尽的烦恼和空前的孤独感。多喜子对神林特殊的感情就来源于这种空前的孤独感。自己眼中平凡可爱的孩子却是世人眼中的异类，相似的苦恼使两人彼此打开了心扉。似乎只有神林能理解多喜子内心包含着矛盾的喜悦之情，而多喜子只有在神林父子身上才能找到那种纯粹而普通的亲子关系。此外，多喜子整日周旋于家务和工作之中，格外疲惫，后因经济原因将孩子转入公立幼儿园，并且拖延了孩子手术日期，这种无奈显得尤为真实。这表现了现实生活中未婚妈妈们内心的孤独与无奈，使人们能站在当事人的角度重新审视未婚妈妈这一群体。

多喜子的母亲则代表了社会上一般人的态度。“母亲得知她怀孕后开始以泪洗面，无数次问她为何不打掉这个孩子。”[①]后来由于胎儿变大，错过了引产的时机，母亲不得不接受女儿生下孩子这个结果。外孙出生后，多喜子的母亲出于母性，不仅不讨厌外孙，对外孙的喜爱之情反而与日俱增。但她仍不愿意让外人知道女儿生孩子一事，她甚至提出要将小高晶作为自己的养子来抚养。同时，当多喜子为了幼儿园的旧物售卖在自己家附近张贴海报时，一向柔弱的母亲夺过海报撕了个粉碎。这一方面体现了母亲对女儿无私的爱，另一方面反映了当时日本社会对这种现象的极度排斥。母亲的形象及举动更加凸显了社会风气之保守，使读者得以认真反思整个社会对待未婚妈妈的态度和看法。

① 津島佑子．山を走る女[M]．東京：講談社，2006:34-35.

三、由身体的自由到心灵的自由

未完成蜕变的多喜子只是一具空虚的躯壳，她的身体与灵魂不属于自己。高中时代多喜子样貌姣好，与许多男同学谈过恋爱，但从未付出真心。她一有机会就往外跑，唯独不想回家。夜里回家经常令父亲震怒，甚至骂她是个卖淫女，但她从不妥协。多喜子从未想过未婚先孕这种事会发生在自己身上。她定期去医院检查来消磨时间，检查后可以在附近的公园坐上一天，她并不觉得无聊，反而认为在外面的时间过得太快了。早期的多喜子十分任性，以自我为中心，这与后来她的改变形成极大反差。多喜子渐渐地对孩子的存在有了真实的感受，体会到了孩子带给她的新生和变化。产后出院的那天她回到熟悉的街道，尽管这街道还是破旧不堪，但在她眼中已然变得明亮整洁，她认为这一切似乎都是通过孩子的眼睛才能看到的景象。这似乎是多喜子成长的开端。回到家后多喜子开始专心照顾孩子，孩子的成长和变化确实给多喜子带来了快乐，她有时会觉得自己是世界上最幸福的人。她与金钱的困窘搏斗，开始努力工作，下班后马不停蹄地到幼儿园接孩子，但还是时常错过幼儿园的班会时间。在班会上她看着周围许多孩子的父亲时感到十分神奇，她一个人与这些父亲们做着一样的事情。最终她来到三泽花园上班，和男性员工们一起出力流汗。多喜子渐渐开始了解到自己母亲的牺牲和痛苦，她开始对母亲怀有深深的歉意，她不允许自己忘记母亲为自己所做的一切。至此，多喜子经历了漫长的磨砺，逐步驾驭了自己的身心，成长为一位坚强独立的母亲。

尽管成长了，但多喜子毕竟才21岁，她的内心充满痛苦和挣扎。在生活的考验面前，她是脆弱和无奈的。面对高昂的房租，她也曾想着赖在父母家，不仅不用为房租发愁，还有母亲帮忙照顾孩子。面对父母，多喜子仍有孩子气的一面。被父亲打骂时她会深感委屈，放声大哭，看着小高晶被自己的母亲抱着，多喜子还会心生羡慕之情，怀念起母亲的怀抱。力不从心时，多喜子也会委屈地流泪，叹息自己身体不中用。正是这些痛苦与脆弱使多喜子的形象更具现实感。

无论是学生时代还是怀孕之后，多喜子始终在追求独立与自由。但在不同时期多喜子所追求的自由内涵不同。没有经历过生活磨砺之前，多喜子追求的是形式上“身”的自由，而饱尝辛酸之后，多喜子开始追求“心”的自由。纵观整部作品，多喜子心灵的成长主要体现在两方面。首先是多喜子在生产过后开始正视人生的羁绊，不再畏惧生活中的艰难困苦，成长为一名理想明确的成年人。其次，多喜子从孩子身上感受到了自己的母性与新生命的重量，她终于成长为一位真正的母亲。

怀孕初期，多喜子计划着生下孩子后就自己另立门户，认为如此笨重的自己将不复存在。多喜子在阳光下畅想着自己抱着孩子奔跑的画面，她想如此洒脱下去。这样的幻想让她能仰望着阳光微笑，她觉得没人能懂她的快乐。后来，多喜子为了生计开始在餐馆打工，每天提前上班的她却无法为自己赢得提前下班接孩子的便利，她决定辞掉工作，转行做了化妆品推销员。多喜子的推销业绩惨淡，每天拎着装满样品的箱子，茫然地游荡在城市的大街小巷。“身”的自由并不能带给她生活的保障和心灵的满足。

在遇到神林之后，多喜子找到了敞开心扉的钥匙。多喜子困顿已久的心灵寻求着宣泄，她开始疯狂地期待与神林聊天。世俗的束缚使多喜子不能表露出孩子带给自己的喜悦。在世人眼里，她的孩子和神林的孩子都是一种畸形的存在，他们甚至没有快乐的权利。多喜子迷恋着与神林独处的时间，见不到神林，多喜子会很失落。因为只有和神林独处之时多喜子才会感受到心灵的慰藉和轻松。在神林面前多喜子只是一位因为孩子的点滴而牵动心绪的母亲，平凡且自由。多喜子总是埋怨两人独处的时间过少，无法满足自己向神林倾诉的需要。多喜子对宣泄的追求一度变得疯狂，使多喜子对神林产生了情感的依赖，两人的情感一度变得十分复杂。但是神林是有妻室的人，他努力克制着自己，最终没有导致自己婚外恋的发生。

文章的尾声处，因小高晶要接受手术，多喜子和他一起住院。她们又回到了医院，多喜子又开始了每天凝视阳光和绿树的日子。神林的来访使多喜子心中的失望情绪渐渐消解。多喜子这时已经能够正视自己的需求与理想，能够直面社会和自我之间的矛盾。她也终于做了自己的主人，将身心的追求合二为一，做好了投入滚滚红尘之中的准备。多喜子第二次抱着孩子迈出医院大门，深吸一口气坚定地再次迈入烈日炎炎之中，这便迎来了多喜子凤凰涅槃的蜕变和理想追求的升华。

四、多喜子的“山姥”[①]特质

津岛佑子在1980年版《跑山的女人》单行本封带上写道：“我在此想探讨的是，私生子的母亲形象究竟是什么样的。日本有一位有孩子的山姥，也就是金太郎[②]的母亲，她是有名的私生子母亲形象。西洋的圣母玛利亚身上我也想到了同样的形象。那里表现出了只能受社

① 山姥是日本民间传说中恐怖的女妖怪，住在深山，有吃男人的恶习，这是她的恶的一面。另外，山姥也有亲切的一面，她会奋不顾身帮助人类的落难者，不求任何报酬。最关键的一点即山姥具有很强的生育能力，她不求男性帮助，独自抚养婴儿，很好地显示出善良母性的一面。

② 金太郎：日本古代传说、童话中的英雄形象，刚出生时就非常强壮，力大无比。其出生的传说有二，一是作为山姥的母亲与雷神交合而生；一是在金时山顶，赤龙赐予其母八重桐的孩子。

会各种规矩束缚的人们对于符合自然的、强大的能量的憧憬。我想尽可能依据现实，用‘跑山的女人’这句话来描写我自己理解的女性形象。”①

津岛佑子喜欢山姥形象，并不是因为山姥专吃男人，拥有神力，而在于她住在深山，拒绝和人类接触，无须受社会的制约。她与支配着当今社会的家长制和家族制度没有任何关联，所以山姥是自由的。此外，山姥拒绝对男性的依赖，和男性斗争并取得了胜利。基于以上两点，山姥形象很好地给津岛佑子提供了有价值的女性原型。津岛佑子之所以将作品取名为《跑山的女人》，可能是因为作者在多喜子身上发现了“山姥”的特质吧。津岛佑子在《跑山的女人》后记中写道：“对于我自身来说，作为切身的问题，我最初想写‘没有父亲的孩子’，但在左思右想之中，最后决定还是写单身母亲吧。于是感觉到小说的整体形态突然显现。同时我也想到了自古以来传说的‘山姥’故事。于是，在某种机缘下，‘山姥’的故事变成了独自生育孩子的女性的故事。”②

津岛佑子在小说中描写了小高多喜子自高中时代就具有的“山姥”特质。文中多次提到多喜子梦见自己在山林中无拘无束地奔跑，那山林所在地是多喜子的故乡。多喜子还对高中二年级时看的电影记忆犹新。电影里一位印第安女性感觉自己即将生产，于是携带了必要的干粮，一个人离开村落。“女子在炎热的太阳下慢慢前行在平原上，终于走到一块岩石前，她停下脚步，躲到岩石后面坐下，等待孩子的降生。三天过去了，一周过去了，她带的食物逐渐减少，但印第安女性仍在等待孩子的降生。终于阵痛袭来，印第安女性双手抓紧岩

① 津島佑子．山を走る女[M]．東京：講談社，1980.
② 津島佑子．山を走る女[M]．東京：講談社，2006:369.

石，用尽全身力气生下孩子。”[①]多喜子对电影里这位印第安女性无比敬佩，电影情节也暗喻了多喜子未来的坚强。事实也的确如此，当多喜子得知自己怀孕后，她没有寻找孩子的父亲，独自一人做好产前所有准备，并顺利诞下儿子小高晶。

多喜子一个人生下孩子并独力抚养，是地地道道的现代社会“山姥”形象。津岛佑子在《跑山的女人》后记中还提道：“人生之中‘孤独’常伴。但是我写这部小说已经26年了，今天，把这种‘孤独’仅仅作为痛苦的、讨厌的东西看待的倾向似乎越来越强烈。当今这个时代，我希望让尽可能多的人再次看一下，无法从‘孤独’中逃脱就干脆接受绝对的‘孤独’并生活下去的‘山姥’姿态是多么强劲。”[②]

民间传说中作为恐怖他者的“山姥”形象，在作品中被解构为从传统和因袭中解放出来的女性形象，这也是该作品的新颖之处。水田宗子认为“住在山里的魔女山姥，是给予《跑山的女人》主人公小高多喜子的一个暗喻”[③]。津岛佑子在这部小说中没有就古代的山姥形象进行展开，而是将举止粗野、具有神力、忠实于自己欲望的山姥形象变身为不为世间毒害、纯真无邪而可爱的女主人公形象。津岛佑子喜爱“山姥”形象的原因可以用水田宗子的话进行解释：“面对将女性每个人的生殖与性欲当作私有物进行管理，并确保自己在社会、文化中优势地位的男性，山姥在被制度边缘化中迸发出旺盛的生命力，并以此为基础展开抵抗与反叛，她们为众多女性作家提供了颇有价值

① 津島佑子．山を走る女[M]．東京：講談社，2006:28-29.

② 津島佑子．山を走る女[M]．東京：講談社，2006:371.

③ 水田宗子・北田幸惠编．山姥たちの物語—女性の原型と語りなおし[M]．東京：学芸書林，2002:146.

的女性原型。”①

五、《跑山的女人》的社会性别解构

20世纪50年代，波伏娃的女性主义思想广受欢迎，是当时许多女性主义者的行动指南，为第二次女性解放浪潮的到来起到了积极的推动作用。波伏娃认为女性解放与做母亲这二者无法共存，她把生育视为女性受奴役的直接原因。她指出："母性毕竟是使女性成为奴隶的最技巧的方法。我不是说每一个做母亲的女性都自动成为奴隶——可以有某些生存方式使母性不等于奴役，但现代的母性仍然万变不离其宗。只要人们仍然认为女性的主要工作便是养育小孩，女性便不会投身政治、科技。"②

受波伏娃和欧美第二次女性解放浪潮的影响，日本于20世纪六七十年代也迎来了女性文学的高峰期。在该时期，对母性的强烈否定成了一大旋律，格外引人注目。一些女性作家通过杀死腹中婴儿的方式来表现对母性的厌恶。像三枝和子与高桥高子分别在《幼小的、歌声般颜色的血液》和《渺茫》中表现了对胎内婴儿的极端厌恶，试图杀死婴儿。大庭美奈子则认为："在20世纪的今天，怀孕不再是结果实的象征，而是不毛与破灭的象征。"③而河野多惠子在作品《搜罗幼童》里采取的则是通过"施虐"和"受虐"的异常行为来表现女性解放的图式。女主人公被动地脱离母性，剥离健康，在生活上窘困，社会地位上遭受歧视，在无奈之下，通过虐恋这种形式寻求解

① 水田宗子・北田幸惠编. 山姥たちの物語—女性の原型と語りなおし[M]. 東京：学芸書林，2002:273.

② 在牧原编的《给女人讨个说法》中，将爱丽丝・史瓦兹和西蒙娜・德・波伏娃的对话进行了收录，对话内容题为"只做一个女人是不够的"。（牧原 1995:263-264）。

③ 大庭美奈子. 河野多恵子・大庭美奈子（現代の文学33）[M]. 東京：講談社，1973:229.

脱。就像水田宗子指出的那样："女性在形成自己作为现代女性这种意识时，其女性意识首先对准自己的身体，以身体为中心来思考，语言表达上也以身体为立脚点。"①

波伏娃的观点与早年的英国女权主义者沃斯通克拉夫特的观点相反。同为女权主义者，沃斯通克拉夫特十分看重女人的生育能力，她认为女性解放与做母亲是可以兼容的。这并不是因为在沃斯通克拉夫特生活的时代女人还无法避孕，无法轻易做出过单身无孩生活的选择，而是因为沃斯通克拉夫特把女人的生育能力视为女人生存的伟大目标之一，将其神圣化。津岛佑子肯定女性的母性和孕育性的观点，与沃斯通克拉夫特对女性生育能力的肯定具有相似性。在津岛佑子看来，母亲的"孕育"性恰好是女人的天职，是体现母性最好的手段。所以津岛佑子通过《跑山的女人》表现了即使受到社会偏见仍坚持将孩子生出的单身妈妈的孕育性。

津岛佑子之所以能够成功地描写未婚妈妈的故事，没有使读者产生任何抵触，这主要归功于战后的宽松环境以及作者的主观努力。二战后日本女性的社会地位大幅提高，基本实现了婚姻自主，女性参政。与此同时，日本社会经济急速发展，西方思潮大量涌入。战后成长起来的女性作家受先进思想的影响，男女平权意识十分强烈。但是，战后日本社会的男女平等只是表面上的平等，社会现实依然残酷，女性作家们对于男权社会存在的性别双重标准十分反感，这激发了反对传统体制的女性作家们呼喊的愿望。她们不能亲身去改变现有体制，只能通过描写女性的脱离规范，比如通过女主人公的私奔、外遇等题材来反抗现行制度。

① 水田宗子．二十世纪の女性表現—ジェンダー文化の外部へ[M]．東京：学芸書林，2003:49.

女主人公多喜子坚强独立，从不幻想依靠男性生活。多喜子的父亲身有残疾不能工作，而且嗜酒成性脾气暴躁，弟弟还在上高中需要人照顾，家庭生活一直十分拮据，直到多喜子自己上班后生活才有所改变。多喜子无法依靠家中的男性，也从不奢望依靠他们。在得知自己怀孕后多喜子没有找孩子的父亲，因为她认为不需要和他纠缠，还不如当作一开始就不认识。并且多喜子感到与孩子父亲失去联系是幸运的，因为省去了许多麻烦。而神林则是一位有家室之人。无论哪位男性都无法成为多喜子的依靠，多喜子唯有自己承担着一切不断前行，内心的孤独与脆弱也只有自己排解，但她从未感到自己不幸，也从不认为自己和其他母亲有什么不同。多喜子这种强烈的性格和坚强的品质充分体现了现代女性独立自强的精神。

多喜子的自强独立体现在多个侧面。多喜子在怀孕时期几度在路上疼痛难忍，但她只是站定在路边自己强忍过去，她还会庆幸没人看到自己痛苦的样子。多喜子在产房中听别的产妇讲自己的故事，她真切地感到自己是世间众多女性中的一员，她的心里竟有一种前所未有的满足感。她认为生育虽然是痛苦的，但却是幸福的。作者肯定了女性这个群体的社会地位，肯定了女性群体强大的力量。多喜子每天早晨送孩子上幼儿园时都能够遇到许多孩子的父亲，她每每都觉得十分骄傲，自己和这些父亲每天都做着一样的事情。这种小小的骄傲充分体现了津岛佑子的男女平等、女性自强自立的思想。在某种程度上，小高多喜子已经由“被压迫者”向“创造历史的主体”转变。

水田宗子曾指出：“在性差文化中，女性身体被分成了快乐的对象和生殖功能两种，都被嵌入‘女性制度’之中，成为性别文化的组成部分。大庭美奈子等作家通过强烈的对‘母性’的憎恶来打破性别差异，但津岛佑子对于上天赋予女性的自然生育的本能大加讴歌。”[①]《跑山的女人》中，多喜子由一名个性强烈、性格反叛的女孩成长为一位坚强、无私、有担当的母亲，充分体现了津岛佑子赞美“母性”的主题。多喜子在意外怀孕后并不抗拒“母亲”这个角色，反而认为孩子和自己不仅是普通意义上的母子关系，一定还存在一些其他的联系。多喜子对孩子的爱真诚无私，她曾经看见孩子就感到害怕，害怕自己像神林那样为了孩子牺牲自己的一切，但与生俱来的“母性”又使她义无反顾地选择了坚定地保护孩子。她开始以母亲的责任感为自己和孩子争取着更好的未来，表现出对“母性”无私的赞美。

津岛佑子在《跑山的女人》中成功地刻画了一位新式女性的成长，作者的女性主义思想完美地融入女主人公心理和言行的方方面面，显得行云流水、十分自然。《跑山的女人》看似话题简单，却内涵深刻，独具一格，女主人公多喜子形象生动，给读者留下的印象鲜明而深刻。

第六节　从施虐与受虐表现看河野多惠子的《搜罗幼童》——以女性形象为中心

日本历史上有三次女性作家的创作高潮，分别是平安时期贵族女子的古典文学，明治初期到昭和初期的女性文学创作，以及战后的女性文学创作。受伏波娃《第二性》的影响，20世纪60年代后的日本，许多女性作家的作品中体现出强烈的女性意识，在这一批创作群体中，多数作家在生活上没有受到二战带来的阴影，精神上一定程度

① 水田宗子主编，日本现代女性文学集[M]，陈晖，吴小莉，译. 上海译文出版社，2001:78.

受到了战后体制的保护，加之这一时期日本处于经济快速发展时期，诸多有利条件促使女性作家的天分得以充分发挥，继大正时期和昭和初期的女性文学高潮之后，迎来了女性文学的又一次高潮。20世纪60年代以来女性作家的创作，其创作手法和创作主题多种多样，精彩纷呈。河野多惠子作为20世纪60年代以来重量级女性作家，其文学中具有特异性的主题，在日本国内受到极大关注。

中国对河野多惠子作品的翻译及研究，数量不多。日本的相关研究及评论主要集中在两个方面，一是关注创作技巧，二是其文章中所体现的女性主义倾向。前者往往容易忽视其文学性，而后者在对其思想性解读的过程中则过多地将注意力投放在了文章中的虐恋等超现实的情节中，并且认为她对虐恋情节的描写是对母性性征的拒绝与逃离。那么，在其虐恋描写的背后，在母性逃离的背后，是否还有另外的内涵呢？

一、虐恋概念的分析及其表现

河野多惠子的处女作《搜罗幼童》于1961年发表于《新潮》杂志上，主要描绘了女主人公的虐恋生活。“虐恋”可谓河野多惠子文学前期作品的标签之一，“虐恋”题材成就了河野多惠子在文坛的名声。《搜罗幼童》的女主人公林晶子本是一个唱歌剧的演员，但因感觉前途无望便辞退了演员工作，靠学歌剧时学的一些意大利语从事翻译工作，并以此谋生。这时她遇到了佐佐木并与佐佐木结婚，开始了她在现实生活中的虐恋生活。她极度讨厌小女孩，经常沉浸在小男孩受虐的幻想中，所以在生活中她极度渴望接近小男孩。

由于对“虐恋”的认识不足等原因，迄今为止，中国对其研究相对较少，李银河对“虐恋”有较为深入的研究，并著有《虐恋亚文化》一书。她在该书中将“虐恋”定义为“将痛感与快感联系在一起的性活动”[①]，并指出女性因在社会上所处的劣势地位往往容易成为受虐的角色，女性的受虐倾向主要起因于她们的攻击性受到压抑。

1. 现实中的虐恋——受虐（masochism）表现

在现实生活中，主人公林晶子是作为一个受虐主体出现的，她沉浸在同佐佐木的虐恋之中。关于两人的结合，文中曾讲到“对男人而言，她是触手可及的存在；对女人而言，他是相当不错的对象。双方就靠那种相似的癖好联系在一起”[②]。而这种相似的癖好指的正是林晶子的受虐心理以及佐佐木能够满足其受虐需求的施虐心理。“晶子的生理状况极其正常，除了膝盖被佐佐木打得足有两天直不起来，那次例假晚了半个月左右之外……”[③]接下来文章中开始透露出林晶子的受虐生活。林晶子曾遭到佐佐木的殴打，而在文章的后面则有对其受虐更为详细的描写：

昨夜晶子想要改变一下习惯，急切地四下里寻找，最后取出一条珍珠项链递给佐佐木，鼓励道：“人造的。”

“嗯，这玩意儿不错。”

佐佐木将其悬在手指上晃了几晃，似乎在期待接下来的效果。

他握紧它，转到晶子背后，仅仅这样就已经让晶子感受到了珍珠嵌入肌肤中的力感，并战栗起来。然而，肉体被鞭打的声响和疼痛随着珍珠项链的断裂瞬间消散了。……二人苦笑起来。[④]

可以看出在现实生活中，林晶子曾试图通过被鞭打来获得快感，

① 李银河．虐恋亚文化[M]．北京：今日中国出版社，1998:21.
② 河野多恵子．新潮現代文学60——河野多恵子[M]．東京：新潮社，1980:245.
③ 河野多恵子．新潮現代文学60——河野多恵子[M]．東京：新潮社，1980:246.
④ 河野多恵子．新潮現代文学60——河野多恵子[M]．東京：新潮社，1980:249.

而佐佐木也曾试图去配合她的这种受虐心理。

2. 想象中的虐恋——施虐（Sadism）表现

与现实中的受虐相对，在林晶子个人的内心世界中，她则成了一个施虐者，施虐和受虐发生了一定的转换，由被动的内向的受虐，转变成为主动的外向的施虐。文章在施虐描写之前，先交代了林晶子讨厌女孩儿却极度偏爱男童的这一心理。“林晶子在男女老少中最讨厌女孩子——3岁到10岁的女孩子。如果晶子像普通人一样结婚生子的话，现在应该有一个年纪差不多那么大的孩子了。她经常想，如果那是个女孩子会怎么样呢？……那种感情，与对美貌幸福又傲慢的女性和不知天高地厚的小子以及自私的老人的那种厌恶完全不同，那是类似于讨厌蛇、猫和青蛙的人看到这些小动物时的避讳。”[①]文中还提到“越是具有那个年龄段特征的女孩子，晶子便越是觉得难以忍受。白色的皮肤、肥嘟嘟的体型、娃娃头、后脑勺洼里剃过后残留的发茬色、尖锐高昂的声音，最后甚至连那女孩周围所有事物的颜色和形状，都会使她感到烦闷”[②]。林晶子对待小女孩的态度就像碰到了蛇、猫等动物一样，是一种极度厌恶避之不及的感觉，她甚至还连带着讨厌与其相关的一切，或者说，任何使林晶子能够联想到小女孩儿的事物她都避之不及。但是，不知道从何时起晶子开始发觉自己对同样年纪的男童有种嗜好。这种嗜好随着年纪的增大越发强烈，如今更是有一发不可收拾的感觉。又比如“尤其是发生过昨晚的事之后，她更加偏执地喜欢幼童，而且她并不希望这种对幼童的偏执的感情为佐佐木所知。”[③]与女童相反，林晶子对男童的态度则完全相反，并且

① 河野多恵子．新潮現代文学60——河野多恵子[M]．東京：新潮社，1980:237.
② 河野多恵子．新潮現代文学60——河野多恵子[M]．東京：新潮社，1980:238.
③ 河野多恵子．新潮現代文学60——河野多恵子[M]．東京：新潮社，1980:251.

喜欢之情日益强烈，一发而不可收。林晶子曾幻想过对男孩的施虐，在皮鞭的抽动下，男孩皮开肉绽，血流成河，林晶子看到这一场景，内心非但没有恐惧，反而有种快感。

二、虐恋的实质分析

以上主要列举了文章中的施虐、受虐表现。但这种虐恋形式下想表达的核心内容则是一种对母性的被动脱离以及对幻想生活的主动靠拢。

1. 对母性的被动脱离

关于河野多惠子虐恋主题的研究，一般认为逃离母性是其表达的一个主题。而在《搜罗幼童》中可以发现，事实并非完全如此。首先对母性的割裂源自林晶子的一场结核病，在文章中说道："此外是两三年前的肺结核。虽然恢复得挺快，然而当时晶子的结核病是相当严重的。……跟从前相比，她变得更加不适合生育、更加缺乏母爱了。而且她也习惯了自己的身体不能生育这个事实。想起这一点她甚至觉得有几分喜悦和得意。"①之所以会这样，是因为作者拒绝传统观念，拒绝成为传统的母亲形象。在对施虐与受虐等异常心理进行描写的过程中，作者充分表达了要打破传统束缚，勇敢地追求自我的决心。结核病剥夺了她作为母亲的权利，在她身上女性与母性被割裂，并不是她主动要求不去生育或者是主动破坏自己的生育能力，而是由于肺结核病夺去了她的健康导致的。此外，文中提到即便她能够生育，也没有这个打算，主要原因在于外部条件，林晶子和佐佐木的生活过得并不如意，在物质生活上不足以保证他们能够养育孩子，这也

① 河野多恵子. 新潮現代文学60——河野多恵子[M]. 東京：新潮社，1980:246.

不足以说明她具有主动逃离母性的意识，实际上她是被动逃离母性范畴的。而她对不能生育一事的认识是觉得“有几分喜悦和得意”，这种喜悦和得意源自生活的窘困和身体的不适，并不是对母性自身的否定，更像是在无奈的现实面前发出的一种自我安慰，有几分庆幸的苦涩。

林晶子极度讨厌女童，特别是3到10岁的女童，却偏爱男童。弗洛伊德对性意识的分析认为，3岁是幼儿性意识逐渐开始觉醒的一个时期，在这一时期女孩儿和男孩儿在潜意识中逐步开始产生分化。心理问题的形成往往与其幼年的经历有一定的关联，而对于林晶子来讲，则不存在这样的问题，“那个时候对晶子来说是迄今为止的生命中最幸福的，从来没有留下过丝毫不快的记忆。在所有的孩子当中，她也是最幸福的，少女时代的她是快乐的。”[①]少女时代的林晶子是快乐的，那时的她也许在潜意识里已经认识到男女性别上的不同，但却并未真实感受到社会上的巨大差异，因此，她度过了她快乐的少女时代，在她逐渐步入社会之后，旧有的“贤妻良母”的约束以及女性在社会上低下的地位使她渐渐对自己感到厌恶。因此，作为一个切实体会到社会中男女差异的人，林晶子对幼儿时期刚刚产生差别的女童体现出了一种极度的厌恶，如同被动地脱离母性一样，对女童的厌恶也更多是源自现实生活中的窘境。也正因此，在现实生活中，林晶子呈现的是一种受虐的被动形态。

2. 对幻想生活的主动靠拢

在文章中虐恋主题的背后，还隐藏着林晶子对幻想生活的一种

① 河野多恵子．新潮現代文学60——河野多恵子[M]．東京：新潮社，1980:237.

积极主动的追寻。林晶子最早的尝试大概是在与佐佐木认识的时候。佐佐木曾经向林晶子讲述了自己帮助产妇接生的事，这种行为在日本是受到歧视的，可以说在那时的佐佐木身上林晶子似乎看到了和自己同样处于劣势地位的男性，也似乎看到了接近的可能以及获得相对平等的希望。而现实总是残酷的，佐佐木不是她理想中的伴侣，但她也无法摆脱佐佐木，只好将就，两人的生活只能用惨不忍睹和苦苦一笑来收场，也许这是她现实生活中转向受虐倾向的一个因素，以受虐来获得安慰和解脱。在现实生活中，哪怕是在受虐中，林晶子也无法真正得到解脱，在“珍珠项链的断裂”中受虐戛然而止，剩下的依旧是苦笑。对男童施虐的幻想，可以说是林晶子对幻想生活的又一次主动追求，现实生活中林晶子通过自身的受虐，来被动性地换取自己所追求的平等，然而在幻想中则通过对男童的施虐，接近自己所渴求的生活。男童意味着林晶子所追求的喜爱物的具体象征，在林晶子有些扭曲的施虐下呈现出的男童，无论是“男童的执意要求”或是“美丽的紫色”，抑或是“像风筝一样地旋转”所透露出来的都是男童所拥有的“健康”，这正是林晶子所渴望的东西。然而，现实的残酷再次宣告了其虐恋的失败，现实中林晶子与男童的接近归于失败，在文章结尾处以男童的离开宣告了林晶子终究无法获得自己所渴望的生活。无论是现实生活中的虐恋，还是幻想中的虐恋，均以失败告终，无论是林晶子被动地获取或者是主动地追求都未能获得成功，这也暗含了林晶子的幻想无法变成现实的悲惨命运。

三、反母性及“杀子”文学的流行

在父权社会，女性的生儿育女作为一种美德一直被讴歌。给母性附加了牺牲和宽容的伦理规范并使之理想化。但实际情况绝非如此。伍尔夫曾指出："在想象中，她们占据无上的高贵地位，可事实上她们只是微小的存在。她们的姿态一直出现在诗集中，从开头一直到结尾都有她们的影子，唯独没出现在历史中。"[①]也就是说，女性只是名义上被冠以"伟大"的称号，却没有实权。

波伏娃于1949年出版了被奉为女性主义圣经的《第二性》，在书中她强调女性解放与人的母性难于两立，生产是导致女性成为奴隶的直接原因。在她的思想引导下，许多女性开始对结婚生子产生强烈的抵触感。

日本于20世纪六七十年代迎来了女性文学的高峰期。在该时期，对母性的强烈否定成了一大旋律，格外引人注目。1980年4月号的《国文学解释与鉴赏》刊行了名为《母性神话的崩溃：母性与文学——崩溃的神话》的特辑，主要包括河野多惠子、大庭美奈子、高桥高子、三枝和子四位女性作家。

关于四位作家的反母性言论，可以从其作品中窥出端倪。三枝和子在《幼小的、歌声般颜色的血液》中有如下内容："我闭上眼睛。心想无论如何也要杀死孩子。极其厌恶。是对生命逐渐成形的厌恶。人生人，没有比这种行为更丑恶的。"[②]高桥高子在《渺茫》中更是幻想着以恐怖的方式杀死腹中孩子："清子把钻床尖部对准女子的腹部。用左手按住手柄，右手开始转动手柄。用尽全力旋转。以螺旋状卷着刃的金属细棒戳破女子皮肤，钻向皮肤里面的子宫。……清子双手用力。用力旋转钻床。手指感到疲劳。即便如此，她仍继续转动钻

① 弗吉尼亚·伍尔夫．伍尔夫读本[M]．吴均燮、马爱衣，等译．北京：人民文学出版社，2011:331.

② 三枝和子．「幼い、うたごえ色の血液」、三枝和子選集[M]．東京：鼎書房，2007:485.

床、连同子宫和胎儿一起旋成螺旋状”。①

从上面的举例可以看出，女性作家的杀子图式主要以生孩子为中心，以杀死腹中胎儿为主要手段。从那些充满着憎恶与恐惧的描写中可以看出女性欲通过杀子行为来确立自我的尝试。而《搜罗幼童》采取的则是通过“施虐”和“受虐”这种异常行为来表现女性解放的图式。女主人公被动地脱离母性，剥离健康，在生活上窘困，社会地位上遭受歧视，无奈之下，通过虐恋这种形式寻求解脱，然而残酷的现实再次予以了否定，两种虐恋都以失败告终，描绘了女性追求理想生活却终不能获得成功的无奈悲剧。

20世纪60年代，随着《第二性》的女性主义思想被广大日本女性所认可，日本国内再次兴起了一股女性解放的浪潮，同时随着20世纪60年代池田勇人的经济倍增计划，日本国内一片蒸蒸日上的景象，在经济迅速发展的同时，女性的重要性无论在观念上还是在社会需求上似乎渐渐得到了人们的重视，然而，旧有观念框架根深蒂固，严重地制约了女性地位的提高。在经济收入上，日本直到1958年才颁布男女雇佣机会均等法。但是，日本社会在观念上却表现出了相当的迟滞性，直到2000年，日本才大致实现了男女收入的均等。在升迁的问题上女性同样处于劣势，而观念上的改变也就更加缓慢，女性地位的提高或者说女性解放仍然是一个漫长的过程。河野多惠子以《搜罗幼童》一文，展现的不仅是林晶子对男童的搜罗，同时也是当时女性对自己理想生活的搜罗，展现了女性对自我解放的追求和愿望。

通过对河野多惠子《搜罗幼童》中虐恋的分析，发现了其虐恋背后所暗含的主题，通过分析可以发现，在虐恋这一主题后所体现出来

① 与那覇恵子．現代女流作家論[M]．東京：審美社，1986:123.

的是20世纪60年代女性意识觉醒下，对自我解放及理想生活的追求，并透露出了追求解放而不得的时代悲剧。河野多惠子作为20世纪60年代的女性主义代表作家，她以自己独特的方式展现了其女性主义思想，即通过杀子虐子来反抗传统的贤妻良母主义规范，尽管显得手段有些残忍，但在当时的历史语境下，这样的文学作品曾给人以心灵的冲击，在文学史上留下了独特的印记。

第七节　大庭美奈子《三只蟹》女性形象解析

大庭美奈子（1930—2007）出生于日本东京，是战后派作家椎名麟三的长女，自幼喜欢读书，读了许多童话故事。父亲椎名麟三曾当过海军军医，所以大庭美奈子自幼就追随父亲辗转各地，也因为这个缘故，大庭美奈子自小学至高中，曾经数十次转学，大庭文学中的漂泊意识与她少年时代的这一经历不无关系。

大庭美奈子在二战时期曾在位于广岛县西条镇的被服加工厂做过苦工，美国向广岛投下原子弹，广岛上空原子弹爆炸后的蘑菇云也是15岁的大庭美奈子亲眼之所见。原子弹爆炸后两三个小时，大庭美奈子亲眼看到原子弹受害者们逃到西条避难。作家以这段记忆为题材，1977年创作并发表了《浦岛草》，被日本评论界视为广岛原爆题材的代表作之一。

大庭美奈子自高中时期就对文学感兴趣，同时热衷于戏剧。她沉溺于西方文学，阅读了契科夫、左拉、莫泊桑、梅里美、波德莱尔等作家的大量作品并深受T・S・艾略特诗歌的影响，开始了诗歌创作。1959年，大庭美奈子随同丈夫大庭利雄移居美国阿拉斯加。结婚当初，大庭美奈子以“婚后继续小说创作”作为结婚的前提。他们生活的阿拉斯加是多民族聚集之地，那里多元文化共生，这为大庭美奈子的创作提供了有益的素材。自1968年发表的成名作《三只蟹》起，作家的这段经历及影响几乎贯穿于她的整个文学创作。

《三只蟹》以20世纪60年代美国最北部的阿拉斯加州为舞台，讲述了生活在那里的一个日本人家庭的故事。作品构思新颖，对人物心理的把握恰到好处，人物配置显出多民族风格，创作风格上有讽刺又有调侃，显示出作者的睿智，因而得到日本文坛的高度评价。大庭美奈子的外国生活体验对于她的作品创作发挥了重要作用，1968年，大庭美奈子在美国写的《三只蟹》获得日本文坛好评，获得芥川奖和群像新人文学奖，同时也获得女流文学奖、谷崎润一郎文学奖、川端康成文学奖等一系列文学奖项，宣告着文坛新宠儿的诞生。《三只蟹》之后，大庭的文学创作便一发不可收拾。

《三只蟹》讲述的不是蟹的故事，而是家庭主妇的婚外恋故事。这部作品描写了当时美国的现实状况，对于日本的现实情况而言具有预言性。主人公们虽然在经济上和性爱方面得到了满足，但是仅靠丈夫、孩子和朋友这种日常化的关系得不到真实的满足感，表现了现代女性精神上的孤独和虚无感。大庭美奈子的作品中有很多描写性无能者、近亲相奸、离婚和爱的纠葛等内容。比如在《雾之旅》这部作品中，作者认为男性是交换快乐的美丽动物，对于女性所处的孤独地狱进行了详尽的描述。

《三只蟹》是大庭美奈子前期文学代表作，它在男女关系中捕捉女性形象。关于《三只蟹》在大庭美奈子整个文学创作中的地位，清水良典如是评价："《三只蟹》是大庭美奈子的文坛处女作。人们常说所谓处女作中包含着作家的全部。按照这个说法，这部处女作中，不仅有描写男女关系的主题，作家其后常年创作体现并加深的文学诸要素和心象风景在这部作品中隐隐约约都能找到影子。”[①]也就是说，《三只蟹》基本确定了大庭美奈子的文学创作的基调。川端康成对该作品也给了高度评价：“大家都知道这样的小说如今在世界其他地方可以看到。但在日本还不多见。就凭这一点就值得获芥川奖。大庭美奈子很有才能。”[②]

大庭美奈子作为女性作家，创作了许多具有代表性女主人公的作品。其中，《三只蟹》中描写的四位女性分别是由梨、萨沙、琳达和横田夫人，她们各具个性，命运各不相同。家庭主妇由梨厌倦了丈夫开的桥牌晚会，离开家到外面散心，并和一陌生男子发生了一夜情。

《三只蟹》中参加桥牌晚会的人物，比如物理学者横田和他的妻子、教美国文学的弗兰克、巴拉诺夫神父和妻子萨沙、画家兼教师琳达，他们之间的关系十分复杂。由梨的丈夫武跟歌手萨沙有婚外情且乐此不疲，由梨和弗兰克曾经发生过肉体关系。最重要的是，由梨和丈夫都知道彼此的不忠，偶尔会相互挖苦，但丝毫没有要离婚的念头。另一方面，萨沙对于愚钝的好脾气丈夫完全无视，不仅跟武有婚外情，还跟多位男性有过性关系。而弗兰克已经离婚，眼下跟已经离婚且养育两个孩子的琳达在交往。然而，琳达跟一位从芝加哥来工作的技师关系亲密，为了跟技师一起过周末而计划前往芝加哥。在作品中，由梨是一位跟随丈夫过着背井离乡生活的家庭主妇，她孤独、寂寞、得不到丈夫和女儿的理解。在家中跟女儿说真心话，女儿反而认为她不诚实。丈夫揶揄她不成熟，孩子气。丈夫的朋友来开桥牌晚会，为了给丈夫挣面子，由梨忍着腹痛全力配合丈夫。即便这样，丈

① 清水良典．特集・大庭美奈子『三匹の蟹』を読む．テートムと『素敵な歌』[J]．群像62卷8号，2007-08.

② 芥川賞全集第八巻[M]．東京：文藝春秋，1982-09.

夫武仍然说："老婆地位比我低，我比女儿地位低。"[①]可见由梨在家中地位是最低的。

由梨在家中尽到了贤妻良母的义务，但她也知道自己有资格享受生活。所以她厌烦了家庭中令人生厌的氛围，在丈夫开桥牌晚会之时独自到外面游逛。她逃离家庭不是为了到外面寻欢作乐，只是为了到外面透透气，因为家里的气氛让人窒息。她在外游逛时与穿粉色衬衫男子的相遇纯粹是一种偶然。由梨差点摔跤，穿粉色衬衫男子关切地问她鞋子坏了没有。由梨不好意思地说："我缺乏运动神经，经常会摔倒。所以我丈夫对我不满。"[②]令人可悲的是，在家中不被理解的由梨因为一陌生男子的一个简单动作而深受感动，这是两人产生一夜情的催化剂。

"要是雾停了的话应该是个好天气的啊。由梨一会儿看看沉在雾中的深紫色大海，一会儿看看在强烈阳光中奇妙地闪烁着悲壮光芒的'三只蟹'旅馆的霓虹灯。"[③]这是作品的开始部分，作品从这令人郁闷的早上开始写起。由梨和粉色衬衫男子在这个旅馆发生了一夜情，她早上离开旅馆回到了家。由梨的离家出走就像那团雾，到了早上就自然消散了。虽然粉色衬衫男子比丈夫武温柔，但由梨也不可能逃离家庭跟随这个男子而去。她必须回归到家庭的日常之中。

由梨是典型的在家庭中被忽视的存在。在这个家庭中，她必须忍耐。"忍耐"构成了作品前半部分的关键词。小说的前半部分，由梨在家庭中过着看似悠闲的生活。周末，她要开车接朋友来家里打桥牌，家里宽敞明亮，可容两桌朋友打桥牌。在日本的主妇们看来，由

① 大庭美奈子．三匹の蟹[M]．東京：講談社，1992:25.
② 大庭美奈子．三匹の蟹[M]．東京：講談社，1992:44.
③ 大庭美奈子．三匹の蟹[M]．東京：講談社，1992:7.

梨的生活极其悠闲自得，可由梨已经腻烦透了这种生活。她在和面时感觉胃里隐隐作痛，就像孕吐时一样，觉得胃里的东西到了嗓子眼儿。由梨感觉想要呕吐实际上是对自己的现实生活心生厌倦的表征。当那些所谓的朋友来到家里打桥牌时，由梨的不快达到顶点。这些人个个工于心计，说话丝毫不留情面，挖苦的话可没少说。即使偶尔恭维对方，听起来也只是落入俗套的恭维话，很少有人吐露真言。由梨在物质上很富足，但她在精神上很贫瘠，得不到满足，就像"浮萍"一般，没有依靠。由梨在家庭中的焦躁感在小说前半部分占据较大比重。之所以产生焦躁感，一是由于丈夫和女儿对自己的不理解，二是由于由梨自身精神的空虚寂寞，这直接导致由梨在后半部分的精神错乱和极度孤独。

在《三只蟹》出现的几位女性人物之中，横田夫人在精致的外表下隐藏着不安，她温柔舒雅，很有魅力，丈夫横田配不上她。她话语不多，举止庄重，是传统的日本女人。而萨沙是擅长歌舞的野百合。萨沙很性感，声音和打扮都散发着野性魅力。打桥牌时，刚一进门便引起男性们的注意。她毫不避讳地和由梨的丈夫武打情骂俏，这直接导致了由梨的离家出走。萨沙是白人，充满自信，她代表了阿拉斯加不同的文化。她和由梨也有共同之处，即对于不同的文化充满包容。琳达最后登场，她离婚后和弗兰克交往。但是她不满足于仅仅拥有一个弗兰克，同时也和其他男人有交往。她总是对自己所处现状不满足。跟由梨比起来，琳达更加自由开放。虽然她是单身母亲，但是琳达并不一心追求安稳的生活，而是依照自身的内心诉求行事。

由梨等女性形象的产生跟大庭美奈子自身的经历有关。1959年大庭美奈子追随丈夫大庭利雄到美国的阿拉斯加居住，此后在美国生活了11年，受美国文化影响很深。在这里她开始了自己的文学创作生涯。“大庭那被人们视为异常的敏锐的人类观察的眼光是由于她少女时代经历了原子弹爆炸，主妇时代住在阿拉斯加的异文化体验导致的。大庭以这种目光非常准确地凝望着生活在现代日本的人们的种种真相。”[①]

《三只蟹》描写的是20世纪60年代的事情，这和作者自身的经历相匹配。大庭借助由梨表达了自己对那个时代的看法，所以《三只蟹》有明显的时代烙印。川端康成就《三只蟹》做了如下评价：“那样地生活，那样会话，那样体验着性，它轻轻地浮在一个潮流的泡沫之上，可以说它轻轻地触摸着时代思潮的一端。”[②]也就是说，由梨等女性形象是时代的产物，表达了年轻人对于陷入泥沼化的越南战争的抵抗。20世纪60年代，美国发生了许多大事，譬如美国人的反战运动，黑人和被歧视少数民族为了消除歧视而进行的斗争，女性和同性恋者等社会弱势群体要求权利的运动等等，大庭美奈子很好地抓住了时代的脉搏。

此外，作为“旅美日本人”在阿拉斯加的生活对于大庭美奈子也有很大影响。大庭自身的经历以及作为作家搜集到的素材为她作品中女性形象的形成有很大帮助。大庭说：“作为美国最后开拓地的阿拉斯加吸引了对大工业主义的物质文明持怀疑态度的人们。……这里有从战后的欧洲国家来的人，我们在这个镇上有几位难得的朋友。”[③]这种体验在作品中也有反映：“那时的朋友都改变了姿态出现在我的作品中。”[④]比如，对于独自一人抚养孩子的琳达，大庭以深深的同

① 梅原猛．http://nlkkeibook.com/obu/commnent.html．
② 文芸春秋社．芥川奖全集第八卷[M]．東京：文芸春秋，1982:09．
③ 大庭美奈子．海に揺らぐ糸　石を積む[M]．東京：講談社，1993:266-267．
④ 大庭美奈子．三匹の蟹[M]．東京：講談社，1992:295．

情和共感来描写她，她既当爹又当妈。琳达这个人物形象受到了大庭朋友奥利加的影响，奥利加和丈夫离婚后独自一人抚养两个孩子，被称为女性主义的先驱者。

大庭美奈子不是家庭主妇，婚后她没有放弃小说创作，充分利用丈夫工作调动的机会，在美国的大学学习文学。因为大庭美奈子对家庭主妇的单调感到腻烦，即使用尽全力做家务也得不到满足感，她从周围女性的生活中也得到答案。于是她不满足于做家庭主妇，在文学中寻找自己的快乐。《三只蟹》中家庭主妇由梨烤蛋糕时的焦躁感就充分反映了作者大庭美奈子的心境。

大庭美奈子在《三只蟹》中塑造的由梨形象，是一个勇敢地表现自我欲求的现代妇女形象。她不满足于现代社会赋予她的性别角色，即不满足于安心在家里做一名家庭主妇。能够勇敢地主张自我的真实感受和各种欲求，拒绝来自男性的性别歧视。所以在大庭美奈子的作品中更多可以看到的是被弱化的男性和主张自我的女性形象。

第八节　濑户内晴美前期作品中的女性形象

濑户内晴美原名三谷晴美，1922年生于德岛市，父亲三谷丰吉是经营佛龛等用具的商人，母亲名曰阿春，濑户内晴美是家中次女，姐姐阿艳比晴美年长5岁。因为父亲做了濑户内家的养子，晴美随之改姓濑户内。濑户内晴美自幼文学天赋异禀并立志当作家。1935年4月，濑户内晴美以第一名的优异成绩考入了县立德岛女子高中，她在学校的文学季刊杂志《后雕》上经常刊登自己创作的诗文。从这时起，她喜欢上了《源氏物语》，对作品中风流的审美世界产生了共鸣。

濑户内晴美是一个异乎寻常的性情中人。1947年夏天，在濑户内晴美的丈夫就职东京期间，她在故乡德岛与丈夫的弟子檀郎展开婚外恋，这位恋人是濑户内晴美在北京认识的，两人爱得死去活来。因为濑户内睛美跟丈夫没有实质上的恋爱，所以与丈夫弟子的恋爱是濑户内晴美名副其实的初恋。刘立善这样评价她的婚外恋："她认为，一个生命和另一个生命不期而遇相见恨晚的时候，每个生命的密度就开始注定了。"[①]这年秋天，濑户内晴美随同丈夫前往东京居住。濑户内睛美虽然想努力做个好妻子、好母亲，但是她控制不住自己的春心，终于于1948年2月，撇下了丈夫与女儿，与檀郎私奔到京都。但是好景不长，他们的婚外恋以分道扬镳而告终。其后，濑户内晴美还与文学杂志《文学者》的编委小田仁二郎等男性传过绯闻。仅从文学角度看，因为恋爱是艺术的酵母，所以濑户内晴美体验的这一连串风流韵事，对她后来成为名震文坛的作家具有较大的促进作用。1950年2月，濑户内晴美与丈夫正式离婚，开始以笔名"三谷晴美"创作少女小说与童话。1956年12月号《新潮》上登载了濑户内晴美以自己在北京时期的生活为素材的小说《女大学生曲爱玲》，获得她文学生涯第一个奖项——"新潮社同仁杂志奖"。

濑户内晴美的文学以其出家为分界线，可分为前期文学和后期创作。前期创作主要表现了作者自由不羁的生活态度，除了《女大学生曲爱玲》之外，还发表了《花芯》、传记作品《田村俊子》和《鹿子缭乱》，以及长篇小说《夏日终焉》等具有女性主义特色的作品。1973年，51岁的濑户内晴美皈依佛门，改名"濑户内寂听"。皈依佛门后，濑户内寂听写了一些作品，一改前期追求女性恋爱自由、多角

① 刘立善．论濑户内晴美文学的创作特色[J]．日本研究，2012(1):58．

恋爱等写作方式，思想上得到大彻大悟，写了《人生在世便是相逢》《不乱于心、不困于情》等作品，表达了自己内心的平静以及对情感世界的放弃。本节以濑户内晴美的前期作品为主线，探讨其前期作品中我行我素的女性人物形象，以把握濑户内晴美前期作品的思想实质。

一、《花芯》中的园子形象

《花芯》1957年10月发表于《新潮》杂志，是濑户内晴美的第一人称中篇小说。在前一年发表的《女大学生曲爱玲》获得“新潮社同仁杂志奖”之后，《花芯》的发表可谓濑户内文学创作的真正开始。女主人公古川园子的原型就是作者本人。作品采用第一人称叙事，女主人公“我”从小学时代起就本能地厌恶同性，喜欢异性，被视为不良少女，但是“我”对文学十分感兴趣，曾梦想当探险家。在父亲的安排下，“我”被迫和雨宫订了婚，未婚夫雨宫的母亲是父亲的初恋。雨宫从小学时起就给“我”写情书，但是“我”根本不喜欢雨宫。然而父命难违，园子不得已跟雨宫结了婚。由于是不情愿的婚姻，园子感受不到新婚生活的甜蜜。不久，园子怀孕并生下儿子阿诚。园子和雨宫度过了相对平稳的3年时光。后来雨宫到了京都的支店工作，园子探望雨宫时遇到了自己的初恋越智，此时越智是雨宫的上司，园子被越智所吸引，两人陷入热恋。和越智重逢后，园子真正体会到什么是真爱，于是她决定和雨宫离婚。园子的决定使母亲非常生气，妹妹也帮助妈妈禁止园子外出。这期间，园子对越智的感情越发升温。最后园子和雨宫离婚，靠自己的双手挣钱养活自己，走向自立之路。园子和多个男性有过一夜情，在和男性交往的过程中，她终于明白无论哪个男性都无法在身心两方面满足自己。

《花芯》是涉及女子性心理的先驱性作品，蕴含着对既成道德的反叛，是濑户内晴美初期创作的重要作品。濑户内晴美写《花芯》的目的在于描写女性爱的悲欢。作品发表后，在文坛引起极大争论。当时日本文学评论界的泰斗平野谦在《每日新闻》的文艺时评上说："描写平凡的人妻完全变成了娼妇的这部作品超出必要地使用了'子宫'一词。以前我读该作家的短篇集时，对于以私小说风格来描写陷入僵局的恋爱作品抱有好感，她描写的没落的中小企业经营者与职员的恋爱故事也令人印象深刻。我认为，该作家在文学实力上不输给原田康子和有吉佐和子。但是，描写三十多岁的女性生理的这部作品中，明显可以感受到作者对于新闻媒体轰动效应的追随。这是该作家的弱点。这种弱点在《花芯》中以'子宫'一词的过度使用而显现。"①平野谦的评论对于濑户内晴美当时的创作具有毁灭性打击，自1957年到1961年发表《田村俊子》为止，有4年时间文艺杂志不刊登濑户内晴美的任何作品。但是，在濑户内创作的停滞期，室生犀星、园地文子和吉行淳之介等前辈作家寄来信函，给予安慰和勉励。此外，室生犀星在《黄金之针》中对女性作家进行评论时指出："读了濑户内晴美初期刊登在《新潮》杂志上的作品，她作为女性毫不隐讳地描写了非常令人害羞之事，我闭上眼睛以示敬意。"濑户内晴美回忆跟大江健三郎一起讲演旅行时大江说的话："大江以非常认真的态度对我说，《花芯》真好，真是好。《花芯》是评论家将作家搞臭的一个例子。"②秋山骏也对《花芯》给予好评，认为这部作品不是"制作"，而是"创造"。因为"其中的所有场面几乎没有西欧文学的影子，与日本的现实有着紧密的联系。作者想要正确地演奏全身感

① 平野谦在1957年10月22日《每日新闻》的文艺时评上进行了评价。

② 瀬戸内寂聴．瀬戸内寂聴全集[M]．東京：新潮社，2002：6.

受到的现代生存的音阶，才产生了这个主人公”①。

针对文坛对自己的攻击，濑户内晴美没有坐以待毙，她找到《新潮》杂志的主编佐伯十三，说那些匿名批评太可恶了，请允许自己在《新潮》杂志上写文章反驳。主编反驳了濑户内的意见：“既然你作为小说家开始创作，自己写的东西无论别人怎么刁难也没有办法。小说家就是靠丢自己的丑来挣钱的。必须要锻炼出非同于一般人的神经。你发怒说明你的神经正常。这还不够，你的思想准备远远不够。只能重整旗鼓了。”②

那么，濑户内晴美在作品中究竟使用了哪些字眼，以至于评论界重量级人物平野谦对她毫不客气。据统计，濑户内晴美初版的《花芯》中使用了“子宫”一词九次，比如下面一段话中就使用了两次：“有些微胖的、皮肤白皙的雨宫和肌肉紧绷、皮肤浅黑的越智之间，虽然皮肤给人的感觉不同，但是我的子宫享受的快乐有什么差别呢。……我的子宫发出了不知羞耻的呻吟声。”③尤其作品最后的描写会招致某些评论界的不快：“这样的我也有人所不知的恐惧之事。我死了火化之后，留在细长白骨旁的，是挥发着呛鼻恶臭的子宫。”④此外，作品中的官能描写不仅体现在和前夫雨宫和情人越智的情爱生活方面，关于主人公园子的一夜情也有大量描写。“我和那些被老板娘指使、像国际象棋棋子一样挪动的应召女不同。即使和一夜情的男子，也会忘记一切忘我投入，想在那甘美的‘死’之中穿过并苏生，亲身体验瞬间的生命充实。”⑤

① 秋山駿．瀬戸内寂聴－小説家の誕生[M]．東京：おうふう，2004;32.
② 瀬戸内寂聴．瀬戸内寂聴全集[M]．東京：新潮社，2002;58.
③ 瀬戸内寂聴．花芯[M]、東京：講談社文庫，2005;218.
④ 瀬戸内寂聴．花芯[M]、東京：講談社文庫，2005;249.
⑤ 瀬戸内寂聴．花芯[M]．東京：講談社文庫，2005:242.

濑户内晴美使用大胆的语言描写了女主人公园子，看过这些描写，人们会觉得园子似乎就是娼妓一般的存在。园子之所以会有这样的行为，跟当时的社会环境分不开。首先，园子向往心灵相通的婚姻，但她在婚姻中没能感受到与丈夫的心灵碰撞，所以她格外孤独。其次，园子本身就不是贤妻良母类型的女子，她见到越智后感受到自己无比欣赏的异性美，不顾一切地爱上了更具男人魅力的越智，这跟有岛武郎的《一个女人》中叶子的形象有几分相似。

敢爱敢恨，奋不顾身地去爱自己喜欢的人，并陶醉在爱河之中，这就是《花芯》中的园子形象。园子不为传统贞操观念所束缚，看重官能生活，认为性爱更多具有愉悦自身的功能，传宗接代倒是次要的。这种观点和现代部分女性观点是一致的，但考虑到作品发表的年代，《花芯》中的园子依然是超前的。

二、传记作品《田村俊子》和《鹿子缭乱》中的俊子和鹿子形象

1961年，濑户内晴美发表了评传式小说《田村俊子》，该作品是濑户内晴美的成名作，描写了拟古典理想主义作家幸田露伴的女弟子田村俊子的生涯故事。田村俊子是第一个在经济上达到了自立的职业女性作家。《田村俊子》的主题即：女子究竟怎样奋斗才能从根本上获得与男子同样的地位？才能真正实现自由、独立与自我解放？在这个问题上，濑户内晴美与田村俊子高度相似。濑户内晴美称田村俊子的作品至今仍具有不可思议的新鲜度，燃烧着顽强的生命力。她描写田村俊子，在某种程度上也就是为了表现自己。1961年《田村俊子》获首届“田村俊子奖”，颁奖仪式在北镰仓东庆寺田村俊子的墓前举行。

濑户内晴美比较客观地反映了田村俊子的人物风貌。濑户内笔下的田村俊子正面和负面形象都比较鲜明。正面形象，主要集中在俊子的自信、光明磊落、刚毅果敢及与人为善等方面。相反，俊子不是完美的人，不完美主要表现在她的孤独、可怜、官能、贫穷、浓妆艳抹等方面。濑户内认为，俊子虽然贫穷但不卑怯，忍受不了孤独，会不由自主地爱上其他男人。俊子不讨人嫌，属于自己将安定生活打破的破灭型女性。

濑户内晴美之所以写《田村俊子》，是因为她在这些女主人公身上发现了自己应该努力的方向。濑户内晴美在《田村俊子》中说道：

战后过了几年，我再次想起田村俊子的名字，是在和丈夫离婚后。那时自己都没想到我完全靠自己一支笔开始支撑女人的生活。

这时我才有一种作为自己活着的实感。之前没有用过的也没怎么听过的"自我"一词，作为自己的感觉在我内心实际感受到了。它跟时代的流行无关，也不是抽象论。

与此同时，明治以后日本女子的生活方式再次以不同的角度映入我的眼帘。[①]

由此可见，田村俊子的自我解放和果敢行动深深影响了濑户内晴美，她通过写评传向田村俊子致敬，同时也表达了要实现自我解放的决心。

传纪作品《鹿子缭乱》连载于《妇人画报》上，从1962年7月号开始一直连载到1964年6月号。女主人公冈本鹿子也就是冈本可能子，是一位小说家，也是和歌诗人，师从明治时代的新女性歌人与谢野晶子，是"青鞜"派的一员。濑户内晴美对冈本鹿子那烈火一般的

① 濑户内晴美．かの子繚乱[M]．東京：講談社，1977:583.

生涯与绚丽的文学业绩深有共鸣。濑户内晴美在《鹿子缭乱》中如是评价冈本鹿子："总之，鹿子给人的感觉是，她的感情和行动在事物的两端摇摆。其振幅之大超出常规。她不够中庸，缺乏平衡感，有一种强烈的自我显示欲、王者一样的征服欲，神魔一般的生命力，跟自卑一纸之隔的自我陶醉……这些东西在鹿子身上都存在，互相拥挤。结果显示在外面的言语行动总是违背一般常识。"①

《田村俊子》和《鹿子缭乱》两部作品的女主人公都是濑户内晴美真心敬仰的人，她们的人生轨迹和生活态度是濑户内晴美向往并努力追寻的目标。田村俊子一生之中在恋爱问题上遵从自己的内心诉求，敢爱敢恨，她最初和田村松鱼爱得热烈，但松鱼在婚姻（同居）生活中对俊子多有限制，使俊子深切地感受到婚姻中男女之间的"相克"以及女性独立的艰难。后来她离开松鱼，与铃木悦共同前往加拿大生活，生活进入了相对平静时期。俊子从加拿大回国后曾与漥川稻子（佐多稻子）的丈夫漥川鹤次郎传出绯闻。之后前往上海担任杂志《女声》的编辑及出版发行，并客死于上海。

冈本鹿子又名冈本可能子（也有译为冈本加乃子的），自幼便具有强烈的个性和精英意识。在跟随与谢野晶子学习短歌期间，深受晶子短歌《乱发》的影响和熏陶，晶子短歌中迸发的生命力和无限的热情深深吸引了冈本鹿子。1910年，杂志《青鞜》创刊伊始，冈本鹿子便参加了女性主义运动，每期杂志上都有她的作品。虽然冈本鹿子最初醉心于与谢野晶子的思想，但实质上，鹿子的思想更接近平塚雷鸟的女性主义思想。与谢野晶子的思想具有强烈的女性自我肯定和女人崇拜，而冈本鹿子则更加肯定母性。

① 濑户内晴美．かの子繚乱[M]．東京：講談社，1977:585.

虽是“青鞜”成员，却很少在同人会上露面，只跟平塚雷鸟和生田花世等人有个人层面的交流。鹿子不盲从于“青鞜”的意识形态，她通过倾吐女性的哀怨来表达女性的所有属性，使男性充分意识到女性本质上的生命本态，从而确立女性相对于男性的存在理由。鹿子之所以具有这样的思想，受其母亲影响颇深。鹿子的母亲爱子是一位像太阳一般的母亲，明亮、温暖、聪明，支撑这一大家子，是家中的顶梁柱。其母亲与平塚雷鸟、与谢野晶子并无二致。与谢野晶子依靠自己的诗歌才气赚取稿费，养活一家十三口，是典型的家庭顶梁柱，所以鹿子主张培育母爱也是可以理解的。这种母爱生来潜藏于女性之中，它具有强烈的拥抱能力，具有可以培育任何所接触物质的巨大力量，它不被时时刻刻变化的社会局势所左右。所以，这种爱“对于孩子而言作为母性爱出现，对于丈夫而言，是一种具有融合作用的妻子的爱，对于一般社会是理解邻人立场、成为邻人的宽慰和力量，确保社会安宁和幸福的慈悲之爱。”①

三、《夏日终焉》中的知子形象

如果说《田村俊子》是濑户内晴美的成名作，那么《夏日终焉》则是濑户内晴美确立自己文坛地位的代表作。濑户内晴美根据自己的风流浪漫史，创作了这部具有私小说性质的作品。作品发表于1962年10月号《新潮》杂志上。染织家相泽知子有着稳定的工作和收入，她和丈夫的弟子凉太恋爱，凉太比自己小6岁，为了和凉太在一起，知子选择抛夫弃子。但就像丈夫所言，知子与凉太好景不长，不到半年两人就分开了。处于独身状态的知子受到小山慎吾的邀请，两人前往

① 岡本かの子．岡本かの子全集第12巻[M]．東京：冬樹社，1974:256.

箱根旅行并慢慢发展为情人关系。知子每搬一次家，慎吾都会跟随过来一起住。知子和有妇之夫慎吾保持着婚外同居生活达8年之久。慎吾既不跟妻子离婚，也不离开知子，在两个家庭之间轮流居住，知子也习惯了和慎吾在一起的生活。在一年夏天即将结束之际，知子拜访了慎吾位于海边的家，并告诉慎吾，自己12年前的相好凉太前来找知子。凉太的再次出现，使知子本来相对平静的生活又起了波澜。12年前，凉太和知子分手后，在南方某个岛上和一女子结婚，婚姻以失败告终，凉太回到东京，想从头再来。此时的凉太虽然外表和以前变化不大，但是浑身散发着一种颓废和无力感。凉太生病住院时给知子打电话，让知子去医院探望他，此后他们二人趁慎吾不在家时不断幽会，知子又回到了凉太身边。慎吾和知子关系渐渐疏远，在两人的一次旅行中，知子觉得这是两人一起最后一次旅行了，“直到现在，知子才切实地感受到与慎吾终于走到了终点，想到这儿，她不觉发出一声轻微的叹息。”①她的这声叹息，也意味着两人关系的结束。知子之所以会发出叹息，是因为8年时间里她的确和慎吾真爱过。此时的知子觉得，“无论今后的独身生活会怎样度过，恐怕自己很难有机会再次邂逅这般盛开的鲜花了。”②这里“盛开的鲜花”也是自己恋爱生活的隐喻。夹在两个男性之间的知子体会到不同的爱与性，她有烦恼，更多的是欢乐。

1963年，《夏日终焉》获第二届女性作家文学奖，它是由《溢出的东西》《夏日终焉》《依恋》《花季天寒》等四部作品构成的长篇小说，是濑户内晴美对自己恋爱经历的回忆。濑户内晴美和丈夫的弟子产生感情是1947年的事情，15年后，濑户内晴美以冷静的视线客

① 濑户内寂听，夏日终焉[M]. 竺家荣，译. 北京：人民文学出版社，2015:55.
② 濑户内寂听，夏日终焉[M]. 竺家荣，译. 北京：人民文学出版社，2015:56.

观描写了当时的恋爱故事。知子即作者本人，慎吾的原型是小田仁二郎。濑户内晴美的《女大学生曲爱玲》便是小田仁二郎授意濑户内晴美写作并获得新潮同人杂志奖的。《女大学生曲爱玲》的成功打开了濑户内晴美的文学之路。据她本人回忆："如果没有小田仁二郎逼着我写作，我是写不出来的，也不可能写作去参赛。……我从他那里切实知道了文学的崇高和纯洁。"[①]某种程度上可以说没有濑户内晴美与小田仁二郎的相遇，就不会有作家濑户内晴美的诞生。小田仁二郎和濑户内晴美同居之后，他把一周时间分为两半，奔波于妻子和濑户内晴美之间，这种关系持续了8年时间。濑户内晴美和小田仁二郎分手的原因也如小说中所言，是由于昔日的恋人出现。濑户内晴美放不下处于悲惨境地的昔日恋人，于是包含小田仁二郎的妻子在内，产生了一种四角恋爱关系。

濑户内晴美根据自身经历写成《夏日终焉》，归根结底是意识到自己的生活危机，想从中获得救赎。"大概作者本人想通过艺术把现实生活中不得不流的污血加以净化吧。"[②]她把其中知子的形象塑造成不顾传统道德的新女性，知子坚守自我，自我觉醒，虽然对男子有无限的依恋，但在经济方面不依赖男人，自己的苦乐不由男人做主，以对等的立场和坚定的主体对待恋爱。知子在恋爱中将男性视作自己成长的"肥料"，既然活着就要爱到极致。在这种意义上，濑户内晴美可谓日本战后妇女解放运动的先锋。比起受第二次女性解放浪潮影响的高桥高子、大庭美奈子、河野多惠子等否定母性的女性主义作家来，濑户内晴美我行我素，无视传统道德，她不肯压抑自己的个性，也不肯压抑自己的恋爱本能，更不愿个人的幸福被世俗社会压制。所

① 昭和文学全集25[M]. 東京：小学館，1988:510.

② 日本近代文学館編. 日本近代文学大事典（第二巻）[Z]. 東京：講談社，1977:205.

以濑户内晴美尊重自身的本愿，忠实于内心的情感，敢爱敢恨，不仰男人鼻息，主动追求灵肉一致的生活。知子的形象是一个敢于追求自身幸福而置传统道德于不顾的新时代女性形象。

濑户内晴美的前半生可谓波澜壮阔，阅历甚广，所以她的前期文学创作内涵丰富，十分具有话题性。也由于她创作的话题性而受到文坛大家的猛烈批判。但是濑户内晴美不畏人言，勇敢地做自己。她的人生座右铭是“活着就要爱”，面对世俗的眼光，濑户内晴美毫不退却，以自己的亲身经历为蓝本创作了描写女人遍历男人的私小说，以表现女性内在的黑暗世界。濑户内晴美前期作品的神髓“并非旨在表现肤浅的性爱与肉欲至上意识，并非旨在大胆无忌告白自己的性体验，而是通过性欲，重在探索女性灵肉世界的黑暗与烦恼。濑户内晴美的青春时代正处于战争年代与战后混乱时期，她深知女人如花，她不愿个人幸福为浊世所碾碎，作为女人，她要保证人生质量，忠于自己的内心要求，达到经济自立，不仰男人鼻息，积极主动享受女人的灵肉幸福”[①]。尽管濑户内晴美的作品饱受争议，但真实地表达了女性解放的声音，所以她的作品在日本读者众多，受欢迎程度超乎想象。

第九节　林京子女性主义代表作《峡谷》

林京子是亲身经历过长崎原子弹爆炸的女性作家，出生于1930年的林京子于1945年遭遇原子弹爆炸的惨剧，在风华正茂的年纪留下了一生难以忘记的黑暗记忆。1945年8月9日，长崎遭受美国投放的原子弹袭击。原子弹爆炸时，林京子正在工厂做工。1945年初，日本的

① 刘立善．论濑户内晴美文学的创作特色[J]．日本研究，2012(1)：62．

败相初露，因为兵员问题，日本初中生也被迫提前辍学为侵略战争服务，男生作为少年兵前往战场参战，女生到军需工厂做工。原子弹爆炸时，林京子所在的工厂距离爆炸中心不到两公里。林京子虽然没有受伤，但原子弹爆炸后遗症开始显现，林京子患上“原子病”，乌黑的头发开始脱落，时常会剧烈呕吐。这种惨痛的经历坚定了林京子坚决反核的立场。

林京子的创作生涯主要以反核姿态呈现，主要创作有芥川奖获奖作品《祭场》以及《路》《同期会》《昭和二十年的夏天》《如同没有》《公历一九八一·原爆三十七年》等原爆作品。由于林京子在上海待了14年，她创作了几部以上海时期的生活为素材的作品，主要有《米歇尔的口红》（1975）、《上海》（1983）和《三界之家》（1984）。此外，林京子还是位坚强的女性，21岁结婚的她婚后跟丈夫产生诸多摩擦，44岁时跟丈夫离婚，她看透了婚姻内男性唯我独尊的本性，于1988年发表了具有女性解放特色的作品《阴天的行进》《如同没有》《峡谷》等。这些作品塑造了现代日本社会中女性的理想形象，热情讴歌了在原子弹爆炸和社会体制的双重压迫下女性所表现出来的顽强生命力。本节主要围绕《峡谷》中男性对女性“生育”行为的漠视以及封建家长制对女性的迫害这两点展开。

一、林京子文学的先行研究

在中国和日本，关于林京子的研究主要着眼于她前期的反核作品以及跟她上海时期有关联的作品。渡边澄子等人著的《林京子——人与文学》主要阐述了林京子的一生、分析她是如何走上作家道路的，此外还有她的主要作品的评述。黑古一夫的著作《林京子论——“长崎”·上海·美国》从代表作《祭场》开始论述，分析了林京子的反核意识和反战意识，对她的几部反核作品给与充分肯定。田崎弘章在《拒绝日后谈的长崎文学——女性视角和日常性》中对佐多稻子的《树影》和林京子的《祭场》《如同没有》进行比较，对其中男性形象进行了比较研究，批判了其中男主人公作为不负责任的旁观者的做法。在中国方面，关于林京子的研究仍然以研究她的反核作品居多，比如晴岚的论文《日本林京子及其“被爆”文学》（《世界文学》，2014年第1期），秦刚的论文《日本“后3・11”的核曝文学书写——“被爆”作家林京子见证核难的历史连续性》（《世界文学》，2014年第1期），发表在《日本研究》杂志上的黑古一夫和刘立善的论文《林京子的“原子弹”文学》，这些论文都揭示了林京子坚决反核的战斗姿态，分析了其中的原因。此外，也有从比较文学角度进行研究的论文，比如《阅读鲁迅与重构“精神故乡”——日本作家林京子的创作与鲁迅之关系考论》。也有几篇论文分析了林京子以上海生活时期为背景写的作品，比如王洋的《读林京子的〈预定时间〉——“我”的上海体验中的理想破灭》《“密勒路”前的踌躇：林京子上海系列作品《假面》中的战争责任拷问》。另外，中国方面的硕士论文有论述其上海体验的，比如鹿安冉的《林京子的上海体验与文学创作——以〈米歇尔的口红〉〈上海〉〈预订时间〉为中心》。上述研究比较全面地研究了林京子的代表作品，但是，站在女性主义角度研究其后期代表作《峡谷》方面的尝试尚不多见。

二、林京子在《峡谷》中的分身之一——那津子

《峡谷》是林京子在美国旅居期间发表的短篇集，由《峡谷》《煮款冬》《二月之行》《女儿节偶人》等四部作品构成。这几部作品根据作者的亲身体验写成，反映了林京子婚姻生活的点点滴滴，尤

其反映了作为原子弹爆炸受害女性在生理层面和精神层面受到双重迫害的残酷现实。女主人公那津子生于长崎，是1945年长崎原子弹爆炸的幸存者，21岁时嫁给一位新闻记者草男。草男出身于地方的士族家庭，战争期间隶属日军报道部，派驻上海。这部小说讲述了那津子21岁结婚到44岁离婚，前后23年的婚姻生活以及其间四次的严重冲突。作者多次追问自己为什么会走到离婚的地步。不仅如此，作品对复杂的家庭关系、夫妇关系重点描写，对丈夫与小姑子、丈夫与外甥女之间的乱伦关系也有描写。

《峡谷》是林京子1988年在美生活期间写的小说，此时距离林京子离婚已经14年，但是林京子对那段婚姻生活的点点滴滴还记忆犹新。从阐述的各种关系以及女主人公的结婚、离婚、复杂的家庭关系等方面来看，《峡谷》可谓私小说。女主人公的许多生活细节跟林京子几乎一致。首先林京子从长崎医科大学附属专科学校护士系中途退学，没能完成学业，21岁时与某报社记者结婚，2年后长子出生，因为原子弹爆炸后遗症的影响，林京子一直担心她们母子能否健康地生活下去。林京子于44岁离婚，婚姻生活23年。女主人公那津子也是同样的生活经历，她和林京子一样，一直不得不作为一个“核武器的受害者”生活于世。其次，林京子丈夫家出身旧士族，当随军报社记者的经历也反映在男主人公草男身上。

《峡谷》的女主人公那津子以作者为原型，是一位坚决反对婚姻内男尊女卑行为的人。1945年8月9日的原子弹爆炸改变了那津子的命运，她得了原子病，人们说她只能活10年了。到了谈婚论嫁的年龄时，她和比自己大二十多岁的草男结了婚。此时的草男四十多岁，按照当时日本人平均寿命来讲，他的寿命只剩下十多年。草男说反正自己也就十多年的寿命了，听人们说那津子也只能活十多年，于是草男在结婚前提出：那津子这十多年的生活由他来保障，这十多年好赖一起过吧。那津子接受了这具有屈辱意味的结婚条件，他们不顾双方父母的反对，私奔到东京结了婚。那津子向往做母亲，但因为自己是“原子病”患者，一旦怀孕，害怕因此导致胎儿畸形，想到“逃走的原子弹受害者那没有眼睛、鼻子、眉毛的面庞和胎儿的面庞重叠”①，她陷入痛苦之中。后来得知自己怀孕，本着对腹内胎儿负责的态度，她开始担心原子病的后遗症问题，并犹豫究竟要不要生下孩子。此时，那津子只有二十多岁，她满怀恐惧，自己问自己如果生了有问题的孩子，自己有勇气抚养孩子长大成人吗？因为自己心里没有主意，她想征求丈夫的意见，然而丈夫的回答很冷淡，丈夫说自己也不知道，一切交给医生来处理吧。丈夫草男俨然一副事不关己的态度，这令那津子无比失望。

预产期接近，一天夜里阵痛开始，那津子想叫醒草男。叫醒草男之后那津子拜托草男把自己送到位于池之端的医院。草男说你是肚子疼吧，他对于那津子的阵痛丝毫不关心。当那津子拜托草男把自己送到医院时，草男很不耐烦，埋怨那津子为什么不白天去医院待产，他说“明天早上也来得及吧。我现在很困”②。那津子对丈夫的冷淡和不耐烦心灰意冷，她开始反省自己的婚姻，也对草男的做法十分不解。丈夫为什么对于自己生孩子这事这么冷淡，她左思右想得不到答案。孩子确实是草男的孩子，但怀胎十月是自己与胎儿交流的时间，

① 井上ひさし，河野多恵子，黒古一夫．林京子全集5[M]．東京：日本図書センター，2005:410.

② 井上ひさし，河野多恵子，黒古一夫．林京子全集5[M]．東京：日本図書センター，2005:410.

好像孩子的父亲与这件事丝毫没有关系似的。感觉草男跟即将出生的胎儿没有丝毫连带感，导致他深更半夜被叫醒时极其不悦。

那津子还算顺利地产下婴儿，生产时身体的疼痛还算其次，心灵的创伤难以愈合。那津子决定不再把孩子跟草男联系在一起。按照常理，孩子是夫妻的纽带，一家三口像一个三角形一样互相连带，夫妻通过共同抚养孩子加深感情，体会家庭的温暖。但在女主人公那津子看来，这个孩子跟自己具有连带关系，孩子同时也是草男的亲生骨肉，但她和草男之间的关系已经无法修复，一家三口本该形成的三角形因夫妻关系的不睦缺了一个边，成为上面留有巨大缺口的“V”字形关系了。“婴儿位于那津子和草男的V字连接点上，但V字两头不再连接，留下无限的空间。”[①]这句话跟作品命名为“峡谷”有必然的联系。

何为“峡谷”，按照字典的定义，峡谷是深度大于宽度谷坡陡峻的谷地，是“V形谷”的一种。作品命名为“峡谷”，即意味着草男和那津子的夫妻关系像“V”字的两头，没有关联，没有互动，他们的联系只有处于“V”字底部的孩子。为什么“V”字的两头不再有接点，因为那津子跟丈夫分歧很多，最主要的分歧还是丈夫的冷漠自私以及对自己不闻不问。丈夫代表的日本男权政治是那津子所嗤之以鼻的。

幸福的家庭应该是夫妻和谐、共同照顾好孩子、一家其乐融融的景象。但是在《峡谷》中，这种其乐融融的景象是一种空想。犹如“V”字的两头永远不会在上半部分交集一样。那津子和草男的家庭除了孩子的一点点纽带作用之外，再无联系可言。

① 井上ひさし，河野多恵子，黒古一夫．林京子全集 5 [M]．東京：日本図書センター，2005:413.

三、林京子在《峡谷》中的分身之二——C·M

正如前边所言，《峡谷》中的那津子的思想与生活是林京子思想和生活的再现。林京子在隐忍多年后终于选择离婚，是由于受到女性主义思想的洗礼。在林京子的生涯中，前往美国生活的数年时间对于她的思想影响极大。比起女性受压迫的日本，前往美国使得林京子在精神上获得了较大的自由。尽管在实际生活中林京子勇敢地选择了离婚后独立生活，但能以小说形式表达出自己独立自主的声音，仍需要一定的勇气和女性主义素养。正如《峡谷》中的那津子那样，林京子十分向往自由，憧憬男女平等的生活。她在《峡谷》中描写了一位敢爱敢恨的女性C·M。这位女性是那津子丈夫草男爱恋的女性，按理说那津子应该无比憎恨她，但是那津子却从她身上感受到温暖的光辉。因为C·M敢于勇敢地反抗不承认女性存在和价值的社会。在林京子之前写的小说《NANKING》里详细描写过这位C·M，说她是意志坚强的女性，“为了疗治离婚的伤痛，故意在异国的偏僻之地选择一个人生活”。[①]

C·M既有知识，又凭借自己的知识和男性争论，她选择自己喜欢的生活方式，在男人世界里显示了自己出色的工作状态。C·M可谓自由女性主义者的代表人物，是那津子的生活榜样，是作者林京子心中的理想形象。自由女性主义主张人人生而平等。在自由主义的思想传统中，平等主要被解释为机会均等。自由女性主义十分看重公正和机会均等，认为女性的地位受到习俗的局限，限制了女性对社会的参与。女性受压迫的根源在于个人和群体缺乏公平竞争机会与受教育

① 井上ひさし，河野多恵子，黒古一夫．林京子全集5[M]．東京：日本図書センター，2005:410.

的机会。通过教育和经济制度的改善，争取到平等机会。自由女性主义批评将女性束缚于家庭之中的行为，认为女性应该进入社会，与男性享有同等权利和机会。林京子通过塑造C·M这样的独立女性，表达了自己向往男女平等的愿望。在某种意义上，C·M也是林京子在作品中的分身。

四、林京子反抗男权的社会文化原因

在《峡谷》这部作品中，男主人公草男是男权文化的代表。他作为随军记者驻扎中国大陆，这个人物形象和林京子的丈夫林俊夫有重叠之处。作品中有林京子实际生活的投影。草男生于旧士族家庭，父亲曾当过一村之主任。在和那津子结婚之前，他除了和自己上司的女儿有染之外，和自己的妹妹有肉体关系。那津子知道了此事，心中怒火中烧，夫妻之间一直有隔阂。

草男向那津子提出结婚时完全是一种男性优先的态度。草男以居高临下的态度跟那津子结婚，体现了日本社会中男权文化的优越感。在那津子知道草男婚前的恶行之后，草男给那津子留下一封书信，信中说两人关系已经结束，继续和妻子生活已毫无意义，自己没必要再养活妻子。他在说养活时用了“饲养”一词，从中可以判断出草男自始至终没有把那津子当作一个正常的人来看待，就好比自己养了一只宠物，给它提供食物，厌倦了便不再饲养，随便丢弃。而且草男丝毫不为自己的恶行感到羞耻，反倒认为自己那些行为十分正当。

那津子是和丈夫生活了二十多年才离婚的，她早已看透了丈夫的冷漠与自私，可为什么不早些时间选择和丈夫离婚，原委在于，孩子刚出生时她不想让孩子一生下来便没有父亲，彼时她虽然对丈夫失望，但没有勇气选择离婚，因为一旦离婚，没有经济能力会使她的生活基础发生动摇，加之那津子身为原子病患者的身份，使她选择了隐忍。

林京子在《峡谷》里描写的时代是20世纪70年代，那时的日本社会男权思想仍然根深蒂固，尽管日本战败后实施了民主主义政策，女性地位较二战结束前有较大幅度提高，但男性的主体意识依然浓厚，他们觉得是自己挣钱养活了一家，养活了妻子，妻子在家中像仆人一般任劳任怨是理所当然的。所以他们缺乏对妻子最起码的尊重，平日里对妻子的生活很少理睬，缺乏关心，更有甚者动辄对妻子恶语相向，甚至拳打脚踢。女性的社会地位一直处于弱势。

文学理论家和批评家伊格尔顿认为："男尊女卑现象主要是由历史文化造成的，由来已久的历史文化一向是站在男权文化的角度上来审视社会，女性既是男性的压迫对象，又是男性必不可少的参照物、建构者。历史上一些男性作家将女性作为第二性来塑造，有些作品把女性描绘得凄艳动人，也博得了不少读者的同情，但这都是历史上传统思维定式在作怪的结果。对于男性统治的社会来说，男人是基本原则，女人是受排斥的对立项，只要牢牢保持这个区别，整个社会系统就可以有效运行。"①

男主外、女主内是日本社会长期坚持的传统。丈夫在外工作挣钱，妻子料理家务、照顾孩子，这一社会习俗导致男性拥有在家庭内的话语权。因为丈夫在外挣的钱是有形的、容易看到的，而妻子在家里所做家务是琐碎的，不易看到成效。所以丈夫觉得是自己挣钱养活一家，妻子靠丈夫的收入活着。曾几何时，家庭只是男性的"休息场所"，这甚至作为标语口号提出。所以深信家庭是休息场所的草男面

① 张西爱、周正．苏童小说女性形象塑造的女权主义审视[J]，海南师范大学学报（社会科学版），2012(2):98.

对深更半夜孕妻有了阵痛的局面仍然无动于衷，认为妻子生产跟自己毫无关系，他仍然埋头睡觉，任由妻子忍着阵痛独自去医院生产。

纵观日本历史，男权思想已经作为一种深层次的文化意识在封建社会中生根发芽、根深蒂固，想要实现真正意义上的男女平等的确困难。古代时期，日本除了中古时期女性地位相对较高之外，整个封建时期女性的地位始终处于下降趋势。这里所言中古时代女性地位较高是指该时期出现了几位女性文学大家，女性在文学领域的发展得到认可。但能够有所建树的也仅限于贵族家女子，一般百姓家中女子并没有受到教育，她们仍然是封建时代的牺牲品。到了江户时代，德川幕府施行闭关锁国政策，国内以儒教学说作为统治人们的思想学说，该时期女性地位极其低下，人们对女子规定了诸多戒条，稍有违犯便会有灭顶之灾。比如中国古代针对已婚女性的“七去”[①]在江户时期也被幕府采用，成为压迫女性的大山。而且该时期女性几乎不被允许参与到文学创作之中。明治维新后，西方自由民主思想对日本女性影响巨大，知识女性越来越多，受教育的女性首先对传统的父权制提出挑战。女性的自觉促成了女性的自我解放，并成为行动的自觉。

在某种意义上，日本女性解放的历史也是一部跟男权斗争的历史。在家庭层面，首先是女性争取婚姻自主，之后争取婚姻内的男女平等。在社会层面，首先是争取女性的参政权，之后是争取社会各层面的男女平等。20世纪60年代，受美国第二次女性解放浪潮的影响，日本于1960年代掀起了第二次女性解放浪潮，女性主义运动第二次浪潮的主要目标是批判性别主义、性别歧视和男性权力，当时虽然女性

① 七去：也称“七出”。中国封建社会休弃妻子的七种理由。《仪礼·丧服》：“出妻之子为母。”贾公彦疏：“七出者：无子，一也；淫佚，二也；不事舅姑，三也；口舌，四也；盗窃，五也；妒忌，六也；恶疾，七也。”

有了选举权、工作权和受教育权，但是表面的性别平等掩盖了实际上的性别不平等。“所谓妇女解放即以获得跟男性同等的权利为目的的男女平等要求。”[①]之前的女性运动强调女性的解放，却很少看到男女平等的字样。

在第二次女性解放浪潮的刺激下，广大女性越发认识到女性解放的重要性，并纷纷付诸实践。林京子也是深受此次解放浪潮影响的知识女性，原本她不仅作为原子弹爆炸受害者，而且在家庭中是受男权文化压迫的受害者。受第二次女性解放浪潮的影响，她认识到无爱婚姻的罪恶，所以她选择了离婚。正如《峡谷》中的那津子一样，作为有知识的女性，那津子在孩子渐渐长大后开始写小说、搞创作。此时，那津子已经具备了自己养活自己的能力，拥有了经济能力之后那津子不再依赖丈夫的养活，她渴望的是自我解放并最终走向男女平等。

《峡谷》作为林京子后期代表作之一，闪烁着理想的光辉。之所以这么说，是因为林京子经历特殊，个性坚强。林京子不仅遭受核爆的伤害，在现实生活中还忍受着家庭内的冷暴力。但是，双重压迫和伤害没有击垮林京子，生活的孤独没有使她消沉，她勇敢地选择自我完善、自我拯救的道路。

林京子身为核爆受害者，努力经营三口之家的幸福生活，但现实难以如愿，丈夫的冷漠、自私、颐指气使令她无比痛苦。最初经济能力的缺乏使她无法争取独立。林京子认识到女性拥有经济能力的重要性，而女性经济能力的获得首先是获得知识，在拥有知识的基础上寻求适合自己的工作。作为林京子分身的那津子在历经痛苦之后选择自

① 新編　日本のフェミニズム1リブとフェミニズム[M]. 東京：岩波書店，2009:3.

立之路，“那津子决定今后就不再让草男来养活了。”[①]她之所以能够选择自立之路，是因为她拥有了独立谋生的技能，所以才下定决心离婚，离开那个无爱的家。那津子的决心便是林京子坚持并追求女性独立的证明。

① 井上ひさし・河野多恵子・黒古一夫：『林京子全集５』，東京：日本図書センター，2005:437.

第六章　日本女性主义文学表现手法及形象嬗变

第一节　私小说与日本女性主义文学

平安时代，日本女性文学极其繁盛，女性作家们的日记文学特别引人注目。从那时起，自传体就成为女性通往小说创作之路的不二法门。20世纪的日本女性文学作品承袭了日本女性文学的这个传统，大多数女性作家依然是依照个人经验而创作。近代以来日本这些以女性经验为题材的自传式文学创作，反映了当时日本在政治层面、经济层面及社会层面对女性发展仍存在诸多束缚与制约的客观事实。那个年代具有新女性意识的女性作家们，奋力达成个人自由及文艺自由。这个现象无论在文学史上还是文化史上都意义非凡，她们集体对抗封建道德，反对性别压迫，提出打破习俗的观点，努力寻找实现自我的机会，这不仅是日本前所未见的现象，在日本女性文学史上也是十分耀眼的成就。

一、私小说和日本女性主义文学

纵观日本女性主义文学的创作方法，自明治时代至今，虽然出现过像仓桥由美子、金井美惠子作品中的反现实主义创作方法，但绝大多数女性主义作家仍然难以割舍私小说手法，可以说私小说手法是她们最钟爱的方法之一。比如清水紫琴的《破碎的婚戒》、田村俊子的《生血》《木乃伊的口红》《炮烙之刑》、宫本百合子的《伸子》、野上弥生子的《真知子》、津岛佑子的《宠儿》、大庭美奈子的《三只蟹》等，这些作品都或多或少运用了私小说手法。

1.私小说的特点

私小说作为日本独创的文学形式，它在日本繁荣了近半个世纪。战后，“第三新人”文学又恢复了私小说创作的传统。纵观日本近代文学史，没有哪个流派可以在规模上与之媲美，其生命力可谓旺盛。当然，本书所言私小说是一个大的概念，它不仅包括自然主义私小说，也包括心境小说。

通常的文学一般要通过虚构来塑造高于现实生活的艺术形象，私小说则不然，它一般是作者真实生活的披露。何少贤在《论日本私小说》一文中称构成私小说需要以下条件：“一、主人公是作者本人；二、作品忌带虚构，人物形象不需要塑造，内容必须真实，必须是作者所见所闻、所思所想的真实记录。”[①]在日本文学史上关于私小说的定义也莫衷一是。中村武罗夫在《正宗小说与心境小说》中的定义是：“私小说即作者直接出现在作品中的小说。作者在作品中直接叙述。它不着力于作品的内容，而强调是谁写的。它不着力于描写人物、社会与生活，而一味地想要诉说作者的心境。这样的小说即私小说。一言以蔽之，私小说即作者把自己最直截了当地暴露出来的小说。”[②]而小林秀雄称私小说是“作者描写自己摆脱不幸的小说”，文学博士吉田精一则称私小说为“以自己身边的事情为题材的小说”。笔者认为中村武罗夫的定义更为缜密。

① 何少贤．论日本私小说[J]．外国文学评论，1996(2):76．
② 中村武羅夫．本格小説と心境小説[J]．日本文学大系（近代評論集Ⅱ）[M]．東京：角川書店，1972:401．

2. 日本女性主义文学中的私小说倾向

日本女性主义文学中能称得上纯粹的私小说的作品并不多，但考虑到她们的作品主人公与作者本人的极度相似性，故在这里使用“私小说倾向”一词。

20世纪初，自然主义作品《棉被》发表以后，女性作家也开始涉足私小说创作领域。其实在《棉被》发表之前的1891年，自由民权运动家清水紫琴发表的《破碎的婚戒》就具有私小说性质，女主人公的经历跟作者的经历几乎是一致的，只是在当时还没有私小说的概念。清水紫琴1885年和一位律师结婚，3年后离婚。离婚原因是丈夫还有其他女人。《破碎的婚戒》的内容虽然和紫琴的婚姻生活相似度极高，但它不是自传作品。紫琴在作品中没有特意提起夫妇二人同为民权运动积极分子的特殊性，而是将之作为明治时期家长制度和夫妇关系中可能发生的一种带有普遍性的悲剧提了出来。紫琴不是为了诉说自己的不幸婚姻而诉说，而是站在女性的立场，认为女性应挣脱不幸婚姻的枷锁，实现自我独立。只有女性自我觉醒了，才不会做男人的奴隶。20年后，随着日本第一个女性主义文学杂志《青鞜》的创刊，女性们纷纷开始创作。这一时期的女性作家表现了坚强、独立和决心创造自己美好未来的特质，希望寻找到新的生活方式，并且通过文字告白与生活体验，直接反抗传统封建社会对女性的性别压迫以及资本主义对女性的剥削，抗拒扮演传统女性角色，在日本文学中留下女性独立的足音。

昭和初期的女性作品大部分也是作者亲身经历的再现。像宫本百合子的长篇小说《伸子》就是完全按照作者的亲身体验来写就的。百合子在《伸子》中所塑造的新女性代表——伸子在某种程度上就是宫本百合子本人的投影。由于小说中人物均在生活中有原型，而且小说情节和作者本人经历相一致，故日本文学评论界一致认为该小说是私小说。笔者认为，《伸子》虽然具有私小说因素，但比起传统私小说来，它内涵不仅丰富，而且表现主题深刻，具有广泛的社会性，故该小说不能简单地理解为单纯的私小说。

战后，日本文坛有意识地远离私小说传统，像战后派作家的作品大都跟私小说无缘。但是，私小说毕竟是根深蒂固存在于日本文学中的文学形式，所以战后的女性作家们仍然对这个文学传统爱不释手。其中太宰治次女津岛佑子的许多作品具有私小说性质。

在津岛佑子的作品中经常出现父亲缺失的家庭。父亲的缺场对女主人公的心灵创伤很大。太宰治和情人山崎富荣投渠自尽的恶劣影响在作品中也有体现。另外，津岛佑子本人离婚后曾经跟有妻室的男人交往过，这种经历在她的作品中也有体现。按照传统观念，本应是一家顶梁柱的父亲，在津岛佑子的作品中变得可有可无，即使有男性，也多是残疾或弱智者，由此可充分看出津岛对男性的不信任。究其原因，是因为津岛的家庭背景很复杂。早在她一岁半时，她的父亲太宰治与情妇山崎富荣一同殉情而死，留给津岛佑子及其母亲的是一个残破的家庭，这对津岛佑子后来的人生，无疑形成了巨大的冲击，同时也在其幼小的心灵里投下了难以消去的阴影，由于父亲的情死，津岛佑子被他人讥讽、被人投以轻蔑的眼光和侮辱的语言，这给津岛佑子幼小的心灵造成了巨大伤害。尽管津岛佑子的小说中有很多私人元素可见，但津岛佑子在尽量避免自己的作品成为真正的私小说，她在作品中运用了大量虚构。

二、女性主义文学中私小说倾向浓厚的原因分析

1. 日本文学中的私小说传统

日本文学注重写实。在古代日本文学的形成与发展过程中，“真实”是基础。强调感情不能虚假，一切要以“真实”为准则。8世纪以后的《古事记》《日本书纪》《风土记》《万叶集》等作品中均反映了被神话的现实，表现的是“真言”“真情”和“真事”。

平安时代的日记、随笔文学虽然以反省自己为动因，表现自然的内观世界，但在描写“真实”这点上继承了前代的传统，《蜻蛉日记》便是其中最具有代表性的作品。江户时代的俳句也以描写“真、诚”为己任，上岛鬼贯主张俳句应坚持“诚”（真实）的态度。他认为“诚之外无俳谐”。松尾芭蕉继承了鬼贯俳论中“诚”的精神，强调“风雅之诚”。

进入近代之后，坪内逍遥针在《小说神髓》中也强调文学应写实，认为“小说的主脑是人情，世态风俗次之”。所谓人情，乃人之情欲，亦即人的喜怒哀乐。他还强调：“如欲穷尽人情的奥秘，获得事态的真实，就只有客观地把它描绘出来。”也就是说，坪内逍遥认为小说写作最主要的是描写真实。这与后来的自然主义文学理论有一脉相承之处，也为私小说的产生与发展提供了文学基础。

2. 日本女性大多偏重感性认知，缺乏理性思考

自古以来，日本女性受生活圈子所限，缺乏认知外界的机会，所以在创作作品时，她们更多是用日记、随笔的形式记录自己身边发生的事情。日本文学缺乏抽象性，属于非主观的文学。喜欢将自己生活的感受直观地表达出来。形而上的神秘性以及抽象的概念性跟日本文

学基本无缘。基于日本文学的这种传统，日本女性主义文学也倾向于私小说创作手法。尽管有些女性主义文学者有丰富的生活阅历，比如田村俊子、宫本百合子，但她们自幼深受日本文学传统的影响，在她们前往加拿大和美国之前，文学雏形已经形成。宫本百合子深受白桦派作家的人道主义影响，尤其对志贺直哉的创作风格十分赞赏并积极模仿。田村俊子在前往加拿大之前已经作为文坛宠儿备受关注。其作品以官能性而闻名，但许多作品仍可以看出作者的生活轨迹，尤其是其带有自传性质的作品《她的生活》。

自然主义私小说是内心的表露，主要目的是将自己的丑恶一面进行告白。心境小说具有比较积极向上的一面，主要以吐露作者自身的心情为目的。不管是自然主义私小说，还是心境小说，它们均以作者真实经历或真实心情的直接披露为原则，由于作品内容的私人性质，所以它们的社会性受到质疑。日本女性主义私小说由于创作目的不是单单为了表达自身经历或心情，它还具有为广大女性代言的社会性，虽然她们的作品以自身经验为前提，但绝对不能以传统私小说命名，更准确地说应该称其为具有私小说性质的文学。

第二节　日本女性主义文学文本中女性形象的嬗变

在日本女性主义文学作品中刻画的女性形象并非一成不变，而是随着女性解放运动的不断发展有一个嬗变的过程。明治时期妇女追求个性解放的过程大多以打破封建婚姻为主线，到了大正时期，随着自由民主主义之风吹遍日本列岛，女性中出现了按照自己意志行动的我行我素的“新女性”。战后，日本女性主义文学中出现了反母性的倾向。

一、明治时期反抗封建婚姻的女性形象

明治维新之后，明治政府宣布“四民平等”，采取“文明开化”“富国强兵”“殖产兴业”等近代化政策。特别是文明开化政策直接导致了女性地位较封建时代女子地位有了跃升。这主要是由明治初期的“文明开化”政策致使日本接受了法国市民运动带来的“平等”“人权”等“近代”人生观造成的。启蒙思想家们强调天赋人权，批判封建专制和不平等的社会，强调男女同权的重要性。

启蒙思想家森有礼写了《妻妾论》，提出“为夫者，就像拥有奴隶的主人一样，其妻与卖身奴并无二致”，据此批判封建时代妻子地位低下的现状，指出纳妾的弊害，提议实施新的婚姻法。由于启蒙思想家们的努力，日本女子的地位较前大有提高。反映在文学作品上，明治时期清水紫琴的《破碎的婚戒》中的女性形象散发着女性解放的光辉，为女性解放吹响了号角。

这部作品带有明显的女性主义特征，女主人公“我”追求独立人格，反抗封建包办，向往自我解放。她提出的“男女平等”“妇女自立”等妇女解放问题在当时的历史条件下具有前卫性，犹如一声破晓的钟声，为日本女性冲破黑暗走向黎明指明了方向。

二、大正时期日本女性文学中的女性形象

于1911年兴起的青鞜社对于推动女性主义文学的发展发挥了重要作用。以“青鞜”为中心的女性主义文学中，平塚雷鸟的随笔《前往茅崎》，田村俊子的作品《生血》《木乃伊的口红》中的女主人公作为新女性备受瞩目。此外，同时代有岛武郎《一个女人》中的叶子形象也是典型的新女性形象。

1. 平塚雷鸟笔下的女同性恋者形象

《前往茅崎》是一篇随笔作品，刊登在《青鞜》第二卷上。这篇随笔以五色酒事件和吉原登楼事件的女主角为主人公。两位女主角分别是尾竹红吉与作者平塚雷鸟本人。尾竹红吉在《青鞜》上发表关于酒的报道而引起轩然大波。其中缘由竟是因为红吉十分熟悉数种酒名。除了对于酒的品种了如指掌外，红吉更大胆地表示自己对于成为酒女很感兴趣。在20世纪初封闭的社会环境下，女性嗜酒会给人留下很坏的印象，这种坏印象也波及了《青鞜》。

在五色酒事件后，平塚雷鸟、中野初子和尾竹红吉等《青鞜》社社员前往花街吉原，并且在吉原留宿一夜，这使得社会大众对代表新女性的青鞜社的印象由好转坏，继而攻击更加凶猛。由于这两起事件的“恶劣”影响，在青鞜社地方社员中有人提出停止购买杂志和脱离杂志社。尾竹红吉引咎自杀而未遂，之后不久，红吉肺结核发病而前往茅崎疗养。

在平塚雷鸟和尾竹红吉的交往过程中，两人之间产生了不同寻常的同性之爱。1912年5月，在一次画展庆功会后，平塚雷鸟留宿尾竹红吉家中，并借助酒力和红吉接吻、拥抱，两人进入实质的同性之恋。

后来，雷鸟感觉这种同性之恋不是解决问题的办法，于是她调整自己的心情，尽量不让红吉接近自己。并于2012年7月份结束了这种在当时看来有违常伦的同性之恋。

2. 婚姻（恋爱）中的男女相克

《生血》于明治44年（1911）发表在《青鞜》的创刊号上。除了平塚雷鸟的评论《元始，女性是太阳》和与谢野晶子的短歌《山动之日来临》，田村俊子的小说《生血》也格外引人注目。作品的男女主人公分别是优子和安艺治，前半部分主要描写优子醒来后回想起安艺治充满优越的神情时，恨不得将安艺治杀死的心情，男女主人公虽为恋人，但安艺治激情过后不由得笑了出来，还说自己没忍住，所以笑了，这在优子看来，这是男性征服女性后的胜利微笑，绝对不能容忍。她把怒气发泄到鱼缸里的金鱼身上，用发卡戳破鱼眼睛，以此举动来发泄自己感觉受辱一般的愤怒。小说的后半部分则描写了两人一天之内漫无目的的闲逛过程。在漫步途中发现一只蝙蝠在吸着身着黄色衣服少女的血，于是优子联想到男性群体。优子认为男性群体就像那吸血蝙蝠，对女性群体进行着无情的压榨。由于男女之间这种压榨与被压榨的关系，所以男女之间上演着无法回避的“相克”。

《生血》中的优子具有复杂的情感，她既喜欢安艺治，又十分痛恨他。究其原因，是因为优子身上逐渐萌生的女性意识使她不可能像旧时的贤妻良母们那样逆来顺受，想杀死安艺治的念头一方面反映了优子强烈的自尊心被男主人公所践踏后的愤怒，也反映了“男女相克”的时代主题。在这个意义上，《生血》是地地道道的女性主义文学。

3. 在工作与婚姻之间挣扎的女性形象

发表了以婚姻中的男女相克为主题的《生血》之后，田村俊子又陆续发表了《木乃伊的口红》《炮烙之刑》《女作者》和《她的生活》等四部具有私小说性质的女性主义作品。这四部小说均以俊子和丈夫田村松鱼的夫妻生活为蓝本，呈现给读者的是要改变日本女性传统的温顺、体贴和隐忍等特点，按照自己内心要求来生活的新女性形象。几部小说有共性，即都以婚后要继续工作（写作）的女主人公为主线，揭示了写作和婚姻生活的矛盾以及丈夫对妻子的不理解。

《木乃伊的口红》中丈夫名曰义男，妻子名叫阿实。该作品以田村俊子发表小说《断念》前后的亲身经历为原型展开。田村俊子的丈夫田村松鱼作为文学家没有什么业绩可言，由于生活所迫，田村俊子不得已向杂志社投稿，并凭借《断念》这部作品一炮走红。有了一笔丰厚的奖金，两人的生活开始好转，表面上生活归于平静。但是由于妻子的才能超过了丈夫，田村松鱼内心开始不平衡，俊子也因为丈夫不支持自己的写作而心生不满。后来由于俊子的社会活动增加，更加不满意自己在家庭和婚姻中扮演的被动角色。《木乃伊的口红》中义男和阿实的造型实际上跟现实生活中的田村松鱼和田村俊子如出一辙。有天晚上，阿实做了一个梦，梦见一男一女两个木乃伊重叠在一起，女木乃伊的嘴上涂着鲜艳的口红。在这里，木乃伊代表了两个人生活的疲惫以及对于对方的倦息，而鲜艳的口红象征着女性的更生，代表了作者女性要解放的呼声。

《炮烙之刑》取材于作者成名之后的生活，它记录了女主人公龙子在两天时间中遭受的心灵折磨和心境变化。龙子和庆次是一对夫妇，对于他们是否是合法婚姻在这里不做追究，毫无疑问他们是经历过自由恋爱而结合的。龙子深爱着自己的丈夫庆次，同时又爱上了另一个年轻男人宏三。这种三角恋深深伤害了庆次，他要求龙子向自己承认错误，但龙子坚持认为同时喜欢两个男人没有错。庆次伤心地离开了家，准备远游，龙子跟在丈夫后面与他一道上了北上的火车。她的出现让庆次感动，但龙子坚决不道歉的态度又让他绝望。最终龙子向宏三提出分手，自己回到家中。和有岛武郎《一个女人》中叶子脚踏两只船最后走向灭亡的结局相比，《炮烙之刑》只是以龙子跟庆次分手，再次回到家中而结束。不同的故事结局体现了两位作者不同的思想境界。

无论是《木乃伊的口红》中的阿实，还是《炮烙之刑》中的龙子，她们以自我为中心，在乎的是自己的心理感受。她们拥有独立的精神世界和思维，没有遵循社会把女人当作男人的附属品的伦理标准。这种忠实于她们自己内心感受，不做逆来顺受女人的人物形象反映了作者田村俊子的思想境界。比如龙子，她认为自己没有错，与其向庆次道歉还不如被庆次烧死为好。这里体现了龙子彻底的自我肯定和自我扩张的志向以及绝不向男性妥协的意志。《木乃伊的口红》中的阿实以及《炮烙之刑》中的龙子，她们均是尊重自我，忠实自己内心感受的新女性形象。

分别发表于1913年和1915年的《女作者》和《她的生活》，女主人公都是已婚女性作家，她们在婚后仍想继续写作，但家务缠身，得不到丈夫支持，丈夫有时候甚至会阻挠她的写作，女主人公为此异常苦恼。两部作品阐发了知识女性在婚姻与工作的二元纠葛中的痛苦，在某种意义上，女作者和“她”的形象也是作者的自画像。

4. 有岛武郎笔下的新女性形象

有岛武郎的女性主义作品《一个女人》是家喻户晓的大作。女主人公早月叶子出生在一个上层知识分子家庭，父母都是社会上的头面人物。叶子不仅美丽聪慧，也热情奔放。由此也导致叶子心高气傲，不按常规行事。叶子敏感，性格复杂。她向往美国的生活方式，对女性的自由地位抱有憧憬，在日本当时的社会环境和伦理准则下，她的言行遭到社会报复。在《一个女人》的后篇，叶子变为容易感伤和愤怒的歇斯底里型女性，在妇科病做手术失败后惨死在一家小医院。

叶子的叛逆主要针对以母亲为首的基督教社会。之所以会针对基督教社会，是因为叶子是有岛武郎的分身之一，她的思想部分代表了作者的心声。有岛武郎由于加入基督教后产生了灵肉二元分裂，导致其内心异常痛苦，所以他要通过叶子之口对基督教社会提出抗议。由于母亲约束自己的行为，叶子对于身为基督教同盟会副会长的母亲心生厌倦和反叛之心，叶子不顾母亲的反对与木部结婚，目的是为了对抗身为基督教徒的母亲。叶子批判的矛头不仅指向母亲，还指向基督教学校。促使叶子走向反叛道路的还有基督教学校赤坂学院的古板舍监。在赤坂学院就读时，叶子曾经为上帝编织了一根漂亮的男用角带[①]式的织品，被舍监误认为是送给男生的礼物而遭监禁。这段经历使叶子对上帝的幻想破灭，激起她的反抗之心。此外，被叶子背叛的人是基督教徒木村，其前夫木部以及木村的朋友也是基督教徒。在赴美船上与叶子处处对抗的田川博士夫人，赴美之前召开亲属会议的五十川女士也是典型的基督教徒。以上这些与基督教有联系的人物相互关联，形成了《一个女人》前半部分的基本环境。叶子在这些羁绊中盲目前行，虽然在赴美船上找到了真爱，但最终也没能逃脱悲惨的命运。诚如有岛介绍的那样："我在那部作品中想描写的是这么一位女性。她刚刚自我觉醒，争强好胜，聪明敏锐但又激进，她生在自己都不知道前进方向，不知道社会将如何对待自己的时代。"[②]

叶子的解放还体现在对性爱自由的追求上。在明治末期和大正初期这个思想相对活跃、婚姻相对自由的时期，长期受到压抑的女性的觉醒和解放也逐渐提上日程。早月叶子最先觉醒，她凡事都依照自己的性情行动，她和木部自由恋爱而结婚，婚后因缺乏激情而导致离婚。在赴美完婚的船上跟健硕的轮船事务长仓地一见钟情，相见恨

① 角带：男子穿和服时用的一种扁而硬的带子，宽约20公分，通常为丝织品。
② 参见1919年9月5日有岛写给好友黑泽艮平的书信。

晚，两人陷入无休止的爱欲之中。但是，这种解放在当时的环境下必然会碰壁，因为当时日本的封建残余思想仍十分严重，叶子要追求个性觉醒和女性解放，势必要同落后的社会进行殊死的斗争。

三、昭和初期日本女性主义文学中的女性形象

杂志《青鞜》于1916年停刊，此后日本女性主义文学创作陷入停滞状态。直到宫本百合子的《伸子》在杂志上连载，日本女性文学中又出现了反映女性解放的文学作品。

1.《伸子》的女主人公——为了自由三次走出“家庭”的女性形象

《伸子》是以百合子自身的婚姻经历为原型创作的自传式长篇小说。发表之初被当成一般的私小说，没有引起文坛重视。战后，该作品引起文坛广泛关注，被视为妇女解放文学的杰作。宫本百合子通过《伸子》表达了自己对自由恋爱、对以男性为中心的旧的社会制度和不合理的婚姻制度的看法。通过伸子这一形象表达了作者追求妇女解放、渴望男女平等、对以男性为中心的婚姻制度进行抗争的愿望。在处理自己的婚姻问题上，宫本百合子认为女性始终应该站在男女平等的立场上，旧的日本男权社会是不合理的，那种旧社会的“夫是天”的思想是应该被摒弃的。尤其是伸子的“结婚二原则”的提出更是鲜明地表明了宫本百合子认为女性应该有自己的工作，应该有自己的经济独立能力，女性不应该仅仅成为丈夫的生育工具。伸子的思想深处始终隐藏着这样一个信念，坚持自我，以自我为中心，争取夫妻生活的同频共振。这也恰恰就是宫本百合子本人的人生理念。随着后来婚姻生活与自己所期待的生活的偏离，当初曾坚信“爱可以改变人”而

和佃一郎结婚的伸子开始怀疑自己的决定，最终走向离婚，伸子的第一次婚姻以失败而告终。而离婚的伸子并没有回到娘家继续过淑女式的生活，而是在关系自己生存的重大问题面前，依然坚持独立，坚持靠自己选择人生，靠自己养活自己。这种女性独立的精神贯穿在伸子的整个生活过程中。

伸子是个向往自由的新女性，更确切地说，伸子追求新生活的动力来源于她对现实社会的反叛。无论是她的结婚还是离婚，在当时的日本社会都是不被一般人所理解和接受的。特别是她跟佃一郎提出的那两个原则在当时更是没有先例。伸子是超前于时代的女性，她身上具有超前女性自立的精神。反对世俗、向往自由、追求梦想、坚持独立是伸子给我们展示的生命价值所在。伸子追求幸福的手段主要体现在她三次从“家庭”中挣脱这方面。第一次挣脱的家庭是自己所属的中产阶级家庭，在那里，父母视她为掌上明珠，但也给她附加了各种限制，尤其是母亲的存在是阻碍伸子个性发展的重要因素，要自由就要挣脱母亲这个坚硬的“蚕茧”，于是她跟随父亲前往纽约留学。第二次挣脱家庭是在结婚以后，伸子夫妇回到日本后寄居在父母家里，在母亲多记代眼里，违背了“父母之名，媒妁之言”而结成的姻缘无论如何也不能接受。所以，母亲强烈反对他们的结合，对佃一郎始终没有好感，致使伸子为了维护爱情，为了保护丈夫而不得不离开父母。伸子第三次挣脱的家庭则是她原本想要苦心经营的二人世界，但是由于丈夫自私狭隘，摆脱不了小市民习气，伸子对他从爱转为怨，从怨转为恨，最后勇敢地提出离婚。

《伸子》按照宫本百合子的早期恋爱和婚姻生活展开，阐述了作者对于志同道合的美好婚姻的向往以及敢于打破不美满婚姻的勇气。

在现实生活中，宫本百合子跟荒木茂离婚后，参加了无产阶级运动，在婚姻生活方面，她找到了志同道合的对象宫本显治。即便宫本显治由于身为政治犯身陷囹圄，宫本百合子仍不改对丈夫的坚贞和深爱，期间两人靠书信来往表达对爱人的情意，一直到二战之后宫本显治出狱。

2.《真知子》中追求爱情与婚姻统一的女性形象

《真知子》（1928—1930）是野上弥生子的第一部长篇小说。主人公真知子极具才能，具有独立思考能力，且美丽大方，她身为东京大学文学部的旁听生，学习社会学。她周围的人物均具有资产阶级小市民思想，胸无大志，贪图安逸。真知子与他们不同，真知子热衷于学问，没有刻意去寻找伴侣，拒绝无爱的婚姻。面对周围经媒人介绍而结婚的多数女性，真知子心中不以为然，甚至有些轻蔑她们。真知子周围上流社会的人物，尤其是那些夫人和小姐们，锦衣玉食，无所事事，平庸度日。真知子看不惯他们的生活态度和生活方式，决心逃出这个生活圈，勇敢地追求新的生活。她认为如果是无爱的婚姻，宁可不结婚，于是不断拒绝母亲提起的婚事。真知子更加重视婚姻的实质而不是形式，她想先自由恋爱再结婚。在这点上，真知子的思想是进步的。

真知子追求恋爱自由，崇尚有爱的婚姻。在昭和初期，这种思想具有进步性，虽谈不上十分超前，但比起绝大多数女性来，她的言行已远远超越当时的时代。真知子的进步性体现在她作为资产阶级出身的女知识分子能够理解并主动接受社会主义思想，并向往能够主宰命运，主宰婚姻。实际上真知子也是这样努力的。

四、战后日本女性文学中的女性形象

第二次世界大战后，伴随着西方现代思潮的不断涌入，日本女性主义文学有了进一步发展。涌现出一大批有个性、有才华的女性作家，她们从多个视角探讨了女性问题和社会问题。一个显著的特点是一些女性作家的女性主义文学文本中出现了反“母性”的主题，出现了对母性厌恶的女性形象。作品中的女主人公极其厌恶母亲的角色，她们为自己身为母亲而感到羞耻，对于即将诞生的婴儿心怀杀机。

1. 大庭美奈子《三只蟹》中反抗家庭冷暴力的女性形象

《三只蟹》以美国阿拉斯加的生活为背景，描写了家庭主妇由梨由于不满家庭中憋闷的氛围而离家出走，跟一位陌生男性发生一夜情的故事。

由梨虽然过着相对富足的生活、有一定的社会地位、有自由。但是丈夫不理解她，经常在公共场合揶揄她，使她内心无比失落。丈夫不仅不尊重她，而且跟其他女人有染。这使得物质生活相对富足的由梨感到生活索然无味，无比压抑，极其痛苦。所以当一个陌生男人尊重自己、欣赏自己时，由梨顾不上什么传统道德，和陌生男人发生了一夜情。由于由梨被置于客体位置，被丈夫满不在乎地忽视，所以久而久之在她心里产生了叛离感。她要用这种最无力的方式来发泄自己对于家庭的不满，找回自己的尊严。实际上，在大庭美奈子文学中很少看到传统的窈窕淑女和贤妻良母形象。大庭笔下反传统、反母性的女性形象揭示了男权语境下女性生存的困境以及对传统女性观念的否定。

大庭美奈子通过从女性主义视角反思现代社会，渲染了女性理想与现实之间的巨大差距，“将女性与母性、与男性之间的斗争，对性的执着、放荡不羁、生育时短暂的休息等一切，都视为女性的性长河中的泡沫，加以颠覆。”①其笔下的女性形象较以前的女性形象更加激进。

2. 津岛佑子作品中重视女性母性的女性形象

跟大庭美奈子等反“母性”作家不同，津岛佑子从母性的角度去解构女性，并伴有明显的幻想性，显示了独特的写作风格。她的创作自始至终凸显了女人身为母亲的伟大。早在津岛的第一部长篇小说《动物聚集的家》中她就充分肯定了女人怀孕生子的行为。津岛幻想女性不仅可以孕育人的孩子，也可以孕育其他生物的后代。她的几部代表作，比如《宠儿》《葎草似的母亲》《默市》《动物聚集的家》《跑山的女人》，其中的女主人公要么是离婚后的单身女人，要么是未婚先孕的单身妈妈，但是她们对于怀孕生产抱有极大的热情和向往，对于腹中的孩子充满希冀，不管是人类的孩子还是动物的孩子，都希望他们茁壮成长。津岛佑子欲通过肯定女人的“性”，肯定女人的“生产”来寻求女人存在的原始生命意义。当然，津岛佑子重视女性的母性特点并非是对男权中心主义的承认，而是通过赞扬母性来变相地贬低男性，其作品中的女主人公都是生活中可有可无之人。津岛佑子自身的经历使她在描写作品中的男性时，往往带有一种轻蔑和揶揄的心情。

3. 濑户内晴美前期文学中我行我素的女性形象

濑户内晴美又名濑户内寂听。晴美是其出家前的名字，出家后

① 刘春英．日本女性文学史[M]．北京：商务印书馆，2012:325．

更名濑户内寂听。所以她的文学创作以出家为界限，分为前后两个时期。濑户内晴美的前期文学以作者本人为原型的作品居多。像《花芯》《夏日终焉》等作品均依照作者的恋爱或婚恋经历而作。《花芯》的女主人公园子敢爱敢恨，对于自己的情爱感受丝毫不避讳，文中因多次出现“子宫”一词而受到平野谦的严厉批判。

《夏日终焉》依照作者自身亲身经历写成。女主人公知子有一段畸形的四角恋，她不仅奔波于两个男人之间，还处于其中一男子与其妻子的夹缝之中，她有自己的事业，但她需要男人。当她发现这两个男人都不是自己真正想要的对象时，她毅然决然地选择放手。

不管是《花芯》里的园子，还是《夏日终焉》里的知子，都代表了作者濑户内晴美敢爱敢恨的情爱生活的一个侧面。这种女性形象在战后的舆论环境下仍被视为禁忌，也在某种程度上说明了日本社会的保守性。

日本女性主义文学文本中的女性形象跟日本传统文学中的女性形象截然不同。她反映了女性从蒙昧到觉醒，从顺从到叛逆的变化过程。女性主义文学文本从最初的只求打破封建家长制度，自己的婚姻自己做主，到后来不仅要婚姻自主，还要按照自己的意愿做到自由离婚以及做到婚姻生活中的灵肉合一，这是巨大的进步。这种进步非一蹴而就，其过程相当曲折，但其意义却是非凡的。女性的觉醒不是人类社会的退步，而是极大的进步。随着社会的发展，社会对女性的包容度也在提高。战后女性主义文学中的女性形象出现反“母性”的倾向，这多少受到了欧美激进女性主义思想的影响。虽然这种倾向很快就消失或者渐渐式微，但它也是历史长河中一个值得纪念的节点，说明女性曾经为了自身的解放付出过努力。

在当今社会，日本女性仍在为全面的男女同权而努力着。但是，女性解放不是把男性踩在脚下，而是努力做到两性的和谐，共同为社会的发展做出贡献。这需要为对方着想的换位思考，也需要一定的智慧。

结 语

本书按照历史发展的脉络对日本的女性主义文学进行了梳理、研究和分析。经研究发现，不同时期的女性主义文学，其表现主题的侧重点虽有所不同，但都离不开争取男女平等这个主旋律。所以说，日本女性主义文学发展历史也就是女性争取自我独立、力求男女平等的历史。

从自由民权运动时期的《破碎的婚戒》到大正时期的《生血》，到昭和初期的《伸子》和《真知子》，再到战后的《纪之川》以及《跑山的女人》等等，日本女性主义文学反封建的声音似乎在逐步减弱。人们不免会想，这不是历史的倒退吗？但细想起来，这种趋势也符合历史潮流。因为在明治和大正时期，日本的封建残余相当严重，妇女的地位和封建时期几无区别。所以，当时争取自由和民主的呼声也最为强烈，而当时代迈入二战之后时，日本开始全面实施民主主义政策，妇女的地位得到空前提升，旧时的争取婚姻自主和自我解放的声音已经严重落后于社会现实，所以，从前铿锵有力的“要民主，要自由”的呼声逐渐变弱也就不难理解了。

在明治时期，不仅男性要“文明开化”，受其影响，女性也开始接受法国市民运动带来的“平等”“人权”等近代思想，直接导致了女性地位较封建时代女子地位有了跃升。在这个过程中，反抗封建专制制度，反对封建式包办婚姻等近代性主题成为进步女性作家着力表现的内容，她们强调天赋人权，批判封建专制和不平等的社会，强调男女同权的重要性。

明治中期的自由民权运动对妇女解放起到了极好的启蒙作用，它对明治政府的统治造成了冲击，于是明治政府下令镇压自由民权运动，并大力提倡封建时期的旧道德——“贤妻良母”主义，致使刚刚开始觉醒的女性们又陷入被男性压榨的深渊。直至易卜生的戏剧在日本公演后，日本的“娜拉”，即新女性们大量涌现，掀起了妇女解放的浪潮。这股浪潮是在明治政府镇压之后形成的妇女解放潮流，之前积压的要求解放的能量如火山爆发，其势巨大。从1911年至1916年，日本文坛出现了为数可观的为女性解放而呐喊的女性主义文学。不仅女性作家，男性作家也创作女性主义文学，可见当时女性解放声势之大。

昭和初期的女性解放运动和社会主义运动息息相关。创作女性主义文学的作家不是社会主义作家就是社会主义运动的“同路人”。这一时期的女性主义文学虽然为数不多，但写作质量明显要高于从前。像《伸子》是宫本百合子历时3年完成的恢宏巨卷。《真知子》不仅提及妇女解放的现实问题，还将妇女解放与社会主义思想等紧密联系在一起，具有深刻的社会性。

由于民主主义制度的实施，广大妇女在社会地位方面较战前提升很多，所以战后的女性主义文学中已没有了先前的“妇女要解放”等口号式的话语了，取而代之的是通过强化女性存在来弱化男性的存在，从而达到女性为自身的独立存在而寻找理论根据的目的。

在当代这个后现代文学大环境中，日本的女性主义文学也显示出了新的文学倾向性。即有些脱离日本女性文学作品私小说化的倾向。先前的女性文学和女性主义文学的绝大部分是依据作者本身经验而作，带有明显的私小说性质。而当代的女性主义作品则采用象征、隐喻等手法宣扬了女性意识，带有明显的后现代性特征。

总而言之，随着时代的发展，日本的女性主义文学在不断进步。虽然女性要解放的呼声逐渐变弱了，但在女性解放的实现方面力度加大了。现代女性主义文学的课题不仅是女性主义文学创作本身，还包括女性主义文学批评。因为，对于如何正确把握女性主义文学的内涵方面来说，女性主义文学批评所起的作用更大。笔者希望今后能在这一方面有所突破。

参考文献

一、中文参考文献

[1] 鲍晓兰．西方女性主义研究评介[M]．北京：三联书店，1995．

[2] 陈娇华．女性写作：从情感倾诉到多声部合唱[J]．当代文坛，2006(2)．

[3] 陈晓兰．女性主义批评的经验论[J]．外国文学评论，1995(2)．

[4] 弗吉尼亚·伍尔夫，伍尔夫读本[M]．吴均燮，马爱衣，等译．北京：人民文学出版社，2011．

[5] 郭力．女性历史叙事与性别定位[J]．河南大学学报，2006(2)．

[6] 黄作．不思之说——拉康主体理论研究[M]．北京：人民出版社，2005年．

洪漫．日本的女性主义研究[J]．中山大学学报论丛，2006(8)．

[7] 回颖，周异夫．冈本加乃子文学中佛教思想的国家主义性格[J]．文艺争鸣，2018．

[8] 濑户内寂听，夏日终焉[M]．竺家荣译．北京：人民文学出版社，2015．

[9] 蓝泰凯．有吉佐和子和她的社会问题小说[J]．贵阳师范高等专科学校学报，2004(4)．

[10] 李墨．从“家庭观”的嬗变管窥日本当代女性主义文学[J]．外国文学研究，2005(5)．

[11] 李莲姬．田村俊子的文学世界——从性别到表象[D]，上海外国语大学博士论文，2014．

[12] 李先瑞．论《一个女人》中的女性主义思想[J]．解放军外国语学院学报，2008(1)．
[13] 李先瑞．有岛武郎笔下的“疯女人”——论《一个女人》后篇中的叶子形象[J]．日语学习与研究，2010(6)．
[14] 李银河．虐恋亚文化[M]．北京：今日中国出版社，1998．
[15] 李有亮．给男人命名——20世纪女性文学中男权批判意识的流变[M]．北京：社会科学文献出版社，2005．
[16] 李云．从《无字》看张洁的创作[D]，苏州大学硕士毕业论文，2006．
[17] 刘思谦．性别理论与女性文学研究的学科化[J]．文艺理论研究，2003(1)．
[18] 林涛．日本当代女作家津岛佑子[J]．外国文学，2000(2)．
[19] 刘春英．日本女性文学史[M]．北京：商务印书馆，2012．
[20] 刘立善．论濑户内晴美文学的创作特色[J]．日本研究，2012(1)．
[21] 马克思恩格斯全集第32卷[M]．北京：人民出版社，1961．
[22] 牛水莲．20世纪日本女性文学：女性的觉醒与解放[J]．职大学报，2010年(1)．
[23] 秦弓．日本近代文学中的女权主义色彩[J]．日本研究，1997(2)．
[24] 沈红芳．女性叙事的共性和个性：王安忆、铁凝小说创作比较谈[M]．郑州：河南大学出版社，2005．
[25] 水田宗子．日本现代女性文学集[M]．陈晖，等译．上海：上海译文出版社，2001．
[26] 王麦巧，雷红珍．林芙美子与林海音的女性意识比较[J]．小说评论：2014(2):204．
[27] 王奕红，赵群．反抗抑或追随？——河野多惠子初期小说《搜罗

幼童》探析[J]，当代外国文学，2009(4).
[28] 王志松．魔女的理论：析日本女性主义批评[J]．日语教育与日本学（第一辑），2011.
[29] 魏天无，魏天真．女性主义文学批评的本土化历程及其问题[J]．外国文学研究，2011(3).
[30] 西乡信纲，等．日本文学史——日本文学的传统和创造[M]．佩珊，译．北京：人民文学出版社，1978.
[31] 西垣勤．论野上弥生子作品中的思想特质[J]．日本研究，2007(1).
[32] 西蒙娜·德·波伏娃．第二性[M]．陶铁柱，译．北京：中国书籍出版社，1998.
[33] 肖霞．元始，女性是太阳——论平塚雷鸟的恋爱观和母性观[J]．华北电力大学学报（社科版），2008(2).
[34] 肖霞．女性的觉醒与解放[J]．东岳论丛，2004(6).
[35] 肖霞．平塚雷鸟与女性团体“青鞜社”的创立[J]．山东社会科学，2007(12).
[36] 肖霞．全球化语境中的日本女性文学[M]．济南：山东大学出版社，2009.
[37] 肖霞．突围与建构：论日本现代女性文学的发展[J]．文史哲，2010(5).
[38] 肖霞．元始，女性是太阳——“青鞜”及其女性研究[M]．济南：山东人民出版社，2013.
[39] 许文郁．张洁的小说世界[M]．北京：人民文学出版社，1991.
[40] 杨希．津岛佑子小说中的女性意识[J]．黑龙江教育学院学报，2008(9).

[41] 姚继中.《乱发》——日本浪漫主义诗歌的顶峰——论与谢野晶子叛逆的青春赞歌[J]. 四川外国语大学学报，2003(3).
[42] 有岛武郎. 叶子[M]. 谢宜鹏，卜国钧译. 长沙：湖南人民出版社，1984.
[43] 于东晔. 女性视域——西方女性主义与中国文学女性话语[M]. 北京：中国社会科学出版社，2006.
[44] 于华. 从《青鞜》的三次遭禁看日本近代女性先期的自我觉醒[J]. 电影评介，2006(22).
[45] 于华，陈谦.《青鞜》的创办与近代日本女性问题[J]. 新闻大学，2006(4).
[46] 袁素华. 从‘女性作家’到‘女性文学’[J]. 学术论坛，2006(3).
[47] 袁向东. 日本的女性主义研究[J]. 广东职业技术师范学院学报，2002(1).
[48] 牧原. 给女人讨个说法[M]. 北京：华龄出版社，1995.
[49] 张华. 寻寻觅觅——中国女性文学爱情叙事研究[M]. 乌鲁木齐：新疆人民出版社，2004.
[50] 张京媛. 当代女权主义批评[M]. 北京：北京大学出版社，1992.
[51] 张美蕊. 浅谈未婚母亲的生存现状与援助策略[J]. 学理论，2014(20).
[52] 张小玲. 试论田村俊子的代表作《生血》的叙述风格[J]. 日语知识，2002(11).
[53] 张忆. 现代以来的女权主义叙事[J]. 文艺报，1999-03-01.
[54] 赵群. 探秘河野文学的“亚健康”世界——以《搜罗幼儿》中的虐恋表现为中心[J]. 三江学院学报，2010(3).

[55] 周萍萍．日本女性文学的发展历程：从哀愁、抗争到反叛[J]．国外文学，2014(2).

二、日文参考文献

[1] 秋山駿．瀬戸内寂聴：小説家の誕生[M]．東京：おうふう，2004.

[2] 芥川獎全集（第八卷）[M]．東京：文芸春秋，1982-09.

[3] 浅井清，等．新研究資料現代日本文学第一巻[M]．東京：明治書院，2000.

[4] 有島武郎．有島武郎全集（第 9 巻）[M]．東京：筑摩書房，1980.

[5] 有吉佐和子．現代日本の文学49——有吉佐和子・瀬戸内晴美集[M]．東京：学習研究社，1971.

[6] 有吉佐和子．紀ノ川[M]．東京：新潮社，1964.

[7] 有吉玉青．身がわり：母・有吉佐和子との日々[M]．東京：新潮社，1992.

[8] 和泉あき，江種満子，渡辺澄子．現代文学[M]．東京：学術図書出版社，1994.

[9] 磯貝英夫．新潮日本文学アルバム　林芙美子[M]．東京：新潮社，1986.

[10] 井手文子．『青鞜』の女たち[M]．東京：海燕書房，1986.

[11] 井上輝子．女性学とその周辺[M]．東京：勁草書房，1980.

[12] 井上ひさし・河野多恵子・黒古一夫．『林京子全集 5』[M]．東京：日本図書センター，2005.

[13] 板垣直子．婦人作家評伝[M]．東京：日本図書センター，1954.

[14] 岩淵宏子，高良留美子，北田幸恵．フェミニズム批評への招待——近代女流文学を読む（単行本）[M]．東京：学芸書林，1995.
[15] 内田満．有島武郎——虚構と実像[M]．東京：有精堂，1996.
[16] 江種満子．有島武郎と女性[J]．国文学解釈と鑑賞（特集：有島武郎の世界）．東京：有精堂，1989.
[17] 江種満子．文教大学文学部『文学部紀要』第17-1号[M]．2003.
[18] 江種満子，関礼子．男性作家を読む[M]．東京：新曜社，1994.
[19] 江原由美子，金井淑子．フェミニズムの名著[M]．東京：平凡社，2002
[20] 大久保典夫．戦後文学史のなかの女流文学——林芙美子『浮雲』の位置——[J]．国文学解釋と鑑賞：近代女流の文学第37巻3月号[M]．東京：至文堂，1972.
[21] 大庭美奈子．河野多恵子 大庭美奈子（現代の文学33）[M]．東京：講談社，1973.
[22] 大庭美奈子．海に揺らぐ糸　石を積む[M]．東京：講談社，1993.
[23] 大庭美奈子．三匹の蟹[M]．東京：講談社，1992.
[24] 大日方純夫．自由民権期の社会[M]．東京：敬文舎，2012.
[25] 岡本かの子．岡本かの子全集（第12巻）[M]．東京：冬樹社，1974.
[26] 尾形明子．女人芸術の世界[M]．東京：ドメス出版，1980.
[27] 尾形明子．女人芸術の人々[M]．東京：ドメス出版，1981.
[28] 神近市子．女性思想史——愛と革命を生きた女たち[M]．東京：亜紀書房，1974.
[29] 川本三郎．林芙美子の昭和[M]．東京：新書館，2003.

[30] 大庭みな子．三匹の蟹[M]．東京：講談社，1973.
[31] 北川秋雄．佐多稲子研究[M]．東京：双文社，1993.
[32] 熊坂敦子．国文学解釈と教材の研究　特集　現代女流文学の魅力[M]．東京：学燈社，1968.
[33] 小林富久子．女性作家における周縁性について[J]．思想の科学（第七次5号）[M]．東京：思想の科学社，1981.
[34] 河野多恵子．新潮現代文学60——河野多恵子[M]．東京：新潮社，1980.
[35] 河野多恵子，大庭美奈子．河野多恵子・大庭美奈子集（現代の文学33）[M]．東京：講談社，1973.
[36] 逆井尚子．野上弥生子[M]．東京：未来社，1994.
[37] 佐藤嘉尚，青沼繁汎．『面白半分』7月臨時増刊号（第9巻第8号・通巻第63号）[J]．東京：面白半分株式会社，1976.
[38] 鹿野正直，香内信子．与謝野晶子評論集[M]．東京：岩波書店，1994.
[39] 篠田一士．作家と作品——野上弥生子[M]．東京：集英社，1978.
[40] 島田燁子．日本のフェミニズム－潮流としての晶子・らいてう・菊栄・かの子[M]．東京：北樹出版，2000.
[41] 清水良典．特集・大庭美奈子『三匹の蟹』を読む．テートムと『素敵な歌』[J]．群像，2007-08，62（8）
[42] シュリーディーヴィ・レッディ．雑誌『女人芸術』におけるジェンダー・言説・メディア[M]．東京：学術出版会，2010.
[43] ショシャナ・フェルマン著，下河辺美知子訳．女が読むとき女が書く時——自伝的新フェミニズム批判[M]．東京：勁草書房，1998.

[44] 女性学研究会．女のイメージ[M]．東京：勁草書房，1984.
[45] 女性史総合研究会．日本女性史（4）[M]．東京：東京大学出版会，1994.
[46] 女性史総合研究会．日本女性史研究文献目録 I [M]．東京：東京大学出版会，1991.
[47] 女性史総合研究会．日本女性史研究文献目録Ⅱ[M]．東京：東京大学出版会，1991.
[48] 白水紀子．中国文学にみる「近代家族」批判——日中女流文学を通して[M]．東京：東洋文化研究所紀要，2003.
[49] 新・フェミニズム批評の会．明治女性文学論[M]．翰林書房，2007.
[50] 新編　日本のフェミニズム1　『リブとフェミニズム』[M]．東京：岩波書店，2009.
[51] 新編　日本のフェミニズム11　『フェミニズム文学批評』[M]．東京：岩波書店，2009.
[52] 鈴木秀子．「有吉佐和子」『国文學解釋と鑑賞』昭和49年11月臨時増刊号[M]．東京：至文堂，1974.
[53] 関川夏央．女流——林芙美子と有吉佐和子[M]．東京：集英社，2006.
[54] 瀬戸内晴美．かの子繚乱[M]．東京：講談社，1977.
[55] 瀬戸内晴美．田村俊子[M]．東京：講談社，1993.
[56] 瀬戸内寂聴．瀬戸内寂聴全集[M]．東京：新潮社，2002.
[57] 瀬戸内寂聴．『花芯』[M]．東京：講談社文庫，2005.
[58] 武田友寿．印象——最後の青鞜派[J]．面白半分7月臨時増刊号．1976.

[59] 田村俊子．田村俊子作品集（第1巻）[M]．東京：オリジン出版センター，1987.
[60] 田村俊子．田村俊子全集（第５巻）[M]．東京：オリジン出版センター，2013.
[61] 筑摩現代文学大系．宮本百合子集（後書き）[M]．東京：筑摩書房，1987.
[62] 津島佑子．生き物の集まる家[M]．東京：新潮社，1973.
[63] 津島佑子．寵児[M]．東京：河出書房，1980.
[64] 津島佑子．葎の家[M]．東京：河出書房新書，1982.
[65] 津島佑子．山を走る女[M]．東京：講談社，2006.
[66] 津島佑子．山を走る女[M]．東京：講談社，1980.
[67] 中村智子．宮本百合子[M]．東京：新日本出版社，1980.
[68] 中山和子，江種満子，漆田和代．ジェンダーの日本近代文学[M]．東京：翰林書房，1999.
[69] 中村武羅夫．本格小説と心境小説[J]．近代評論集II[M]．東京：角川書店，1972.
[70] 日本近代文学館編．日本近代文学大事典[Z]．東京：講談社，1984.
[71] 日本文学研究資料叢書．中野重治・宮本百合子[M]．東京：有精堂，1988.
[72] 日本文学資料刊行会．日本文学研究資料叢書——白樺派文学[M]．東京：有精堂，1974.
[73] 日本文学研究資料刊行会．中野重治・宮本百合子[M]．東京：筑摩書房，1981.
[74] 丹羽一彦．有島武郎論[M]．東京：風琳堂，1987.

[75] 長谷川啓．戦時下の女性文学1[M]．東京：ゆまに書房，2002.
[76] 林芙美子．北岸部隊[M]．東京：中央公[M]．東京：不二出版，1985.
[77] 林芙美子．日本文学全集57林芙美子集[M]．東京：新潮社，1961.
[78] 平塚らいてう著作集編集委員会編．平塚らいてう著作集（第1巻）[M]．東京：大月書店，1983.
[79] 文芸春秋社．芥川奨全集第八巻[M]．東京：文芸春秋，1982年9月.
[80] 堀場清子．青鞜の時代——平塚らいてうと新しい女たち[M]．東京：岩波新書，1988.
[81] 前田愛ほか．日本文学新史（近代）[M]．東京：至文堂，1990.
[82] 松田悠美．瀬戸内晴美『夏の終わり』の知子[J]．国文学解釈と鑑賞，1976年9月.
[83] 三枝和子，三枝和子選集[M]．東京：鼎書房，2007.
[84] 水田宗子・北田幸惠編．山姥たちの物語——女性の原型と語りなおし[M]．東京：学芸書林，2002.
[85] 水田宗子．二十世紀の女性表現——ジェンダー文化の外部へ[M]．東京：学芸書林，2003.
[86] 宮内淳子．作家の自伝109——有吉佐和子[M]．東京：日本図書センター，2000.
[87] 宮本百合子．合わせ鏡[J]．文芸，1940.
[88] 宮本百合子．日本文学全集37——宮本百合子全集[M]．東京：新潮社，1962.

[89] 宮本百合子．伸子[M]．東京：日本改造社，1928.
[90] 宮本百合子．宮本百合子集[M]．東京：集英社，1967.
[91] 宮本百合子．宮本百合子全集（第11卷）[M]．東京：河出書房，1952.
[92] 安川定男．評伝的解説——現代日本の文学有島武郎・野上弥生子集[M]．東京：学習研究社，1977.
[93] 山田洸．女性解放の思想家たち[M]．東京：青木書店，1987.
[94] 与謝野晶子．愛、理性及び勇気[M]．東京：講談社，1993.
[95] 与謝野晶子．与謝野晶子評論集[M]．東京：岩波書店，1991.
[96] 与謝野晶子．与謝野晶子全集（第15卷）[M]．東京：講談社，1980.
[97] 福田清人、濱名弘子．与謝野晶子[M]．東京：清水書院，1980.
[98] 横山恵一．北岸部隊[M]．東京：中央公論新社，2002.
[99] 渡辺澄子．今という時代の田村俊子——俊子新論[M]．東京：至文堂，1987.
[100] 渡辺澄子．日本近代女性文学論[M]．京都：世界思想社，1998.
[101] 渡辺澄子．戦争と女——吉屋信子を視座として[J]．大東文化大学紀要（38号）[M]．2002.
[102] 渡辺澄子．女性文学を学ぶ人のために[M]．京都：世界思想社，2000.
[103] 渡边澄子．「一葉文学における新たな飛躍——『われから』論」、載『樋口一葉を読み直す』，学芸書林，251.

三、网络参考文献

[1] 小西由里．抑圧された言語と性——ヒステリーという表象をめぐって．http://creAtive. cside2. jp

[2] 日本のフェミニズムを批判する（2008-08-08）．http://iwao—otsuka. com/enqb/res/expjpnfnl. htm

[3] フェミニズム批判：林・田中論争——公正感覚欠如の怖さ（2008-09-07）；
http://www007. upp. so-net. ne. jp/rindou/feminism

[4] 廖诗文．日本近代文学中的女作家[J]（2008-07-06）．
http://www. complit. fju. edu. tw/complit/course/020313/1. html.

后 记

本书稿是在国家社科基金项目《日本女性主义文学中的女性形象研究》（项目编号：14BWW015）结项报告的基础上经过加工和修改后成书的。在书稿完成过程中，笔者历经离开部队院校到新单位工作和项目转移等变动过程，终于在2019年8月成功结项，等级良好。

日本女性主义文学研究是近年来日本文学研究界相对热门的话题。日本女性主义文学在中国的研究始于20世纪90年代，一批学者从不同角度对日本女性主义文学进行研究，有的学者注重思想层面的研究，有的学者注重从文本解读的角度进行研究，有些注重从女性发展史进行综述。2014年，笔者有幸成功申报国家社科基金项目，这既意味着荣誉，也意味着要付出艰辛的劳动。比较庆幸的是，笔者博士后在站期间已经开始关注日本女性主义文学研究，并且发表了一些科研论文。

谈到笔者开始研究日本女性主义文学的契机或者说开端，这要追溯到博士毕业后的博士后研究时期。笔者2005年博士毕业于上海外国语大学，毕业后不到一年，解放军外国语学院的日语专业也具有招收博士的资格，王铁桥教授虽然不是文学专业出身，但文学与文化属性接近，于是笔者2006年9月不脱产进入解放军外国语学院博士后流动站，与博士生导师王铁桥教授合作开展研究。当时确定研究题目时，笔者征求了博士阶段的恩师谭晶华教授的意见，最后决定研究日本女性主义文学。之所以这么决定，是因为我博士阶段研究的有岛武郎是一位反对男女不平等的人道主义作家，其代表作《一个女人》是近代女性主义文学代表作之一，博士后阶段研究女性主义文学算是这一研究的拓展。

有人不禁会问，李教授作为一名男性为什么热衷于研究日本女性主义文学？除了刚才提到的缘起之外，2006年笔者发现中国的女性主义文学研究，研究者相对较少，而日本女性主义文学却像一个宝库一样，需要学者去探索。2017年在同济大学开学术研讨会时有幸结识日本著名文学专家田中实教授，我说作为一位男性学者研究女性主义文学，总觉得怪怪的。田中教授却充分肯定我所做研究的价值，说女性学者研究女性文学或女性主义文学容易陷入自卖自夸的不良局面，反倒是男性学者研究女性文学或女性主义文学容易得出较客观的结论，在田中教授的鼓励下，我除了继续研究白桦派文学之外，也在坚持研究日本女性文学和日本女性主义文学。

时光荏苒，在浙江越秀外国语学院工作已有5年，接下来的5年我将开启新的征程。2021年7月份我将离开浙江越秀外国语学院前往浙大宁波理工学院任职，感谢浙大宁波理工学院外国语学院王小潞院长、胡洁院长、傅晓宇书记、蔡亮副院长、周汶副院长、任凯副书记等领导对我的赏识和接纳，希望在新的工作单位在做好自己教学科研的同时，为日语学科和外国语学院的发展尽心尽力。

在越秀工作的5年时间，除了上课，绝大部分时间用于科研，也有不少科研产出。在书稿即将付梓之际，我想向给予我帮助的各位表示深深的谢意。首先感谢越秀的徐真华校长，徐校长十分重视人才引进，认为大学是学术共同体，是由人才支撑起来的。徐校长为我们的科研铺路搭桥，处处关心呵护，配备了单独的办公室，为我们提供了良好的科研环境和氛围。我还要感谢越秀的科研副校长朱文斌教授，朱校长每次见到我都会嘘寒问暖，为我尽快融入越秀提供了坚强保障。我还要感谢我的家人，妻子王敏承担了绝大部分家务，成为我专心做科研的坚强后盾。感谢越秀日语系的同事们，在你们的帮助下我很快在教学科研上融入越秀，对于背井离乡来到江南古城的我们一家来说，越秀的同事就像娘家人一般亲切温暖。

我还要感谢我生活工作了三十多年的解放军外国语学院，吃水不忘挖井人，我之所以能够在科研上有所建树，不到40岁便晋升教授，是解放军外国语学院给我提供了良好的学术平台。我很怀念曾经一起共事的老师和同事，往事历历在目，部队生活不仅使我们自律、自信和自强，也让我们懂得团结友爱、与人为善的重要性，更让我们懂得感恩、知足与奉献。虽然因为军队改革，“洛外”这一名称已经不复存在，但“洛外”的部队院校文化已深入骨髓，成为我前进的动力。

感谢中国宇航出版社，在出版书籍比较困难的时节，是他们的帮助才使得这部专著顺利付梓，与广大读者见面。

本研究是在笔者多年的日本女性主义文学研究的基础上成书的。现列举本研究已在杂志上发表的论文。

1. 第二章第一节内容主要参照已发论文：日本女性主义文学发展简史，《日语教育与日本学研究》，华东理工大学出版社，2010.

2. 第二章第二节内容主要参照已发论文：论日本的女性主义文学批评，《语言与文化论坛》，上海交通大学出版社，2019（1）.

3. 第三章第一节内容主要参照已发论文：从《破碎的婚戒》看清水紫琴的女性主义思想，上海外国语大学日本学国际论坛纪念论文集，华东理工大学出版社，2009.

4. 第三章第四节内容主要参照已发论文：论与谢野晶子的女性主义思想—形成与发展，《延边大学学报》日本学研究专刊，2009.

5. 第三章第五节内容主要参照已发论文：论田村俊子的代表作《生血》，《日语教育与日本学研究：大学日语教育研究国际研讨会论文集》，华东理工大学出版社，2011.

6. 第三章第六节内容主要参照已发论文：《木乃伊的口红》中阿实女性意识的嬗变，《大众文艺》，2015-12.

7. 第三章第七节内容主要参照已发论文：在婚姻与工作之间挣扎的女性，《中日韩比较文化研究》，辽宁人民出版社，2016-12.

8. 第三章第八节内容主要参照已发论文：东西方思想融合中孕育的“生命哲学”——冈本可能子及其创作，《世界文化》，2021(2).

9. 第三章第十节内容主要参照已发论文：有岛武郎笔下的“疯女人”——论《一个女人》后篇中的叶子形象，《日语学习与研究》，2010(6).

10. 第四章第一节内容主要参照已发论文：杂志《女人艺术》与日本的妇女解放运动，《东疆学刊》2018(2).

11. 第四章第二节内容主要参照已发论文：从《伸子》看宫本百合子的女性主义思想，《东北亚多元文化共生研究及发展研究》，内蒙古大学出版社，2012.

12. 第四章第三节内容主要参照已发论文：从女性主义视角解读《真知子》，《华南日本研究》，华东理工大学出版社，2010.

13. 第四章第四节内容主要参照已发论文：论日本女作家的战争责任，《日本学研究》第15号，2019-12.

14. 第四章第五节内容主要参照已发论文：论林芙美子《浮云》的虚无主义思想.《日语教育与日本学》，华东理工大学出版社，2015-02.

16. 第五章第一节内容主要参照已发论文：『紀ノ川』における女性叙事，《日本学研究：2008年上海外国语大学日本学国际研讨会论文集》2008.

17. 第五章第二节内容主要参照已发论文：一家四代女性生活的记录——试比较《无字》和《纪之川》中的女性形象，《东北亚外语研究》，2020-01.

18. 第五章第三节内容主要参照已发论文：《无字》和《纪之川》中的男性形象比较，《外语教学》，2008.

19. 第五章第四节内容主要参照已发论文：论津岛佑子早期作品中的女性意识，上海外国语大学日本学国际论坛纪念文集，2011.

20. 第五章第五节内容主要参照已发论文：母性的赞歌——论津岛佑子的《跑山的女人》，《解放军外国语学院学报》，2019(6).

21. 第五章第六节内容主要参照已发论文：从施虐与受虐的表现看《搜罗幼童》，《日语教育与日本学》第9辑，2016-12.

22. 第五章第六节内容主要参照已发论文：论濑户内晴美前期文学中的女性形象——以《花芯》和《夏日的终焉》为中心，《日本学研究》第16号，2020-06.

23. 第六章第一节内容参照已发论文："私小说与女性主义文学——日本女性主义文学表现手法探究"，《日语教育与日本学研究：大学日语教育研究国际研讨会论文集》，华东理工大学出版社，2014-02.

24. 论日本女性主义文学文本中女性形象的嬗变，《日语教育与日本学》第六辑，华东理工大学出版社，2015-05.

以上论文见证了我坚持研究日本女性主义文学的过程，也从侧面印证了研究的艰辛程度。女性主义文学研究方面还有许多空白领域需要大家去探索。新时期的日本女性主义文学，其女性主义特征已不十分明显，如何厘清文本是否是女性主义文学文本，将比以往变得更加困难。此外，相比欧美和我国的女性主义文学批评，我国对日本女性主义文学批评的研究还十分薄弱，需要大力加强该方面的研究。

2021年6月

于绍兴天悦城自宅